송화강에서
우수리강까지

송화강에서
우수리강까지

하

주철수 지음

좋은땅

〈흑룡강성〉

〈길림성〉

머리말

○

'아, 무사히 건넜을까

이 한밤에 남편은 두만강을 건넜을까?

이 한밤에 남편은 두만강을 탈 없이 건넜을까?'

저리 국경선 강안(江岸)으로 시작되는 파인 김동환 시인의 〈국경의 밤〉을 읽을 땐 두만강 건너편 간도는 그리움과 두려움, 때로는 경외심이 교차했던 곳이었다.

간도 중에서도 최북단에 자리한 하얼빈 흑룡강 동방대학에 부임해 온 이후 강의가 없는 월요일은 안중근 기념관에서 중국 공무원에게 한국 문화를 강의를 했다.

필자에 앞서 강의를 한 분은 지금은 고인이 된 고 서명훈 선생이다. 그분은 흑룡강성 민족문화 종교 국장을 역임한 고위 공직자이자 안중근 의사 연구에 평생을 바친 원로 사학자이기도 하다.

그와의 만남을 통해서 일제 강점기 시 간도에서 일어났던 독립 투쟁사를 접하게 되었고 그 과정에서 우리에게 알려지지 않은 채 사라진 무명의 별들도 적지 않다는 것을 알게 되었다.

이들이 낯선 이국으로 와 조국을 되찾기 위해서 목숨까지 바치며 희생되었는데도 어떠한 기록도 없이 묻혀 있었다. 그들의 숭고한 희생을 그대로 두기에는 안타까워 알리고 싶었다. 그러나 어떠한 사료도 없는 상황에서 실체를 파악하기 위해서 할 수 있는 것은 사건 현장으로 찾아가 확인을 하는 것이다. 대부분의 사건은 오래전에 일어났고 관계자들 대부분이 돌아갔기 때문에 진상을 파악하기가 힘들었다. 그나마 할 수 있는 것은 사건을 목격한 노인들의 증언이나 그들이 부모로부터 전해 들은 이야기에 의존할 수밖에 없었다. 그래서 주말이면 카메라를 메고 현장으로 찾아가 그들을 만나곤 했다. 그렇게 해서 만난 사람 중에는 연해주에서 의병 활동을 했던 의병의 손자, 정주에서 3.1 운동을 주도했던 애국지사의 후손, 북한의 김일성과 소련의 제88 국제여단에서 함께 훈련을 받았던 노전사, 휴전 회담 시 중공군 대표로 참석했던 대표자의 조카 등도 있다.

답사 지역도 흑룡강성의 최북단에 위치한 하이랄 요새를 시작으로 2차 세계 대전의 마지막 격전지인 호두 요새와 동명 요새, 독립군이 건넜던 우수리강, 최초의 해외 항일 무장기지인 밀산의 한흥동과 허형식 장군이 희생된 경안현의 청솔령 등 여러 곳이었고 구입한 기차표만도 70여 장이 넘고 거리로는 수십만 km에 달했다.

답사 과정 중에도 예기치 못한 일도 있었다. 제2차 대전의 마지막 격전지 동녕 요새에 갔을 땐 독사에 물릴 뻔했고, 독립군이 건넜던 우수리 강가에서 독립군들을 생각하면서 넋을 잃은 채 걷다가 강물에 빠져 수장될 뻔도 했고, 항일 연군의 밀영지를 찾아 천 수백 m의 산을 오르다 길을 잃어 눈 속에서 사투를 벌이기도 했다. 만보산 사건의 현장을 찾아갔을 땐 한국 사람이 왔다는 말을 듣고는 수십 명의 동네 주민이 몰려와 필자와 함께 사진을 찍으려고 해 한류 열풍을 실감하기도 했으며, 사드문제로 한

중 간에 갈등이 심할 때는 안전을 위해 신분을 숨기며 다녀야만 했다.

각 지역을 다니면서 노인들을 만나 목격담을 듣다 보면 묻힌 항일 투쟁 그 자체도 의의가 있고 덮어 둘 수 없는 중요한 역사지만 그들이 이국땅에서 살아오면서 겪은 삶의 여정 즉 월경죄를 무릅쓰고 두만강을 넘어온 사연, 노예와도 같은 생활, 일제의 폭정과 항일 투쟁, 동족 상전의 비극인 6.25 전쟁 참전, 문화대혁명 시 소용돌이에 휘말려야만 했든 암울했던 과거사도 또 하나의 역사였다

원래 계획은 묻힌 독립 운동사를 먼저 쓰려고 했으나 그들이 살아온 삶의 여정도 남기고 싶어 먼저 《송화강에서 우수리강까지》를 집필하게 되었다.

조선족 노인들을 만날 때마다 빠지지 않고 하는 말이 있다. 고국에 대한 섭섭함이다. 사실 이들은 19C 말 제국주의가 발호해 약육강식이 지배하던 시대에 살아남기 위해 동토의 땅으로 건너가 지주의 횡포와 억압 속에서 노예와 같은 생활을 하면서도 조국의 독립을 위해 목숨을 걸고 격렬한 투쟁을 하면서 총에 맞아 죽고 작두에 잘려 죽고 심지어 생매장까지 당하면서도 살아남은 들꽃과도 같은 사람들이다.

그렇지만 우리나라에서는 조선족에 대한 인식이 별로 좋지 못하다. 같은 동포라기보다는 3D 업종에 종사하는 하층민이나 보이스피싱으로 범죄를 저지르고 사기를 치는 사람들이라는 부정적인 인식을 가지고 업신여기는 것이 현실이다.

필자가 중국에서 생활하면서 본 조선족은 전혀 그렇지 않고 정반대였다.

오늘날의 시각으로 보면 안중근 의사나 김좌진 장군, 이회영, 김동삼,

안창호, 윤봉길, 홍범도 등의 애국지사나 시인 윤동주도 우리가 업신여기는 조선족이 아닌가!

본 서는 조국이 일제에 의해 찬탈당하자 살아남기 위해 망국의 한을 갖고 떠나간 동포들의 항일 투쟁과 그들이 겪은 삶에 관한 이야기이다.

본 서를 읽고 조선족에 대한 인식의 변화가 있기를 기대한다.

이 책이 나오기까지 도움을 주신 안중근 기념관 관장 최경매, 731부대 기념관 관장 김성민, 대장암 투병 중에도 곳곳을 다니며 도움을 주신 천만수 교수, 연변시 출판국장 최성춘, 흑룡강 신문 총감 주성일 님께 감사드린다. 한편 증언만 하고 출간되기 전에 고인이 되신 분들께 이 책을 바치고 싶다.

··· 차례 ···

머리말 • 006

16 화천 장영무

굶어 죽어 가는데 월경죄가 무슨 소용 있나? • 016
안중근의 숨결이 남아 있는 지신허 • 022
나는 공산당이 좋소 • 024
공산당이 실패한 정책은? • 029
세계 3대 동계 전투지는? • 031

17 가목사 조명균

피바다가 된 블라디보스토크 • 036
의병이 된 조부 • 038
강제 이주 정책으로 인한 형제의 이별 • 043
제국주의자 미군을 몰아내자 • 046
오성산 전투 물, 물, 물 • 054
7시 30분에 멈춘 시계 • 055
이건 아닌데 • 057

18 탕원 이철호

사회주의 사상에 빠져드는 이주 농민 • 064

12명의 항일 투사는 왜 생매장되었나? • 069

가문의 대가 끊긴 배씨 가족 • 072

변장술에 능했던 사회주의 독립 운동가 서광해 • 074

항일을 하다가 3대가 희생당하다, 눈보라에 시력을 잃고(마덕산) • 077

항일 활동의 전초 기지 모아산 밀영 • 081

자식을 잊지 못하는 비구니 스님 • 084

비문에 새겨진 남편의 이름을 파내는 여인 • 088

자신의 마누라를 죽이는 자의 정체는? • 093

19 상지 김창룡

독립 만세를 부르다가 일경에 쫓긴 선친 • 098

수용소 생활 • 104

할아버지의 고향 평양을 찾아서 • 110

이 일을 어쩌나 불쌍한 나의 외삼촌 • 113

이 길밖에 없다, 전쟁에 참전하라 • 118

20 하얼빈 김성민

다시 찾은 하얼빈 • 124

21 훈춘 김남훈

간도사의 산중인 김남훈 • 148

집동 속에서 올린 결혼 • 162

내 고향이 어디냐고 묻지 마세요! • 165

2명의 인민군 고위군관에게 무슨 일이 있었나? • 167

22 훈춘 박남기

두만강 다리를 가장 많이 건넌 사람은 • 176

헌병과 촌장 • 181

금당촌에서 어떤 일이 벌어졌나? • 183

무슨 슬픔이 있길래 • 185

그래도 집으로 가야죠 • 187

훈춘의 전설이 된 박근영 • 190

형을 일본 헌병대에 신고한 후 두만강에 자살을 한 동생 • 195

장고봉에서 전투가 시작되다 • 196

23 아성 이계일

일송의 집을 찾아서 • 200

절단된 손가락은 누구의 것인가? • 206

24 장춘 강희룡

제2의 윤봉길을 기다리며 • 212

다시 찾은 만보산 • 215

한국 사람과 사진을 찍고 싶어요 • 218

꽁꽁 숨어 있는 만보산 사건 기념비 • 220

25 조선의 체게르바 허형식

초인을 찾아 떠나는 여행 • 230

허형식의 마지막 서신 • 242

26 용정 이광평

이상한 엿장수 • 250

피로 얼룩진 해란강 • 257

해란강 혈안 청산 대회 • 263

일본군은 왜 일송 소나무를 죽였을까? • 265

〈별 헤는 밤〉 - 윤동주 • 267

이국땅에서 이 정도로 많은 군중이 모였다니! • 272

청산리 전투 현장을 찾아서 • 273

내 유골을 동지 옆에 묻어 다오(15만 원 탈취 사건) • 281

참고문헌 • 305

16

화천 장영무

굶어 죽어 가는데 월경죄가 무슨 소용 있나?

가목사에서 김영길 전 화천 현장 댁에서 1박을 하고 화천현 노 간부 사무실로 향했다. 오늘 필자가 만나는 사람은 장영무 옹이다. 그를 만나는 목적은 1886년 함경도에서 이곳 만주 땅으로 온 최초 이주민의 후손이라 이주사의 산증인이기 때문이다.

"그래, 무슨 일 때문에 나를 만나려고 하오? 그리고 어디서 왔소?"

그 물음에 옆에 있던 김 현장이 필자를 대신해 답했다.

"이분은 하얼빈 동방대에 근무하는 한국인 교수입니다. 노 간부님은 최초 이주민의 후손이고 연해주에서도 거주하셨을 뿐만 아니라 항미 원조도 갔다 오셨으니, 우리가 겪지 못했던 많은 경험을 하셨을 텐데 그 이야기를 듣고자 왔습니다."
"기자는 아니구먼. 기자면 당 역사 연구실로 가라고 할 텐데, 교수면 괜찮지."

이렇게 해서 장영무 옹과 필자는 5시간 동안 이야기를 나누었다.

"어르신은 금년에 연세가 어떻게 되십니까?"

"97세라오. 열 몇 살 하던 때가 엊그제 같은데 벌써 100세를 넘보고 있으니 세월이 참으로 빨라."

"사실은 저는 작년 이맘때 성화향에서《조선족 100년사》출판 준비 회의를 할 때 어르신이 참석해 여러 가지 이야기하는 모습을 지켜보았습니다. 그때 옆에 있던 박용수 교장으로부터 어르신께서는 항미 원조도 갔다 오셨고 초창기에 성화촌 발전에 많은 기여를 하셨다는 말씀을 들었습니다. 그 말씀을 듣고는 언젠가는 한번 만나 보고 싶었는데 차일피일 미루다가 만 1년이 지난 오늘에야 찾아뵙게 되었습니다."

"어르신 고향은 어디입니까?"

"북조선 함경북도 부령이지만 중국에서 태어나서 함경북도 부령이 어딘지도 몰라."

"고향을 두고 조부께서는 왜 이주를 하셨지요?"

"나의 증조부모님이 조선 부령에 살 때 땅 한 평도 없을 정도로 가난해 증조할머니가 동네 지주 집에 바느질을 해 주고 그 삯으로 받아 오는 왕겨 찌꺼기가 유일한 먹을거리였어."

"몹시 가난에 찌들었군요."

"그런 데다가 1868년부터 1869년까지 2년간 연속 흑비가 내리고 돌풍이 불어서 곡식을 한 톨도 수확을 못했어. 기근이 2년간 연속되어 아사자가 나오자 거기서는 더 이상 살 수가 없어 목숨을 걸고 두만강을 건넜다고 해."

필자는 그 당시 함경북도 부령 등지의 상황을 알아보기 위해서《중국 조선족 력사독본》을 보았다.

> 1860년부터 조선 북부에는 해마다 극심한 자연재해가 일어났다.
> 1861년 8월, 수재로 인하여 부령 등 10여 읍이 피해를 입어 민가
> 1225세대가 물에 잠기었고 수많은 사람들이 사망하였다. 그 뒤 1861
> 년, 1863년, 1866년에 또 수재가 일어났고 1869년, 1870년에는 심
> 한 한해가 들었다. 특히 1866년(기사년)의 대재해는 조선 역사상 전
> 례 없는 대재해였다. 연속되는 흉년으로 농민들은 초근목피로 겨우
> 목숨을 이어 가는 비참한 처지에 빠졌고 길가에는 유리걸식하는 사
> 람들로 가득했으며 굶어 죽은 시체가 널리 있었는데 참으로 눈 뜨고
> 볼 수 없는 정경이었다.
>
> 출처: 심영숙,《중국 조선족 력사독본》, 민족출판사, 2016

"가난과 굶주림 때문에 이주를 하셨군요?"

"그렇지. 주변엔 굶어 죽는 사람들이 속출하자 마을 사람들은 두만강을 건너 간도나 연해주로 떠났지. 그런데 당시에 두만강을 건너려면 상당한 위험을 감수해야 했어. 조선 정부는 강을 건너면 월경죄로 처벌을 했고, 운 좋게 도강에 성공하더라도 간도 땅은 청태조 누루하치의 탄생지로 신성시하여 출입을 금지시킨 봉금(封禁) 지역이라 위험은 마찬가지였어. 월

경죄로 처형을 받든 봉금 지역 침범죄로 처벌을 받던 배고픔에는 어쩔 수가 없어 두만강을 넘었다고 해."

"월경죄가 중범죄였나요?"

"왕이 직접 관여해 참수를 시켰다고 하니 최고의 형벌이지."

《조선왕조실록》에는 월경죄의 처벌에 관한 여러 기록이 있는데 그중에 일부 내용을 발췌했다.

태조 1권, 4년
북면 사람 김범화와 정대 등 일곱 사람을 저자(시장)에서 목을 베어
참수시켰다.
그들은 모두 국법을 어기고 국경을 넘어간 사람들이다.

인조 49권, 26년
월경한 15세 아이를 효수.[1]
연천에 사는 15세 된 아이가 몰래 압록강을 건너 봉황성에 이르러서
정명수를 따라 북경에 들어가고자 하였는데 명수가 체포하여 우리
나라로 돌려보냈었다. 목 베었다.

현종 23권, 11년
범월죄인 하득명 등을 론죄.

---

1) 효수(효시): 목을 베어 높은 곳에 매달아 놓아 뭇 사람에게 보임.

강계붕의 백성 하득명 등 6명이 금법을 어기고 강을 건너갔다.
임금은 그들을 경내에서 효시하라고 명하였다. 따라갔던 30여 명도
모두 본도로 하여금 정배하게 하였다.
만포 첨사 윤창형을 파직시켰는데 잘 검칙하지 못했기 때문이었다.

숙종 12권, 7년
범월인 김천학 등을 효수.
북도의 국경을 앞장서서 넘어간 김천학 등 열 사람을 효수하여 보이
고 실정을 안 네 사람은 경중을 따져 정배하도록 명하였다.

이 노인이 말하는 것처럼 조선왕조는 태조 이성계부터 숙종조에 이르
기까지 월경죄를 범한 죄인에게는 가차 없이 효수했으며 인조는 15세 어
린아이까지 효수 했다. 현종은 관리 감독자도 파면시켰다.

"월경 후 첫 정착지는 어디지요?"
"훈춘 부근의 산속이었어. 거기서 몰래 움막을 쳐놓고 농사를 지으며
삼도 캤어. 그런데 마적 떼가 자주 나타나 불안해 살 수 없었어."
"마적은 1940년대에만 있는 줄 알았는데 훨씬 이전부터 있었군요."
"그렇지. 나 또한 마적 떼에 당한 것이 한두 번이 아니야."

이처럼 일찍부터 우리나라 이주민은 수없이 중국 마적에게 당했다. 마
적에 당한 기록이 많이 있는데 이에 관한 최초의 기록은 1872년 5월부터
7월까지 최종범이 쓴 《강북일기》이다.

압록강을 중심으로 470여 세대 3,000여 명에 달하는 이주농민이 정착하고 있었는데 그중 80%는 중국인에게 사역되었으며 집이 있는 사람은 거의 없었다. 그리고 마적들에게 약탈당하지 않으면 살해당하기 일쑤였다. 예를 들면 류거이자라는 곳에 있던 조선 이주민 27명은 모두 노예 신세를 면치 못하였고, 저평의 470세대의 조선 이주민들은 전부 마적들에게 약탈당했으며 부녀자 수백 명이 잡혀갔다. 그리고 1872년 조선 의주에서 홍진사라는 사람이 300명을 데리고 월강하여 오다가 사하치라는 곳에서 마적들을 만나 부녀자와 재물을 몽땅 빼앗기고 30명의 사상자를 냈으며 살아남은 사람은 모두가 노예로 되었다.

그의 증조부모는 마적 떼 때문에 그곳에서는 더 이상 살 수가 없어 국경선을 넘어 러시아령인 지신허로 이주 했다.

안중근의 숨결이 남아 있는 지신허

"조부모님이 살았던 지신허에는 안중근 의사를 비롯한 한국의 많은 젊은 청년들이 조국을 되찾고자 독립운동을 했던 곳이 아닌가요? 혹시 조부님이나 부모님으로부터 독립활동에 관한 이야기를 들은 적이 있습니까?"

"나의 조부나 부모님은 먹고살기에 급급해 독립운동과는 거리가 먼 분이야. 다만 조선에서 온 뜻있는 청년들이 항일 투쟁을 하면서 먹고 잘 곳이 없이 지낼 때 불쌍하다고 몇 끼니를 대접했다고 해. 그런데 나중에 그들에게 식사를 제공해 준 사실이 알려지자 주재소에 불려가 낭패를 당했다고 했어."

"간접적으로나마 애국을 하셨군요. 그러면 단지동맹에 관해서도 들었겠군요?"

"들었어. 청년들이 손가락 자른 거 말이지?"

"예."

"조선 해주에서 온 안중근 의사를 중심으로 각지에서 모여든 청년들이 합심해 동네 빈관(여관)에 모여 비밀리에 결의를 하고 단지(斷指)를 했다고 들었어."

안전하다고 생각했던 러시아에서도 1917년에 10월 혁명이 발발하자 일본군은 러시아 혁명군을 진압하기 위해 1918년에 시베리아에 출병해 1922년까지 우리 독립군을 살육하는 등 주변이 어수선해지자 가족은 러시아령 연해주를 떠나 다시 중국 동북으로 이주했다.

나는 공산당이 좋소

중국 동북 화천현으로 이주 후 얼마 되지 않아 조부가 돌아가고 아버지 마저 그가 14살 때 상한병(장티푸스)으로 돌아갔다. 집안의 대들보인 아버지가 돌아가자 소년 가장이 된 장영무는 세찬 풍파에 휘몰렸다.

"우리가 살았던 조선족 향은 약 70호의 가구가 있었어. 아버지가 돌아가신 후 이듬해 부금촌 앞에 있는 황무지를 개발할 때 일본 놈들이 8명의 인부를 우리 마을에 배당했어. 70호 중에는 노동력이 있는 사람들이 100여 명도 넘었는데도 어머니와 두 살배기 여동생밖에 없는 우리 집에 한 명을 배당했어. 어머니는 여동생을 돌봐야 하기 때문에 갈 수가 없었고 나도 겨우 15살의 소년에 불과한데 무슨 힘을 쓰겠어? 그리고 4월부터 9월까지 농사철이라 농사도 지어야 하는데 농사를 짓지 말라는 거와 같지. 그뿐만 아니었어. 이듬해 1944년에도 일본 놈들이 비행장을 닦는 데 또 7명을 배당했는데, 그때도 다시 나가야 했어. 같은 조선 사람끼리 좀 심하다고 여기면서 배신감을 느꼈어."

소년 가장이 된 장영무는 1938년에 또 한 번의 시련을 겪었다.

"1938년이 되자 일본 놈들이 집중 부락을 만든다고 야단법석을 떨었어."

"집중 부락이라고요?"

"일본 제국주의자들은 산기슭에 띄엄띄엄 자리 잡은 우리 조선족 집들을 항일 운동의 은거지로 보았어. 그들 눈엔 이 집들이 눈에 든 가시와도 같았지. 그래서 여러 곳에 산재한 가옥을 없애고 집단 부락을 만들어 마을마다 번호를 부여해 감시 감독을 했어.

우리 미자거마을은 2~3호식 띄엄띄엄 흩어져 있었지만 모두 합하면 70호 정도였는데 집중 마을을 만든답시고 집을 모두 뜯어내라고 했어. 그때 지붕을 뜯어냈더니 용마루와 서까래가 썩어서 그대로 내려앉기 일보 직전이라 옮길 수가 없어 사정을 했더니, 일본 놈들은 그 이튿날 집에다 불을 질렀어. 집은 물론 가재도구까지 몽땅 불타고 재만 남았어. 집을 지어야 했지만 목재가 있어야지. 할 수 없이 옥수숫대로 집을 짓고 바닥에는 짚과 옥수수 잎을 깔고 가마니로 이불을 대신했어. 그것도 12년간이나."

"아니 북만주의 혹독한 추위에 겨울에 이불이 없으면 어떻게 지낼 수 있습니까?"

"그러니까. 우리는 인간이 아닌 개, 돼지와도 같았지."

옆에서 듣고 있던 김 현장이 그렇게도 힘들었느냐고 반문하자 대답했다.

"이 사람아, 당신 집은 좀 살아서 그런지 몰라도 이것이 바로 내가 살아온 삶일세."

옥수숫대로 만든 집이라도 잠을 잘 수 있었다. 하지만 농사를 지을 땅과 먹고살 식량이 없었다. 어린 소년은 칠성하진으로 가서 품팔이를 했다. 그가 하는 일은 밀밭과 조밭에가 흙을 다지는 것이었다. 그는 매일 밭둑을 밟으며 일당으로 5전을 받았다. 그 돈으로는 세 식구가 먹고살기에는 턱없이 부족했다. 당시 입쌀 한 근은 4전이고 좁쌀은 2전하던 시절인데 한 근이 500g이니 500g을 가지고 세 식구가 먹어야 했으니 입에 풀칠하는 정도였다.

그래도 일거리가 있을 때는 괜찮았지만 일거리가 없는 경우가 허다했다. 봄, 여름에는 어머니가 산에 가서 산나물이나 나뭇잎을 뜯어와 소금에 절여 먹었지만 겨울에는 나물도 없고 풀도 없어 굶기 일쑤였다. 헛배라도 채우기 위해 물을 잔뜩 마시면, 몸이 퉁퉁 붓고 눈이 앞으로 튀어나왔다.

따스디엔(마차역)

굶주린 배를 붙들고 소년은 산에 가서 캠나무를 베어 장작을 만들어 4단을 지고 50리 길을 걸어 시장에서 팔았다. 4단을 팔면 6전을 받는다. 사는 고객은 주로 판점(식당), 약국, 여관, 경찰서, 따스디엔(大車점: 마차와 마부가 기숙하는 시설)이었으며, 그중에서 따스디엔이 주된 고객이었다. 1938년부터 1941년까지 3년 동안 그렇게 해서 생계를 유지했다.

1942년에는 인근에 사는 지주 설가의 땅을 빌려 농사를 지었다. 당시 중농은 말 3~4마리에 땅이 5~6쌍 정도이고, 상농은 말 5~8마리 땅은 20쌍 정도 소유했는데 설가는 말 50마리에 300쌍을 소유한 부농으로 농사 감독에게는 2쌍에서 생산된 양의 곡물을 주었고 소작인에게는 1쌍분을 주었다. 영무 소년은 1쌍의 토지를 임대 받아 열심히 가꾸어 가을에 벼 13마대를 수확해 가난에서 헤어날 수 있었다.

그러나 기쁨의 순간도 잠시였다. 수확 후 며칠이 지나자 전해에 일어난 대동아 전쟁으로 물자가 부족하다면서 총공서에서 벼 13마대 모두를 압수해 갔다. 그해 농사로 남은 것은 싸리 빗자루 하나뿐이었다. 먹을 것이 아무것도 없자, 이웃에 살던 그의 큰이모가 얼음 굴에 숨겨 두었던 강냉이를 몇 개 주었지만 그것으로 세 식구가 겨울나기를 하기에는 부족했다.

감자 이삭이라도 줍기 위해 소년은 영하 40℃의 혹한에도 꽁꽁 얼어붙은 감자밭을 팠다. 땅을 파다 보면 손과 발이 얼어 마비가 되는 경우가 허다했다. 그래도 운이 좋은 날은 몇 톨을 찾을 수 있지만 한 개도 캐지 못하는 날도 있었다.

"이것이 내가 해방 전까지 살아온 삶일세."라며 쓴웃음을 지었다.

중국은 1945년 8월 15일 일본과의 전쟁에서 승리를 했지만, 그 후에도 장개석의 국민당 군과 모택동의 팔로군이 대륙의 패권을 차지하기 위해 전쟁을 했다. 내전 중 모택동이 이끄는 팔로군이 사평 전투, 장춘 전투 등 대규모 전투에서 승리함으로써 중국의 동북 지방은 다른 지역보다 더 일찍 공산당 정부 조직이 들어서면서 곧바로 토지 개혁을 단행해 장영무 가족은 꿈에도 그리던 땅을 분배 받았다.

따스디엔 내부

"이보게, 부모님이 평생 동안 못 해 주었고, 믿고 의지 했던 동족도 어린 나에게 가슴에 상처만 줬어. 그 어느 누구도 못 해 주었던 것을 공산당은 해 주었어. 중국 공산당은 나를 살려 준 생명의 은인이야. 공산당이 아니면 이 장영무가 97살이 되는 오늘까지 어떻게 살 수 있겠어. 옆방에 가봐. 먹을 것이 지천에 널려 있고 노인들을 위해서 안마기 등 건강에 도움이 되는 모든 시설을 다 갖추고 있어. 이런 공산당을 내가 어떻게 신봉 안 하겠어!"

공산당이 실패한 정책은?

    일제의 식민 지배에서 벗어난 지 겨
우 5년밖에 지나지 않은 1950년 6월
25일 동족상전의 전쟁이 발발하자 모
든 조선족이 그렇듯 화천현 조선족
마을 사람들도 안타까운 마음으로 전
쟁의 추이를 지켜보던 중일 때 미군

압록강 단교(북한쪽은 다릿발만 남아 있다)

이 참전한다는 뉴스는 마을의 분위기를 바꾸었다. 청년 장영무는 두 주먹
을 불끈 쥐고 조국을 지키고자 하는 열정에 사로잡혔다.

    "그러면 한국 전쟁에 참전하셨겠네요?"

    "우리 조선이 그렇잖아도 일본 놈들한테 35년간 나라를 빼앗기고 지배
를 받았는데 또 다시 미국이 지배를 하려는데 가만히 보고만 있겠어?"

    "조선족은 그렇게 생각할 수도 있겠지만 중국이 왜 한국전에 참전했지요?"

    "1950년 11월 초에 미국 공군 B-52 폭격기가 압록강 철교를 두 동강을
내고 단동에 사는 주민이 폭격으로 사망하는 사고가 발생했는데 어찌 가

만 두고만 보겠어? 국민의 생명과 재산을 보호해 주는 것이 국가의 임무가 아닌가?"

"자국 주민 수 명이 희생되었다고 150만 명이나 넘는 대군을 투입한다는 것이 과연 타당한 결정일까요?"

"중국 공산당은 생명 하나하나를 소중히 여겨, 자국민이 적의 포탄에 쓰러지고 있는데 어떻게 보고만 있단 말인가!"

"참전은 언제 하셨는지요?"

"1950년 11월 17일에 조선 땅에 들어갔고 1951년 11월 15일에 중국으로 돌아왔어."

"1년 정도 근무하셨군요? 어떤 부대에 배속되었지요?"

"중공군 제9병단 송시륜 장군의 제26군부대에 배속되었고 임무는 전상자들을 처리하는 담가 부대원이었어."

"담가로 전상자들을 실어 날랐단 말이죠?"

"그렇지. 그런데 90 평생을 살아오면서 공산당에게 실망한 것이 단 한 번 있어."

"그게 뭐지요?"

"혈기 왕성하고 분기탱천한 나 같은 사람을 전면 공격수에 배치하지 않고 뒤치다꺼리나 하는 담가 부대에 배치해 주니 실망이 너무 컸어. 당시 나의 마음은 하루라도 빨리 미군을 조국에서 쫓아내고 남북통일이 되는 날을 보는 것이었는데, 비록 내 개인은 창해일적(創海一適)에 불과할 따름이었지만."

세계 3대 동계 전투지는?

청천강을 건너서 그가 처음으로 마주친 전투는 함경북도 장진군 개마고원에 위치한 장진호 전투였다. 이 전투는 1950년 11월 27일부터 12월 11일까지 2주간 미군 제10군단 예하 제1해병사단과 중공군 제9병단 7개 사단 간에 장진호 호수 부근에서 벌인 치열한 전투다. 장진호 전투는 우리 군과는 상관이 없어 별로 알려져 있지 않지만 동계 전투로는 독일군과 러시아군 사이에 벌인 모스크바 전투, 레닌그라드 전투와 더불어 세계 3대 전투일 정도로 잘 알려진 전투이며 미국에서는 이 전투에 관해 출판된 책도 여러 권이다.

"청천강을 지나 장전호에 도착했을 때가 11월 말경이었는데 눈이 내리고 날씨가 아주 추웠어. 도착하자마자 미국에서 제일 강한 부대와 마주쳤는데 그때 부상을 당하지 않은 병사가 없을 정도로 사태가 심각했어. 도처에서 신음 소리가 들리고 '내 팔다리가 어디에 있어?'라고 울부짖는 소리가 아직도 귓가를 맴돌아."

"왜 그렇게 희생자가 많이 생겼지요?"

"장진호 부근은 산악 지대야. 그것도 좁은 산악 지대인데 그 좁은 지역에서 한 보름 동안 십만 명이 넘는 우리 군과 미군 해병 1개 사단이 접전을 벌였으니 희생이 많을 수밖에 없지."

"그중에는 부상자도 많았을 텐데 어떻게 처리를 했나요?"

"낮에는 미군기의 잦은 폭격으로 움직일 수가 없기 때문에 부상병을 나무 밑이나 바위 뒤에 숨겨 두었다가 밤에 터널 속으로 옮긴 후 열차로 중국 통화로 보냈어."

"야간에 중국 통화로 이송했다고요?"

"한국군이나 미군이 그 사실을 알았나요?"

"전혀 몰랐지."

"당시에 날씨가 중국 동북만큼이나 추웠다면 영하 30℃가 넘었을 텐데요?"

"그렇지. 우리 담가 부대의 임무는 우선 부상자부터 가려내야 하는데 가까이 다가가 보면 대부분이 빳빳하게 굳어 냉동이 되어 있어. 이들 부상자들은 말을 못 해 눈동자를 이리저리 굴리며 의사 표시를 했을 정도로 추웠어."

"추위에 대한 대비가 없었는가요?"

"맞아. 장전호 부근에 투입된 제9병단은 6.25 전쟁 출병 이전에는 기후가 온화한 산동성, 후베이성, 상해 등 남방 지방에서 온 병사들이라 방한복도 제대로 지급 받지 못한 상태에서 참전해 추위에 대한 대비가 전혀 없었어."

이와 관련된 중국의 공식 문서 기록에 의하면 중공군 제9병단은 방한 장비를 제대로 갖추지 못해 전력의 50~60%의 손실을 입었다고 한다. 또한 혹한의 날씨에 주요 거점을 확보하기 위한 전투에서 중공군 1개 중대가 미군의 기관총 사격에 엎드린 상태로 대기하다가 전원이 동사한 경우도 있었다고 한다.

육군 전사 연구소가 펴낸 〈1129간의 전쟁〉에서도 장전호 부근이 당시에 얼마나 추웠는지를 알 수 있다.

> 미 해병사단의 공격도 초반에는 별다른 저항 없이 펼쳐졌다. 그러나 중공군의 공세는 시간이 흐르면서 아주 높아지고 있었다. 우선 먼저 닥친 문제가 있었다. 역시 한반도의 지붕, 개마고원 일대를 일찌감치 감싸고 있던 강한 추위였다. 기록에는 당시의 기온이 영하 35℃를 가리키고 있었다고 한다. 중공군은 역시 밤에 집중적으로 등장하고 있었다. 유담리 일대의 일부 고지를 점령하는 데 성공했던 미 해병사단 장병들은 중공군의 야습에 대비하기 위해 야전삽으로 참호를 파려고 했지만 땅은 파이지 않았다. 추위에 이미 얼을 대로 얼어붙었기 때문이었다.

식량도 제대로 공급 받지 못해 꽁꽁 얼어붙은 음식을 먹어야 해 장병들은 계속해서 배탈을 앓았다. 이런저런 점에서 보면 1950년 11월 말 장진호에서 벌어졌던 전투는 최악의 수준이었다.

"혹한과 관련해 웃지 못할 이야기 하나 더 해 줄게. 내가 직접 겪은 것은 아니지만 당시 살아서 돌아온 인근 부대의 전우에게 들은 것인데 작전 중 너무나 추위 불을 지피었는데 건너편에 있던 미군 병사 몇 명이 와서 같이 불을 쬐었다고 했어."

"아무리 그래도 적과 함께 불을 쬐다니?"

"그래도 견딜 수 없을 정도로 추우니 죽음을 각오하고 왔겠지. 그런데 더 웃기는 것은 불을 쬐고는 씨익 웃으면서 그들의 진지 쪽으로 돌아갈 때 우리 측 병사도 같이 웃었다고 했어."

"독 안에 든 쥐를 그대로 돌려보냈단 말이죠?"

"주 교수, 인간의 본성은 기본적으로 선해. 전쟁터에선 생사를 걸고 싸우지만 근본은 선하다고. 혹독한 추위에 살아남기 위해 같이 얼굴을 맞대고 있다가 웃으며 사라지는 그 모습을 보고 아무리 적이더라도 등에다 어떻게 총질을 하겠어?"

가
목
사 조
명
균

피바다가 된 블라디보스토크

이마에 약간 파인 주름살을 제외하고는 90세의 노인이라고는 믿어지지 않을 정도로 정정해 '참 곱게 늙었구나.'라는 생각이 들었다. 이런 분이 64년 전 동족 상전의 비극에서 같은 동족에게 총부리를 겨누면서 싸웠던 전사라고는 믿어지지 않았다.

오늘 필자가 만나는 조명균 옹은 소놀이굿과 봉산탈춤으로 유명한 함경북도 평산이 고향이고 현재 중국의 흑룡강성 가목사시에 살고 있다. 평산에 살 때 그의 조부는 말 5마리에 머슴만도 20명을 거느릴 정도로 평산에서는 소문난 부자였다고 한다.

"정 회장님으로부터 선생님에 관한 이야기를 들었습니다. 몸이 불편하신데도 불구하고 와 주서서 감사합니다."
"주 교수가 멀리서 이 먼 곳까지 찾아와 주어서 감사하지."

우리는 가목사시 조선족 문화회관 관장실에서 간략하게 인사를 나눈후 가까운 식당으로 자리를 옮겼다.

조명균 생전 모습(왼쪽), 중학교 3학년 때 6.25 전쟁에 참전

"한국 요리 식당인데도 왜 이리 사람들이 많지요?"

"한국 요리가 담백하고 맛이 좋지. 요즘은 중국도 경제적으로 사정이 나아져 건강에 관심이 많아 기름기가 많은 중국 요리 대신 담백한 맛과 건강에 좋은 한국 요리를 좋아하는 사람이 많아졌어. 이 집 주인은 서울에서 식당 일을 하면서 돈도 벌고 요리도 배워와 식당을 열었는데 한국 요리를 잘한다는 소문이 나 많은 손님들이 오는데 그중에는 한족이 더 많아."

"지난번에 정 회장님을 만났을 때 어르신에 관한 이야기를 들어서 알고 있습니다. 밀산에 살기 전에는 블라디보스토크에서 살았다고 하시던데요?"

의병이 된 조부

1907년 6월 헤이그 밀사 사건을 빌미로 일제는 고종을 퇴위시키고 정미 7조약을 강제로 체결하면서 군대를 해산시킨다. 이때 황해도 평산과 해주 지방에서 뜻있는 지사들이 의병을 일으키자 4,000여 명이 의병이 모여들었다. 이들은 일본군 수비대나 주재소를 공격하는 등 무력 투쟁을 벌였다. 1909년 9월에 일제의 대토벌 작전에 의해 많은 의병이 전사하고 체포되자 상당수의 의병은 국내에서의 활동이 어렵게 되자 간도나 러시아의 연해주로 나가 국외 의병 활동을 했다. 이때 그의 조부도 모든 재산을 정리하고 연해주로 가서 의병 활동을 계속했다.

1920년 봄 그의 조부는 어느 때와 마찬가지로 항일 지사들을 만나기 위해서 집을 나섰다. 그가 집을 떠난 지 얼마 되지 않아 여기저기서 총성이 울렸고 주변에는 화염이 치솟았다. 사태가 심상치 않음을 직감하고 가족이 그를 찾아 나갔을 때 이루 말할 수 없는 충격을 받았다. 주변은 화약 냄새가 진동했고 방화로 신흥촌에 있는 학교 건물이 불타고 있었다. 눈앞에 벌어지는 모습은 인간이 사는 세상이 아니라 아비규환의 아수라장이었고 조부는 그 후 돌아오지 않았다.

"여러 날 동안 온 식구가 나서서 수소문도하고 찾아보았지만 끝내 찾지 못했어."

"왜 갑자기 그런 사건이 발생했지요?"

"러시아 내전에 황제파를 돕기 위해서 국제 간섭군으로 블라디보스토크에 들어와 있던 일본 군대가 러시아 적군을 기습적으로 무장해제를 시켰고 우리의 항일 독립 운동가들도 무자비하게 살해했어."

1920년 조명균의 조부가 실종될 당시의 블라디보스토크의 사회적인 상황을 보면 그의 조부가 어떻게 해서 행방불명되었는지를 유추해 볼 수 있다.

1920년 당시 러시아의 정치 상황은 앞을 내다볼 수 없는 격동기였다. 1917년에 볼셰비키혁명이 일어나면서 황제를 지지하는 백군파와 볼셰비키혁명을 지지하는 적군파로 나누어져 1921년까지 5년간 내전 상태였다. 이 내전에 황제를 지지하는 백군파를 지원하기 위해 미국, 영국, 프랑스, 일본 등 8개국이 국제 간섭군으로 참전했으며 이때 일제는 7만 5천여 명의 병력을 시베리아에 출병시켰다. 일본군의 시베리아 파병은 블라디보스토크 등 연해주에서 활동 중이던 우리 독립 운동가들에게 많은 위험을 안겨 주었다. 1919년까지는 별 문제가 없었지만 1920년에 이르자 상황은 급변했다.

일본군이 블라디보스토크의 북쪽에 있는 우수리스크시를 급습하면서 시작된 연해주 4월 참변은 우리 동포들은 악몽 그 자체였다. 당시에 블라디보스토크를 비롯해 연해주 일대에서 독립운동을 하던 애국지사들이 어처구니없이 살육을 당하고 행방불명되었다.

다음은 당시의 처참한 상황을 보도한 러시아 신문의 기사이다.

> 한인촌은 블라디보스토크 변두리에 있었는데 엄청난 강도와 폭력을 체험했다. 야만적인 일본군들은 한인들을 마을에서 쫓아가면서 소총으로 때렸다. 포로들은 신음하고 비명을 지르고 반죽음의 상태였다. 블라디보스토크는 끔찍한 곳이 되었다. 포로들이 피투성인 채 찢어진 한복을 정리하지 못하고 간신히 일본군을 따라갔다. 모든 지하실 감옥들은 포로들로 꽉 찼다. 그날 살인범들이 몇 명의 한인을 죽였는지 짐작조차 힘들다.

또 다른 러시아 신문의 기사 내용이다.

> 지나간 4월에 해삼항(블라디보스토크)에 있는 일본 군대에서 러시아 사관들은 청하야 조약을 체결하기 위하여 다수가 모여 있는데 일본군이 병영을 둘러싸고 사격을 가해 다수의 군인을 살해하고 그중에 도망하여 생명을 구한 자 외에는 생명을 구한 자 없으니. 그뿐만 아니라 남녀노소 불문하고 이와 같은 참상을 당하였다. 하여 하기를 그날 밤이 새도록 얼마나 포악하게 행하였던지 그 이튿날 아침에 큰 마당과 큰 거리에 죽음이 산과 같으며 육축도 많이 쓰러졌고 집도 온전한 집이 하나도 없으니 그 참혹한 광경을 눈뜨고는 볼 수 없으며 신한촌(한인들 밀집 지역)에는 한인 학교를 벤진을 부어 불 지르고 한인계 유지와 청년을 다수 붙들어 갔다.

중략

1920년 4월 일본군은 무고한 평민까지 학살, 총격, 강탈 등 잔혹한 행동들은 우리의 기억을 새롭게 한다. 더욱 고려인에게는 이틈을 타서 여지없이 박멸하려는 흉악으로 해항해서 수백 명을 체포하고 학교를 불 질렀으며 연추, 수청, 소왕영, 하바로스크에서 40명이 일본군의 총칼에 맞아 죽었다.

이 일대에 대한 검문검색은 4월 4일부터 8일까지 4일간 계속되었다. 그 기간 중 신한촌에서만 약 300명이 살해되었다. 당시 한인 사회는 극도의 불안과 공포 속에서 어찌할 바를 몰랐고 지도급 인사들도 대부분 투옥되거나 총살당했다. 적막과 공포만이 존재하는 암흑 세계였다.

집을 나간 지 며칠이 지나도 소식이 없자, 가족들은 백방으로 뛰어다니면서 행방을 수소문했지만 아무런 소식도 들을 수 없었다. 애석하게도 그의 조부는 독립운동을 시작한 지 10년 만인 1920년 봄에 45살의 나이에 행방불명되었다. 해삼의에 있다가는 언제 또 다시 불상사가 불어닥칠지 몰라 명균의 조모는 15살 큰아들과 13살인 둘째를 데리고 블라디보스토크를 떠나 중국 밀산으로 이주했다.

"해삼의까지 가서 독립운동을 하셨다면 독립유공자로서 활동이 명약관화한데 독립 유공자로서 인정을 받으셨는지요?"

"조부께서 활동한 시기는 1910년대라 그 당시의 독립운동은 중국과 무관해 열사가 될 수 없지."

"제 뜻은 중국이 아니고 한국에서 독립유공자로 인정 받으셨는지요?"

"내 국적이 중국인이라 한국과는 어떠한 연고도 없기에 될 수가 없지."

"항미 원조 후에도 북한에 남아서 활동하셨다고 했는데 조선에서는 독립유공자로 인정을 받으셨나요?"

"내가 조선에 있을 무렵엔 조선이 전쟁 복구 사업을 하던 때라 정신없이 바빠 이런 것까지 신경 쓸 여유가 없었어. 설령 여유가 있더라도 그것을 입증할 자료가 있어야 할 텐데 아무런 기록이나 흔적도 없고. 당시의 상황을 입증해 줄 수 있는 분들도 다 돌아가셨으니 도리가 없지."

"안타깝군요!"

"안타깝기는? 비록 알려지지는 않았지만 어떻든 조선의 독립을 위해 한 알의 밀알이 되었으니 그것으로 족해."

"밀산으로 이주한 후에는 어떻게 지내셨어요?"

"조모는 비록 남편을 잃었지만 교육에 대한 열의는 대단해서 둘째인 나의 삼촌을 일본으로 유학 보냈어. 그런데 그것이 또다시 불행을 자초했어."

"왜, 그런데요?"

"당시 와세다 대학 2학년에 유학 중이던 삼촌이 여름 방학을 맞아 케이마루호 연락선을 타고 귀국 중일 때 소련 전투함의 공격을 받고 그대로 침몰해 승객 모두가 수장당했어."

"그런 사건도 있었군요."

"당시 이 배에는 일본의 문부대신이자 경도 제국대학 학장 등 저명인사도 희생된 큰 사건이었는데 한국에서는 알려지지 않았나 봐."

강제 이주 정책으로 인한 형제의 이별

"그런데 어르신 아까 말씀하시기를 평산을 떠날 때 할아버지 동생도 같이 갔다고 하셨는데 그분에 관해서는 말씀을 안 하셨는데요?"

"평산을 떠난 후 블라디보스토크에서 13년 넘게 살았으니 그곳은 고향과도 같았지. 그리고 작은조부께서는 조선 회령에서 그곳으로 와 여관업을 하던 집안의 딸과 결혼을 했다고 해. 그런데 이 혼사 때문에 우리 가족은 이산의 한을 갖게 됐어."

"어째서 그런데요?"

"나의 조모는 남편이 행방불명되고 사회가 어수선하고 불안해지자 중국 밀산으로 넘어왔고 작은조부는 처가가 운영하는 여관업을 돕기 위해서 그곳에서 정착을 했어."

"그래서 이산가족이 되었군요."

"아니야. 우리가 밀산으로 이주한 후에도 왕래를 했어. 조부의 제삿날에는 빠짐없이 왔다가 가곤 했어."

"왕래가 있었는데 왜 이산의 한을 갖고 살았다고 하시는지?"

"1936년까지는 아무런 문제가 없었어. 그런데 한동안 연락이 없어서 왜 그런지 알아봤더니 그곳에 살던 우리 민족은 모두가 중앙아시아로 강제로 이주당했더라고."

"그래서 연락이 없었군요."

그의 증조부가 중앙아시아로 이주하게 된 것은 스탈린의 강제 이주 정책 때문이었다.

1937년 10월 스탈린은 연해주에 살고 있는 우리 동포들을 강제로 중앙아시아로 보냈다. 그가 우리 민족을 강제 이주시키게 된 것은 3가지 이유였다고 한다.

첫째, 우리 민족이 그 외모가 일본인과 비슷해 일본인의 첩자 활동을 하더라도 구별이 어려웠고

둘째, 연해주 지역은 러시아인보다 우리 민족이 더 많이 살기에 언젠가는 자치주로서 분리 독립을 요구할 가능성이 있었으며

셋째, 우리 민족은 관개 수로를 이용해 수전 농사를 짓는 기술이 뛰어나 카자흐스탄을 비롯한 중앙아세아 지역에서 농업 생산력을 증대시키기 때문이었다.

연해주에 살았던 우리 민족은 영문도 모른 채 러시아 정부의 정치적인 목적으로 고향이나 다름없는 연해주를 떠나 미지의 세계나 다름없는 중앙아시아로 강제로 이주 당하는데 그것도 떠나기 5일 전후쯤에야 통보를 받아 간단한 가재도구 외에는 그 어떤 것도 가져갈 수 없었다고 한다.

이주 과정도 순탄치 못한 고행의 길이었다. 약 200,000명이나 되는 많은 사람들이 장장 6,500㎞가 넘는 먼 거리를 이동해야 했고 걸리는 시간만도 30~40일이 소요되었다. 뿐만 아니라 이들을 싣고 가는 객차는 창문도 없었고 위생 시설도 갖추지 못해 가는 도중에 554명이나 사망했다.

이주는 여기서 끝나지 않았다. 그곳에 도착해서도 또다시 카자흐스탄이나 우즈베키스탄 등의 국가로 강제로 분산 배치되었다.

"친척들이 1937년에 중앙아시아로 강제로 이주된 이후 연락이 전혀 없었단 말이죠?"

"불가능했지. 어디로 이주되었는지 알 수가 없는데 어찌 연락이 가능하겠어?"

"그래도 작은조부는 어르신이 사는 곳을 알고 있으니 훗날 연락할 수 있었잖아요?"

"우리도 중국에 와서 먹고살기 힘들어 몇 번이나 이주를 했어. 지금은 인터넷이나 언론 매체 등으로 정보를 쉽게 접할 수 있고 교통 발달로 쉽게 오갈 수 있지만 70~80년 전만 해도 캄캄한 암흑세계였잖아. 지금의 잣대로 보면 안 돼지."

제국주의자 미군을 몰아내자

"여름 방학을 마친 후 더위가 채 가시지 않은 어느 날 담임선생님이 헐레벌떡 교실로 와 중대한 발표를 할 것이니 빨리 자리에 앉으라고 했어. '지금 우리 조국은 크나큰 위기에 직면했다. 여러분도 알다시피 미 제국주의 군인들이 들어와 우리 조선 반도를 피로 물들이더니 급기야 압록강을 넘어 중국 땅까지 넘보고 있다. 이런 중차대한 시기에 우리가 같은 동포로서 어찌 가만히 앉아 있을 수 있겠는가.'라는 요지로 말씀을 하시며 참전을 독려했어. 주 교수도 알다시피 밀산은 소련과 중국의 국경지대라 항일 운동의 전략적 요충지여서 일찍부터 도산 안창호 선생을 비롯해 많은 독립 운동가들이 모여들어 독립운동을 시작한 메카와도 같은 곳이야.

담임선생님의 말씀을 들은 우리는 독립 운동가들의 후손답게 거의 모든 친구들이 참전하겠다고 했어. 그런데 우리 학교에 배정된 인원은 고작 12명에 불과해 선발을 해야 했어. 선발 기준은 2학년 이상의 재학생 중에서 공산당원, 공청단 단원 학생회 간부 중에서 선발을 했는데 나는 학생회 영도이고 3학년이었으니 바로 선발되었어."

이제 겨우 16살밖에 안 되는 애송이 중학생에 불과했던 명균은 심양으로 가 3개월간의 기본 군사 훈련을 마친 후 중공군 총사령관 팽덕회가 이끄는 제23병탄 사령부에 배속되어 1950년 10월 25일 조선 반도에 첫 발을 디뎠다.

항미 원조 지지 행진

"조선에 도착했을 때 현지의 분위기는 어떠했지요?"

"10월 25일 낮 단동에서 압록강 부교를 건너 조선 신의주 시가지로 인민 군가를 부르며 지나가자 조선 사람들이 열렬히 환영을 했어. 그땐 마침 전쟁에서 승리를 하고 돌아온 개선장군인 듯 하늘을 나는 듯한 기분이었지. 그러나 그것도 잠시 신의주를 지나 피현으로 향하는 중에 미군 전투기 수십 대가 갑자기 나타나 기총소사를 한 후 연이어 B-25 폭격기가 폭격을 가했어. 지금까지 생각했던 전쟁과는 양상이 전혀 달랐지. 전쟁이란 총을 쏘고 수류탄을 투척하는 정도로 알고 있었는데 그것이 아니었어. 연이은 공습으로 낮에는 활동 중지 명령이 내려져 산속에서 잠을 자고 야간에 하루에 100~120리 정도로 남진을 했어."

"야간에 100리 길을 주파했다니 대단하네요. 산악 행군 중에 공습을 받은 적은 없었나요?"

"직접 받지는 않았지만 박천 부근을 지날 무렵 미군폭격기가 철로를 폭격했는데 그때 수맥이 뚫려 물이 공중으로 수십 m나 올라갔어. 나중에 그 지점을 지나갈 때 보니 깊은 큰 연못이 생겨났고 주변에 있던 나무는 가지와 잎은 온데간데없이 뿌리만 남았더군."

"폭격이 그렇게 심했으면 생사의 고비가 더러 있었겠네요?"

"박천을 지난 후부터 힘든 고비가 수차례 있었어. 첫 번째 위기는 미군이 청천강 다리를 폭파하던 때였어. 오전 8시 아침 식사를 끝내고 총을 손질하고 있을 때 쌕쌕이(전투기) 몇 대가 갑자기 나타나 기관총 소사했고 곧바로 B-29 폭격기가 나타나 폭탄을 쏟아 부었어. 위험을 알리는 아무런 경보도 없어 대비를 못한 상태라 막사에서 나와 숨 쉴 겨를도 없이 산으로 뛰었어. 40여 분의 폭격으로 다리는 완전히 폭파되었고 인명 피해도 많아 사망자가 200여 명이 넘었고 부상자도 300명이 넘게 생겼어.

희생자 중에는 심양에서 훈련을 받으면서 알게 된 친한 전우가 여러 명이었는데, 그중에서 15명이 희생되었어. 두 번째 위기는 1951년 9월 평안북도 태평군에 임시 비행장을 만들 때였어. 우리 통신 부대는 전투가 예상되는 지점으로 가 무전기가 터지는지 여부를 먼저 확인을 해야 해. 1951년 9월 보름경, 무전기를 메고 23병탄 사령부 영도와 함께 현장 확인을 위해 사령부에서 동쪽 방향으로 1㎞ 떨어진 지점을 지날 무렵 비상벨이 갑자기 울림과 동시에 공중에서 30여 대의 쌕쌕이가 갑자기 나타나 기관총으로 가격을 했어. 그때 영도는 오른쪽 어깨와 가슴에 총을 맞고 현장에서 즉사했어. 그가 피투성이가 된 채 죽는 모습을 보니 두렵고 무서웠지만 어쨌든 살아남기 위해 숨을 곳을 찾아 무조건 뛰었어. 바로 그때 내 앞에 '쾅!' 소리와 함께 폭탄이 떨어지면서 큰 구덩이가 파였어. 그 순간 구덩이 속으로 몸을 날린 후 웅크린 채 위기가 지나가기를 기다렸지. 그 후에도 계속해 융단 폭격을 가하더니 잠시 후에 폭격기가 사라지더라고 이제는 살았구나 생각하면서 일어서려고 했지만 몸을 움직일 수 없었고 머리를 제외하고는 온몸이 흙속에 파묻혀 숨도 제대로 쉴 수가 없었어. 주변에 도움을 구하려 했지만 목도 움직일 수 없어 눈동자를 이리저리 돌려 보았지만 아무도 없었고 숨결도 점점 약해지고 의식도 흐릿해졌어. 이렇게 죽는구나!라는 생각이 들자 부모님이 몹시 보고 싶었어."

소년 병사 명균은 더 이상 숨을 쉴 수가 없게 되자 혼수상태에 빠지면서 의식을 잃었다.

"그 상황에서 어떻게 살아났지요?"
"우리가 정찰 나온 지점이 폭격당한 것을 본 담가 부대원들이 달려와 삽과 곡괭이로 돌과 흙을 파내고 의료진이 달려와 응급 응급조치를 취한 후 구사일생으로 살았어."

그 후 그는 보름간 후방 병원으로 이송되어 치료를 받은 후 다시 전선으로 투입되었다.

"병원에 입원 중일 때 심정은 어떠셨나요? 전쟁에 진절머리가 나셨을 텐데요?"

"아니야. 정반대였어. 지루해 견딜 수가 없었고 빨리 전투 현장으로 가서 미군을 몰아내고 싶은 심정뿐이었어."

"어째서 그런 용기가 생겼지요?"

"그때는 젊은 혈기에 투쟁심이 강한 데다가 같이 식사하고 이야기하던 전우가 어느새 피투성이가 된 채 죽어 있는 모습을 볼 땐 한 발의 총알이라도 더 쏴서 적을 죽이고 싶었어."

이외에도 그는 죽음의 고비를 몇 차례 더 겪었다.

"역시 평안북도 태평 전투에서 겪었던 일이야. 그때도 무전기가 터지는지 확인을 위해, 밤 10시경에 적당한 장소를 물색 중일 때 갑자기 조명탄이 터지면서 기관총 가격을 시작으로 폭탄이 연이어 투하되었어. 총탄과 폭탄이 빗발처럼 내리치는 가운데 위기를 벗어나기 위해 정신없이 뛰었지. 숲속으로 달려가는 중에 세 발의 총알을 맞았어. 두 발은 무전기를 관통 했고 또 한 발은 오른쪽 상의를 뚫고 지나갔어."

"무전기가 없었다면 큰일 날 뻔했네요?"

"그렇지. 현장에서 바로 즉사했겠지. 어떤 땐 한참 뛰다 보면 내 자신이 죽었는지 살았는지 순간적으로 모르는 경우가 있어. 그땐 손으로 맨살을 꼬집어 봐. 아프면 '아! 살았구나.' 하고 안도를 하곤 했어."

이외에도 또 다른 위기를 겪었다.

"1951년 5월 초 평안북도 정주군 미산면 청천강 부근에 주둔할 때 미군이 후퇴를 하면서 세 차례 걸쳐 세균탄을 터트렸어. 그때 파리와 모기를 잡는다고 한바탕 소동이 일어났지. 아무리 전세가 불리하더라도 그런 짓을 하면 안 되지."

"예? 세균전을 벌였다고요? 오해가 아닐까요?"

"파리가 활동하는 계절이 아닌데 이상하게도 여기저기에 있더라고. 그때 지휘부에서는 파리와 모기, 기타 곤충 등에 물리거나 노출되어서는 안 된다는 지침이 내려왔고 그것을 잡는다고 한바탕 소동이 벌어졌어. 세균전이나 화생방전은 그 결과가 처참하기 때문에 어떠한 경우라도 사용을 금하고 있잖아. 주 교수가 근무하는 학교 근처에 있는 731부대가 오늘날까지도 사람들의 입방아에 오르내리는 것은 바로 세균전을 했기 때문이야."

이와 관련해 사실 여부를 확인한 결과 UN의 자문기구인 국제 민주 법률가 협회가 6.25 기간 중에 일어났던 보고서를 작성했는데 그 내용은 다음과 같다.

'조선 인민군 및 중국 인민지원군 부대와 지방 항공 감시소들의 보고에 의하면 북한 169개 지역에서 여러 가지 종류의 곤충들이 발견되었다.

중략

많은 경우에서 특별한 종류의 파리, 벼룩, 거미 딱정벌레, 빈대, 귀뚜라미, 모기와 기타 곤충들이 발견되었으며, 그 대부분은 지금까지 한국에서 볼 수 없던 것들이었다. 많은 경우 민가에서 멀리 떨어져 있는 곳,

예컨대 눈 위와 강의 얼음 위, 그리고 풀과 돌 사이에서도 발견되었다.

중략

전문 조사 결과 곤충들이 병균에 감염되어 있었음을 보여 주었다. 전문가들의 의견에 따르면 이 곤충들은 인공적으로 배양된 것으로 생각된다.'

결론: 미국 군대는 북한 인민군과 북한의 일반인에게 죽음과 질병을 만연시킬 목적으로 인공적으로 세균을 감염시킨 사례임. 파리와 기타 곤충들을 고의적으로 살포함으로써 1907년 육전법규와 관습에 관한 헤이그 협약의 조문을 위반했으며 1925년 제네바 의정서에서 재확인한 세균전 금지 조항을 위반하는 가장 엄중하고 전율적인 범죄를 한국에서 범하였다.

"항미 원조 때 참전했던 노병사들을 만나면 모두가 삼강령 전투에 관해 말씀하더군요. 어르신의 경우는?"

"……."

그는 더 이상 대답을 하지 않았다. 청천강 일원이나 태평 지역 전투는 미군과의 전투라 가볍게 말했지만, 삼강령 전투는 미군은 물론 동족 간의 전투라 세월이 지난 지금 돌이켜 보면 많은 부담이 되는 듯 대답을 하지 않았다. 필자 또한 더 이상 묻는 것은 그에게 부담이 될 것 같아 더 이상 질문을 할 수 없었다.

그는 휴전 회담이 시작된 후 1주일의 휴가를 받고 고향으로 갔다.

"어느 날 밤중에 흐느끼는 울음소리에 잠을 깨었더니 어머니가 나의 손을 꽉 잡고 하염없이 눈물을 흘리고 있었어. 참으로 마음이 아팠어."

"왜 그랬지요?"

"어머니의 고향이 경기도 김포야. 1945년 8월에 해방이 되자 외가댁 식구들은 귀국해 어머니만 홀로 남았지. 그로부터 5년 후에 전쟁이 났으니 얼마나 괴로웠겠어. 외사촌 중에는 나보다 두 살 위인 사촌도 있어 더 가슴이 아팠겠지."

"그 외사촌은 한국군으로 참전했겠군요?"

"알 수가 없지."

"1992년도에 수교가 되었는데도 연락이 되지 못했나요?"

"앞서 말했다시피 아버지는 내가 어렸을 때 돌아가시고 어머니도 내가 북조선에서 돌아온 후 얼마 되지 않아 돌아가셨기 때문에 주소를 몰라 연락할 수 없었어."

필자가 그와 이야기 중에 느낀 바로는 외가의 주소를 알고 있는 듯했다. 그렇지만 일찍부터 공산당 당원이었고 김일성이 직접 관리하는 정치총국에서 출판 관계 일을 오랫동안 해 연락을 하기에는 부담을 느꼈던 것처럼 보였다.

"전쟁 초기에 낙동강 전선까지 내려갔던 조선족 병사들은 군량미의 보급이 원활치 못해 배고픔 때문에 고생을 많았다고 하던데요?"

"우리도 참전 초기에는 전투 식량이 부족해 고생을 했지만 1953년부터는 보급이 원활해 조선 백성에게 양고기, 쌀, 옥수수와 학용품도 지급해 줬어."

오성산 전투 물, 물, 물

명균의 부대는 오성산을 두고 치열한 공방이 벌어지고 있었다. 제1~2차 전투와는 달리 제4차 전투부터는 지하 방공호가 완성되어 비교적 안전했다. 그러나 문제는 물이었다. 물이 나오는 아래 산기슭은 적이 차지하고 있어 급수가 제대로 공급되지 못했다. 누구나 갈증 때문에 아우성이었다. 물을 공수하려고 해도 제공권을 미군이 갖고 있어 그것조차도 불가능해 갈증을 해결할 수 없는 최악의 상태였다. 그는 더 이상 갈증을 참을 수 없어 어느 날 밤중 모든 병사가 잠든 새벽 3시경에 방공호를 나왔다. 아무도 없는 것을 확인한 후 포복 자세로 산 아래쪽으로 내려갔다. 얼마쯤 내려갔을 때 인기척을 느끼고 엎드려 주변 동태를 살피자 두 명의 병사가 바로 앞에서 보초를 서 있었고 그 뒤로는 미군 병사들이 그대로 잠들어 있었다.

"위험했을 텐데요?"

"범의 목구멍 속으로 들어갔으니 이제는 죽었구나 생각했지. 그래도 이대로 죽을 수는 없어 숨을 죽이고 엎드린 채 경계가 소홀한 틈을 기다렸어. 2명 중 1명이 교대를 하려고 자리를 비울 때 낮은 포복 자세로 경계를 하면서 뒷걸음질해 겨우 위기를 벗어났어. 물을 찾기는커녕 황천길로 갈 뻔했어."

7시 30분에 멈춘 시계

"정주를 에워싸고 있는 산 중에서 제일 높은 산이 오봉산이야. 이 산 정상에는 봉수대가 있어."

1950년 10월 말경 이 산을 두고서 명균의 부대는 미군과 치열한 공방전을 벌였다. 이때 명균의 후배가 '억!' 소리와 함께 쓰러졌다. 전투가 계속되어 손도 쓰지 못하다가 소강상태일 때 후배에게 다가 갔지만 그의 가슴은 이미 싸늘하게 식어 있었다. 혹시 유품이라도 있으면 그의 부모님께 전해 드리려고 옷을 뒤졌지만 아무것도 없었고 피가 낭자한 손목에는 시계가 있었다. 그 시계도 충격을 받아 유리가 깨진 채 7시 30분에서 멈춰 있었다.

"그놈은 내가 가장 좋아했던 후배야. 하동향 조선족 마을에서 함께 자랐고 소학교와 중학교도 같이 다녔어. 항미 원조 지원 시에도 내가 지원을 하자 연령 미달로 지원할 수 없었지만 떼를 쓰다시피 해 참전을 했어. 어찌 보면 내가 그놈을 죽인 셈이지."

명균은 91세를 앞둔 지금까지도 아침 밥상에 앉으면 그때가 생각나 숟가락을 놓는 경우가 한두 번이 아니라고 했다.

이건 아닌데

"나의 밀산 중 동기생 중에서 1진으로 12명이 참전해 8명이 희생되고 4명이 살아왔어. 희생된 8명 중에서 내가 안타깝게 여기는 동기생은 김태근이야. 그 친구는 초등학교부터 밀산중 3학년에 이르기까지 수석을 한번도 놓친 적이 없는 수재일 뿐만 아니라, 학생회 총주석(학생회장)이었고 키도 크고 얼굴도 아주 잘생겼어. 그의 조부는 경상도 어느 지방의 지주였는데 일본 제국자들에 의해 국권이 상실되자 독립운동에 투신했는데 조선에서 활동이 여의치 못하자, 가족과 함께 북만주로 와서 활동을 했어.

청산리 전투에서 우리 독립군이 대승을 거두자 일본군이 무자비한 학살을 저질러 북만에서도 더 이상 독립운동을 할 수 없어 소련의 해삼의(블라디보스토크)로 가서 활동을 했다고 해. 러시아에서도 4월 참변이 일어나 신변이 불안하고 독립운동이 여의치 않자 다시 국경을 넘어 밀산으로 와서 활동하다가 희생되었다고 했어.

그의 부친도 조부의 영향을 받아 독립운동을 하다 희생되었으며 그 또한 항미전 선발 시 제일 먼저 지원했음은 물론 후배들에게도 동참을 호소해 밀산중 재학생 중에서 지원하지 않은 학생이 없을 정도였어."

"그 친구는 어떻게 희생되었지요?"

"그의 부대는 강원도 철원 부근에서 작전 중 이승만군에 포위당해 독 안에 든 쥐의 신세가 되자 '이건 아니야, 이건 아니야, 이건 절대 아니야!'라고 외치면서 가슴을 향해 방아쇠를 당겼다고 해."

"포로로 잡히면 목숨을 구할 수 있는데도 불구하고 왜 자결을 했을까요?"

"공산당원이고 학생회 총영도였기에 잡히면 바로 사살될 것이라고 생각했겠지."

"그리고 '이건 아니야!'라면서 울부짖었다는데 그건 무슨 의미죠?"

"난들 어떻게 알 수가 있어? 그는 이 세상 사람이 아니니 물어볼 수도 없고, 아마 이런 추측은 가능하지. 당시 그와 결전을 벌인 부대는 미군이 아닌 같은 민족인 이승만군이었는데 왜 같은 민족끼리 이 전쟁을 치러야 하는지 그리고 끝내는 동족 앞에서 죽을 수밖에 없는 처지를 안타까워하면서 나온 절규가 아닐까 싶어."

명균은 정전이 되고 난 후에도 바로 중국으로 가지 않고 북한에서 1956년까지 6년간 조선 인민공화국 총 정치국 출판사에서 근무했다.

"왜 바로 귀국하지 않고 북한에 머물렀어요?"

"당시 조선은 항미 원조에 참가했던 조선족들을 우대해 주었고 그런 우대 정책 때문에 귀국을 하지 않고 남은 사람들이 꽤 많았어. 나는 중학교 3학년까지 다녔고 학생회 주석을 해 당시로서는 상당히 엘리트층에 속해 조선 정부에서 좋은 일자리를 주었고 대우도 괜찮았어."

"조선에 근무하면서 친구 태근 군이 희생된 현장을 직접 찾아가 보았다고 하셨는데."

"귀국하기 몇 해 전에 꾸었던 꿈이 생각나 바로 귀국을 할 수가 없었어. 그가 희생된 현장이라도 찾아가 보는 것이 친구로서 최소한의 도리라 생각해 가려고 했으나 정확한 장소를 알 수가 있어야지. 그래서 항미 원조에 참전했던 여러 친구들에게 수소문했더니 같은 부대에 근무했던 친구가 통화에 살고 있는 것을 알고 그를 초청해 함께 현장으로 갔지만, 수풀만 무성하고 아무런 흔적도 없어 되돌아왔어."

명균은 그 친구가 희생된 현장 부근에서 한줌의 흙을 가지고 1956년 말 중국으로 귀국했다. 그는 그 흙을 태근의 어머니께 드리려고 그의 고향으로 갔으나 그의 어머니는 아들의 전사 소식을 듣고는 전사한 곳과 좀 더 가까이 있고 싶어 밀산에서 왕청으로 이사를 해 못 만났다고 한다.

2016년 항미 원조 67 주년을 맞아 조선 정부는 조선 전쟁에 참전

항미 원조 기념탑

했던 조선족 노병사들을 평양으로 초청했다. 그는 다른 참전 용사들과 함께 심양에서 평양행 비행기에 탑승했을 때 옆 좌석에 앉은 참전 용사로부터 믿기 어려운 말을 들었다.

"그가 경기도 양평의 한강 둑 부근에서 매복해 있던 중 이승만 군대와

맞부딪치는 돌발 상황이었어. 그는 잽싸게 앞에 나타난 적을 향해 조준을 했지. 그런데 그 적은 다름 아닌 몇 해 전까지만 해도 그와 같이 길림 동향마을에서 함께 살았던 친구였어. 그는 아무 생각 없이 방아쇠를 당겼고 그 친구는 총탄을 맞고 쓰러지면서 그를 얼마간 쳐다보다가 고개를 떨군 채, 마지막 숨을 거두었다고 해. 그 후 잠도 잘 수 없을 정도로 괴로움에 시달리다 술로 나날을 보내다가 간경화증으로 돌아갔어."

"한국에서 몇 해 전에 상영된 〈태극기 휘날리며〉라는 영화가 있어요. 그 영화도 어르신이 말씀하신 상황과 비슷한데 결과는 달라요."

"어떤 내용인데?"

"영화는 6.25 전쟁 당시에 일어났던 실화인데요, 줄거리는 한 가족이 북한에 살았는데 그중 장남이 한국에 와 살고 있을 때 6.25 전쟁이 발발해 형은 한국군으로 동생은 조선 인민군으로 참전해 강원도 원주의 치악 고개 전투에서 마주치지요. 그때 형제는 서로를 알아보고 총부리를 내리고 포옹을 한 후 동생을 귀순시켜 같은 부대에서 복무하게 됩니다. 서울의 용산 전쟁 기념관 광장에는 이 극적인 장면을 형상화해 청동으로 만든 11m 높이의 〈형제상〉 조각상이 있습니다."

"감동적이군. 그들도 그랬으면 얼마나 좋으련만! 앞으로는 6.25 같은 동족 간의 전쟁은 다시는 일어나지 않아야 할 텐데…."

필자는 중국에 있을 때 조명균 옹을 세 번 만났다. 그분이 살고 있는 가목사시와 필자가 살고 있는 하얼빈 간의 거리는 서울과 부산 거리보다도 몇 배나 먼 거리지만 6.25 동란 시 그가 겪었던 전쟁담과 그의 조부의 의병 활동을 듣고 싶어 먼 거리를 다녔다.

6.25 참전 용사 평양 방문

항미 원조(평양에서 찍은 기념 사진)

필자가 한국에 돌아온 지 3개월 후에 중국에 살고 있는 최계숙 할머니 로부터 조명균 옹께서 방금 전에 운명하셨다는 전화를 받았을 때 그분에 대한 잔상이 머리를 스쳤다.

70년 전 6.25 전쟁이 일어나자 필자의 이모부는 이모와 결혼한 지 일주일 만에 징집되어 국군 제2사단 소속으로 강원도 저격 능선에 참전해 희생당했다. 고 조명균 옹도 항미 원조 지원군으로서 참전해 삼강령 전투에서 우리 국군을 한 명이라도 더 죽이려고 눈에 핏발을 세운 채 전투를 벌였다. 필자의 이모부가 희생당한 저격 능선과 조명균 옹이 전투를 벌인 삼강령은 서로 간에 표기만 다를 뿐 같은 지역이다. 필자의 이모부는 어쩌면 그에게 희생당했을지도 모른다. 그렇지만 조명균의 죽음은 나의 가슴을 찡하게 했다.

"난 시대를 잘못 타고났어."라는 그의 말처럼 저격 능선에서 희생된 나의 이모부나 평생을 홀로 산 이모, 비록 전쟁에서 살아남았지만 동족에게 총부리를 겨눈 것을 후회하면서 나날을 보내야 했던 고인도 분명코 시대의 희생물임에 틀림없다.

"주 교수 참으로 좋은 일을 해. 묻힌 채 잊혀 가는 독립 운동가들을 발굴하고 우리 조선족의 실상을 바로 일리고자 하는 당신의 모습을 보니 정말 자랑스러워."라는 고인의 말씀이 귓가를 맴돌았다.

탕원 이철호

사회주의 사상에 빠져드는 이주 농민

이번 답사는 항일 투쟁을 하다가 수많은 희생자를 낸 탕원현 일원이다. 하얼빈을 출발한 지 13시간이 지난 후 탕원역에 도착했다. 역사 앞에는 이번 답사를 도와줄 이철호 탕원현 주임이 기다리고 있었다. 이 주임은 연변대 정치학과를 졸업하고 조선고중에서 정치를 가르치다가 전직을 해 현재는 탕원현 서기로 근무 중인 분이다.

그의 원적은 경기도 강화이며 조부모대에 돈벌이를 위해 이곳으로 왔다가. 해방 후 귀국하려고 했지만 여기서 일군 농토가 많아 귀국을 포기하고 정착해 어느덧 손자인 자기 대까지 살게 되었다고 한다.

그는 한중 수교 1년 후인 1993년도에 강화도 친척 집에 갔더니 별로 반가운 기색이 아니어서 무척 실망했다고 했다.

"가까운 혈족끼리 난생처음 만났는데 왜 그랬을까요?"

"글쎄요. 아마 내가 한국에 갈 당시만 해도 여기 사는 조선족은 너무 못살아 무언가 도움이 필요해 왔다고 느꼈는가 봐요. 그리고 나의 할아버지가 만주로 올 때 고향에 있는 논은 그대로 두고 와서 그것을 돌려 달라고 할까 봐라는 의구심도 들었겠지요."

"그럴 수도 있겠군요."

"오늘은 답사할 곳이 많으니 서두릅시다. 먼저 갈 곳은 열사 능원입니다."

탕원현 열사 능원은 역에서 별로 멀지 않아 곧바로 도착했다.

탕원시 열사 능원

"다른 지역의 열사 능원에 가 보면 조선족이 별로 없는데 이곳은 대다수가 조선족 열사군요."

"그렇지요."

"최용건의 영향이 결정적이지요."

"왜 그렇지요?"

최용건은 중국 운난성에 있는 강무당 학교를 졸업하고 황포 군관학교
에서 교관을 하다가 중국 동북부 나북현 오동하툰 조선족 마을로 와서 송
동 모범학교를 세워 야학도 꾸리고 농민회, 부녀회, 청년회와 아동단을 조
직했으며 그 조직을 중심으로 항일의식을 고취시키고 악덕 지주에 맞서
투쟁하도록 선동했다.

지주와 일제의 만행에 원한을 품은 청년들은 최용건 으로부터 교육을
받으면서 사회주의 사상에 물들었고 별도로 농민협회와 노동 적위대를
조직해 무력 투쟁에 나선다. 그러던 중 오동하마을은 1930년에 폭우로 쌀
생산량이 급격하게 줄어들었다. 농민들은 지주와 수전공사에 소작료를
인하해 줄 것을 요구하지만 인하는커녕 오히려 징수세니 수리세니, 조선
족 거주세 등의 잡세를 내라고 강박했다. 또한 폭우로 집이 떠내려가 집
을 지으려고 북대림 산속에 있는 나무를 이용할 수 있도록 애원을 했지만
지주는 한 그루의 나무조차도 베지 못하도록 하자 마을 사람들은 더 이상
횡포를 참을 수가 없어 괭이, 낫, 도끼, 쇠스랑으로 무장해 농민 폭동을 일
으켰다. 이 폭동으로 지주를 몰아내는 데는 성공하지만 일본 경찰과 군벌
의 진압으로 10여 명의 농민과 공산당원이 도살당했다. 지주의 착취에 원
한을 품어 왔는데 무력 탄압으로 혈육의 목숨까지 잃게 되자 지주와 일본
에 대한 감정이 극에 달해 이를 계기로 유격대를 조직해 본격적으로 항일

운동을 시작했다.

항일 운동이 거세게 일어나자 일제는 토벌을 강화했고 투쟁에 앞장섰던 젊은 농민들은 산속에 들어가 은거하면서 항일 투쟁에 박차를 가했다.

"그렇군요. 처음에 지주의 횡포에 맞서서 벌인 농민들의 투쟁이 항일 운동으로 발전되었군요."

"그 투쟁의 중심지가 이곳 탕원이지요. 이쪽부터 봅시다. 여기에 모셔진 열사들의 묘비를 다 보려면 몇 시간을 보아도 부족합니다. 그중에서 몇 개만 소개할게요."

열사 능원

탕원시, 항일 항쟁 중 희생된 열사들을 모신 열사 능원

12명의 항일 투사는 왜 생매장되었나?

"보시다시피 이것은 배치운의 묘비입니다. 배 열사는 경상북도 의성에서 태어났어요. 그의 집은 한 평의 땅도 없을 정도로 가난해 고향에서는 먹고 살기가 어려워 삼 형제가 모두 고향을 떠나 걸어서 봉천(심양)까지 오지요."

"네? 그 먼 거리를 걸어서 왔다고요? 서울서 부산까지가 1,000리 길인데 의성에서 심양까지는 4,000리도 넘는 먼 길인데 걸어서 왔다니 믿어지지가 않네요."

배치운 열사 기념비(경상도 출신)

"돈이 한 푼도 없으니 달리 다른 방법이 있겠어요? 이들 형제는 심양에서 얼마간 지내다가 개원, 공주령 등지에서 소작살이를 하며 생계를 이어가다가 1927년에 조선족 이주민들이 사는 흑룡강성 나북현 오동하에 있는 복풍도전 회사로 가서 벼농사를 짓지요. 이때 최용건, 김지강, 리춘만 등 사회주의 항일 운동가들이 이 마을로 가서 선동을 하자 농민들은 조직을 만들어 감조감식(소작료와 이자를 감액한 정책) 투쟁과 지주 앞잡이를 쫓아내는 투쟁을 시작합니다. 이 투쟁에 참가하면서 그들은 지주와 일본 제국주의자들에 대한 저항의식이 더욱더 싹트기 시작했으며 1931년 9.18 사변이 일어난 후에는 반일 투쟁에 적극적으로 뛰어들어 항일 유격대를 조직하지요."

"그렇게 해서 농민 투쟁과 항일 투쟁을 시작했군요?"

"네."

"그는 1893년에 출생해 1933년에 희생되었네요."

"네. 다른 항일 투사에 비해 꽤 장수를 한 편이지요."

"어떻게 희생되었나요?"

"1933년 추석 다음 날 밤 여기서 별로 멀지 않은 학립강이라는 조선족 마을이 있어요. 그곳에 몰래 내려와 회의를 하다가 현장에서 체포되었지요."

"밤에 비밀리에 내려온 것을 어떻게 알았을까요?"

"배신자의 밀고 때문이었지요. 항일 투사 중 희생자들은 대다수가 밀고 때문에 당했어요."

"회의를 했으니 한두 사람이 아니었겠네요?"

"예. 배치운, 최귀복, 김성강, 정중구, 손철 등 12명의 항일 활동가들이 참석했지요. 밀고자가 일본 헌병대에 회의 시간과 장소 인원까지 다 세세하게 알려 줘 어떤 저항도 하지 못한 채 일망타진 되었지요."

"그 후에 어떻게 되었나요?"

"현장에서 붙잡혀 헌병대로 끌려가 혹독한 고문을 받지요. 헌병이 '계속해 항일을 할 테냐?'라고 물으면 '네놈들이 물러가지 않는 한 우리는 끝까지 할 것이다!'라며 완강하게 버티며 어느 누구도 굴하지 않았어요."

"혹독한 고문에 시달리면서도 굴하지 않고 끝까지 저항했으니 그 의지가 대단하네요."

"그렇지요. 그중에서 미혼이던 손명옥에게는 '꽃 같은 나이에 좋은 남자한테 시집이나 가서 안락하게 살지 않고 무슨 항일을 하느냐?'라고 하자 '너희들 같은 개새끼를 낳으면 어쩌라고!' 하면서 굴복을 않았다고 해요. 이렇듯 그들은 감금된 상태에서도 '일본 제국주의를 타도하자!' '일제

12인의 열사 기념비(모두가 생매장됨)

강도는 물러가라!'는 등의 구호를 외치면서 투쟁을 하지요."

"이를 보고 군국주의자들이 가만 볼 수 없었을 텐데요?"

"당연하지요. 헌병대는 이들을 체포한 지 보름 만에 전원 생매장했지요."

"열두 명이 생매장되었다고요?"

"그럼요. 생매장되는 순간에도 타도 일본을 외치면서 최후를 마쳤다고 해요."

"12명이 한꺼번에 생매장되었다니 어찌 이런 일이 일어날 수 있어요?"

"나라를 빼앗겼으니 그런 무지막지한 만행을 저질러도 어떻게 할 방법이 없었으니 기가 막히지요."

가문의 대가 끊긴 배씨 가족

"이번에 소개할 열사는 배씨 형제자
매입니다."

"이쪽에 있는 비석이 바로 그들을
기리는 비석이군요!"

"네. 이것은 보다시피 배성춘 열사의
비입니다."

"어? 고향이 경북 청도이군요. 배치
운의 고향 의성과는 별로 멀지 않은
곳인데."

"네 그렇지요. 이 가족은 1911년에
청도군 운문리를 떠나 여기서 가까운

배성춘 열사 기념비(경상도 출신)

탕원현 태평촌으로 이주를 했어요. 어렸을 때부터 망국의 설움을 겪고 이
곳까지 왔는데 일본 제국주의자들이 9.18 사건을 일으켜 이곳까지 쳐들
어오자 더 이상 참을 수 없어 직접 투쟁에 뛰어듭니다."

"1911년에 이곳으로 왔으니 굉장히 일찍 왔군요."

"그렇지요. 그녀가 처음으로 시작한 일은 선전대에 참가해 북을 두드리고 나팔을 불면서 농촌이나 광산은 물론 시내를 다니면서 항일 의식을 북돋우는 역할을 했어요."

"선전대 활동을 했군요."

"맞아요. 그다음엔 항일연군들을 위해 피복을 만들었고 또 한편으로는 일본 제국주의자들과의 전투에서 부상당한 부상자들의 치료도 돕습니다. 세 남동생에게도 혁명의 대열에 동참하도록 설득을 합니다."

"한 명도 아니고 동생 모두에게요?"

"그러게 말이요. 그러자 그녀의 어머니는 대가 끊어질까 봐 자식 중 한 명이라도 남기를 바랐지만 일본 침략자들을 하루라도 더 빨리 내쫓기 위해서는 항전을 해야 한다고 설득해 혁명에 동참시키지요. 그러나 그녀의 뜻과는 달리 첫째 동생은 탕원 유격대 정치 지도원으로 활동하다가, 반역자에 의해 살해되고 둘째 동생도 항일 활동을 하다가 학강 탄강에서 가스 폭발로 사망했으며 셋째 동생은 의란에서 일본군과 진투 중에 희생당합니다."

"그녀 어머니가 우려했던 대로 집안이 씨가 말랐군요."

"그뿐만이 아닙니다. 그녀도 1938년 20여 명의 항일 투사들을 인솔해 완달산을 넘어 보청으로 향하던 중 솔회산 산기슭에서 매복 중인 적들이 나타나 목숨을 살려 줄 테니 투항하라고 하지만 대원들에게 '내가 뒤에서 엄호할 테니, 너희들은 빨리 도망쳐.'라고 외치며, 심장에 총탄이 명중되는 마지막 순간까지도 방아쇠를 놓지 않고 구국만세를 부르며 쓰러졌지요."

"온 가족이 모두 희생되었군요."

"그렇지요. 다 키운 자식을 몽땅 다 잃은 어머니의 마음은 오죽하겠어요. 그녀의 모친도 홧병에 수를 누리지 못하고 돌아가셨어요."

변장술에 능했던 사회주의 독립 운동가 서광해

"이쪽은 서광해 열사의 비입니다."

"서광해도 앞에 있는 분들과 고향이 가깝네요."

"네. 다들 경상도 분이지요. 이 가족도 1913년에 일본 제국주의의 압박과 착취를 못 이겨 밀양을 떠나 흑룡강성 탕원현 오동하 동쪽 기슭에 정착합니다. 그도 역시 다른 열사와 마찬가지로 최용건을 만난 후 항일 유격대 대원이 되어 무장 항일 운동에 뛰어들지요."

서광해 열사 기념비(경상도 출신)

"또 최용건이군요. 결과는 뻔하겠군요."

"왜 그렇게 생각하나요?"

"그와 관련된 사람치고 희생되지 않은 사람이 없었으니까요."

"그렇게 보니 그렇군요."

"그도 다른 열사와 비슷하게 활동하다가 희생되나요?"

"아니요. 좀 다르지요."

1935년 2월 12일 화천현 대지주인 강해천이 일본군을 환영하는 연회를 위해 연예단을 초청한다는 소문이 나자 그의 집 주변엔 향연을 보기 위해서 수십 리 밖에서 사는 사람들도 모여들었다. 마침내 그 축제의 주빈인 수십여 명의 일본군이 만주국 국기를 앞세우고 말을 타고서 입장할 때 지주는 대문 앞으로 나아가 이들을 정성껏 맞이했다. 그 순간 이들 일본 군인들은 쏜살같이 강해천이 거느린 무장 자위단을 무장 해제시키고 무기를 몰수한 후 향연을 보기 위해서 모인 관중에게 일장 연설을 했다.

"일본 제국주의자들은 남의 나라를 무단으로 침탈해 독립투사들을 총으로 싸죽이거나 일본도로 참수시키고 심지어는 작두로 목을 잘라 죽이는 만행을 저지르고 있다. 이런 군국주의자들을 하루속히 몰아내 독립을 쟁취하자!"고 연설을 하자 모였던 사람들이 누구나 할 것 없이 "일본 군국주의를 타도하자!"고 외치며 함성을 지르자 축제의 장이되었어야 할 강해천의 집은 항일의식을 부추기는 혁명의 장이 되었다.

"이 모든 것을 기획하고 실행한 사람이 서광해 열사지요."
"와, 그렇군요. 아이디어가 보통이 아니네요."
"그것뿐이 아닙니다. 같은 해 추석날 18명의 유격대를 거느리고 송화강을 건너 지주 하봉림의 집으로 갑니다. 이때 하봉림은 대문 밖까지 나가 이들을 극진하게 맞이하지요. 바로 그때 그는 권총을 그의 목에 들이대고 '무기와 재산을 내놓으라'고 하자 거절을 하지요. 곧바로 유격대원들이 그를 압송하자 비로소 무기와 전 재산을 이들에게 바치지요. 몰수한 무기로 유격대는 전력이 더 한층 강화되었고 빼앗은 재물을 가난한 사람들에게 나눠져 현대판 일지매가 되지요."

"항일 투쟁도 하고 가난한 동포도 돕고 현대판 일지매가 맞네요."

"이 사건 외에도 1938년에는 부대를 이끌고 부금현 국강로에 있는 일본 경찰서를 야간에 습격해 30여 명의 경찰과 통역관을 인질로 잡은 후 이들 중 죄질이 나쁜 경찰 간부와 악질 통역관을 처단했으며 그 후 쌍산에 매복해 있다가 80여 명의 적을 소멸합니다."

"정말 의로운 사람이군요. 죄질이 나쁜 사람만 가려 처단하고."

"그러나 안타깝게도 1938년 초겨울 눈보라를 맞으며 과회산 후방 병원에 있던 부상자를 이동시키던 중에 보청현 장가요에서 변절자의 밀고로 일본군과 전투 중 총탄을 맞고 31살의 젊은 나이로 희생되었지요."

항일을 하다가 3대가 희생당하다, 눈보라에 시력을 잃고(마덕산)

"이것은 마덕산의 비석입니다. 고향은 평안북도이고 그의 집안도 허형식의 집안처럼 일제에 대한 저항의식이 강해 1919년 조선에서 3.1 운동이 일어났을 때 적극적으로 가담했어요. 그 후 일본 제국주의자들이 검문이 시작되고 박해를 가하자 이를 피해 그의 조부는 식솔을 데리고 상해로 이주해 숨어 지내다가 생활이 어려워지자 동북으로 와서 천진, 심양, 장춘으로 떠돌면서 독립활동을 합니다.

마덕산 열사 기념비(함경도 출신)

그의 삼촌은 항일 구국 사상을 선전하고 비밀리에 항일 무장 조직을 결성하고 시가전을 벌리자 일본 헌병대에 의해 총살당했으며 사촌형도 항일 비밀 사업을 하다가 체포되어 길림 감옥에서 고문을 받다가 옥사합니다. 그의 조부는 아들과 손자가 희생된 것을 보고서 억울하고 분해서 일본 헌병에게 왜 집안의 씨를 말리느냐며 반항을 하자 그도 역시 고문을 받고 운명하지요. 이런 일련의 비극이 계속되자 그의 부모는 더 이상 장춘에서 살 수가 없어 1927년에 흑룡강성 나북현의 오동하 조선족 마을로 이주합니다."

"그 유명한 오동하마을로 이주를 하는군요?"

"주 교수가 어떻게 그 마을을 알아요?"

"이곳 동북의 항일 영웅 이민 여사가 태어난 마을이고 최용건이 학교를 세우고 항일 의식을 고취시킨 곳 아녀요?"

"맞긴 한데."

"뿐만 아니라 학강시의 민족종교국장인 남인섭의 조부도 그곳으로 이주했지요."

"맞아요. 남국장의 조부에 관해서는 지난번에 이야기했는데 내가 깜빡 잊었네요. 그의 가족이 오동하에 정착한 지 2년 후 부친이 병들어 눕자 그는 학업을 포기하고 노동을 하지요. 하지만 어려서부터 집안이 몰락하는 모습을 보면서 자란 그는 가슴속에 일본 제국주의자들에 대한 복수심으로 가득했지요. 그는 최용건이 세운 송동 모범학교에서 야학을 하면서 정치와 군사 기초 지식을 배우고 군사 훈련도 받습니다. 1931년 9.18 사건이 일어나자 일본 제국주의 타도를 위해 중국 공산당에 가입하고 항일 투쟁을 시작합니다. 그가 처음에 맡은 과업은 교통원이었지요."

"교통원이 무엇이지요?"

"쉽게 말해서 우편배달부와 같아요. 각각 떨어져 항일 투쟁을 하는 유격대원들에게 정보를 알려 주는 메신저이지요. 그는 학립강과 통하 사이를 드나들면서 교통원 활동을 하던 중 눈보라를 심하게 맞아 한쪽 눈을 실명하지만 계속해 지하 항일 운동을 하면서, 빛나는 공을 세우자 중국 공산당은 그를 제1사 사장으로 임명하지요. 보청에서 항일 근거지를 개척하고 화천현으로 200명의 대원을 이끌고 행군하는 도중에 700여 명의 일본군에 의해 포위를 당했지만 오히려 적에게 막대한 피해를 입힙니다."

"군사 수도 3배가 넘는 데다 중무기로 무장을 했을 텐데요?"

"그렇지요. 일제는 부금과 화천등지에서 맹활약 중이던 마덕산이 이끄는 1사 부대를 눈에 가시처럼 여기고 토벌을 위해 수많은 기병대를 파견해 뒤쫓지만 그의 부대는 정면 승부를 피하고 전투가 유리한 지대로 유인해 30명의 기마대원을 죽이고 10여 필의 말을 노획하기도 했고 부금, 보청, 수빈 등 각 현의 집단부락에 있는 경찰과 자위단을 습격하기도 했어요."

"김일성의 항일부대 외에도 집단부락의 자위단을 습격한 부대도 있었군요."

"그의 부대가 여러 전투에서 연승을 하자 대원수가 2,000여 명 늘어나 부금, 보청 지역에서 항일 주력 부대로 성장 발전합니다만, 불행하게도 1938년 수빈에서 유격전을 벌이다가 매복 중이던 만주국 경찰대의 습격을 받고 27세의 나이로 희생되지요."

"2,000명이 넘는 세력을 모았다구요? 대단하네요. 그런데 오동하와 탕원을 중심으로 최용건을 만나 항일 운동을 하다가 희생된 사람은 제가 알고 있는 희생자만도 여러 명입니다. 앞에서도 언급했듯이 학강시의 민족종교국장인 남인섭의 조부와, 그의 항일 동지 10명이 작두에 목이 잘려 희생되었고, 학강시 공상은행원인 이만춘의 조부도 이민 여사의 부친과 오빠도 희생되었는데 여기에 있는 희생자를 포함하면 40명이 생매장되거나 작두에 목이 잘렸네요."

"혁명이라는 괴물체는 피를 먹고살아요. 누군가의 희생이 없이는 세상을 바꾸기가 힘들어요."

"그런데 최용건은 이곳 동북에서 젊은 사람을 그렇게 많이 희생시킨 것도 부족해 북한으로 가서 김일성과 함께 6.25 동란을 일으켜 수많은 동포들을 또다시 희생시켰으니. 킬러 팔자로 태어난 사람인가 봐요."

"그렇군요."

"그런데 참 이상하네요. 마덕산과 이민 여사의 부친과 오빠를 제외하면 모두가 경상도 사람이네요. 특별한 이유가 있나요?"

"아마 성격 때문이 아닐까요? 한국에서는 어떤지 모르지만 여기 살고 있는 경상도 사람들은 성격이 화끈해요. 불의를 보면 참지를 못하지요. 자기가 손해 보는 것을 뻔히 알면서도 의를 위해서 행동하더라고요. 그래서 그런지, 오늘은 이 정도로만 하고 실제 그들이 활동을 했던 밀영으로 가서 더 이야기하도록 하지요. 밀영지는 산이 높고 여기서 먼 거리니 서두릅시다."

항일 활동의 전초 기지 모아산 밀영

탕원에서 산 정상에 이르는 모퉁이 곳곳에는 항일 투쟁이 벌어진 안내판이 있음

항일 열사 능원을 뒤로한 채 모아산 밀영지로 향했다. 시내를 벗어나 동북 방향으로 1시간 30분이 지나 모아산 산기슭에 도착했다. 밀영이 있는 정상으로 가는 길은 꾸불꾸불했고 모퉁이를 돌 때마다 항일 연합군이 일본군과 맞서 싸운 전투 현장이었음을 알리는 표지석이 곳곳에 있었다.

9월 중순이지만 정상에는 벌써 눈이 수십 ㎝나 쌓였고 매서운 추위가 온몸을 엄습했다. 빼곡히 들어선 소나무 숲 사이에 몇 채의 통나무집이 눈 속에 가려 있었다. 이곳이 말로만 듣던 항일 연합군의 비밀 아지트인 밀영이었다. 밀영에는 5동의 귀틀집이 있었다. 각 동은 대략 150여 평 정도였고 용도에 따라 부상자들의 치료를 위한 의무실, 무기를 보관하는 무기고, 무기를 수리하는 무기 수리실, 군복을 만드는 피복 공장 및 재봉반 등으로 구분되어 있었다. 이렇게 높은 산꼭대기에 비밀 군영인 밀영을 세운 목적은 적은 병력과 총만으로 중무기로 무장한 수많은 적들과의 전투에서 그 희생을 최소화하기 위해서였다.

밀영 항일 비밀 아지트

하얀 눈 속 소나무 숲 사이에 있는 밀영은 평화스럽게 보이지만 불과 70년 전까지만 해도 고국을 떠나온 조선의 젊은이들은 나라를 되찾기 위해서 목숨을 걸고 제국주의자들과 맞서 싸웠던 최후의 보루였던 것이다.

적막감 속에서 눈 덮인 밀영 사이를 걷자 '뽀드득뽀드득' 소리가 났다. 그 소리는 마치 수많은 일본 관동군이 기마 부대를 앞세운 채 이 진지를 향해 달려오는 말발굽 소리처럼 들렸으며 의무실 앞을 지날 때 나뭇가지

에서 뚝뚝 떨어지는 눈덩이 소리는
부상당한 항일 전사들의 신음 소리처
럼 들렸다.

밀영지를 본 후 북쪽으로 내려가자
수령이 500~800년이나 되는 소나무
가 수없이 있었다. 이들 소나무는 그

산 정상에 있는 항일 비밀 아지트

높이가 50~60m 정도로 굽어진 것이라곤 하나도 없이 쭉쭉 뻗은 채 직선
미를 자랑하고 있었다. 소나무 숲을 지나올 때 동행한 이 주임의 친구는
50~60년 전에는 이곳에 곰도 살았다고 했다.

50년 전 그는 바로 여기서 나무를 하다가 곰이 갑자기 나타났을 때의 일
화를 말했다

"그때 내가 14살이었는데 아버지와 함께 이 산에 와서 잡목을 베어 가목
사까지 가서 팔았지요. 그런데 어느 날 나무를 베고 있을 때 곰이 갑자기
나타나 양발을 든 채 공격을 하려고 했어요. 책에서 본 대로 나는 엎드린
채 죽은 척했지요. 그때 아버지가 잽싸게 호주머니에서 성냥을 꺼내 옆에
있던 솔갱이에 불을 붙인 후 빙빙 돌리면서 공격 자세를 취했더니 물러갔
어요."

자식을 잊지 못하는 비구니 스님

울창한 소나무 숲을 벗어나자 원해사라는 큰 사찰이 있었다. 사방이 산으로 둘러싸인 대가람은 그 규모나 크기가 우리나라의 사찰과 비교가 안 될 정도로 웅장했으며 사찰 내 지하에는 20만개의 영가 탑이 있다고 했다.

경내를 둘러본 후 주지실에 들어서는 순간 필자는 주지의 모습을 보고 깜짝 놀랐다.

'아니, 세상에 저런 미인도 있나.'

양귀비나 클레오파트라가 예쁘다고 하지만 이 스님만큼 예쁘지는 않을 거라는 생각이 들 정도로 미모가 빼어났다.

이 주임이 필자를 소개하자 스님은 놀라워하면서 자신의 고향이 바로 필자의 근무지인 학교와 바로 인접한 하얼빈시 평방구 평방짠 부근이라고 했다. 여기서 하얼빈까지는 이천 리도 넘는 먼 거리인데 무슨 사연이 있길래 속세를 떠나 이 깊은 심산까지 들어와 스님이 되었는지 궁금했다.

이 주임과 필자가 대화를 할 때 스님은 따뜻한 보이차를 대접하면서 작은 쪽지를 보여 주었다. 그 쪽지는 고려대 천안 캠퍼스 기숙사 주소였다. 우리말을 모르는 스님은 이제껏 한글을 아는 사람을 만나지 못해 궁금하던 차 필자를 만나게 되어 기쁘다면서 서랍 속에 간직해둔 그 쪽지를 보여 주었던 것이다. 주소의 주인공은 스님의 아들로 고려대학교 세종(조치원)캠퍼스에 유학 중이었다.

속세를 떠나온 지 20년이 넘었는데도 아직까지도 자식을 잊지 못하는 모습을 보니 부모와 자식과의 인연의 끈은 선승도 끊을 수 없을 만큼 질긴 것처럼 보였다.

사찰 경내를 나오자 입구에 국기 게양대가 2개 있었다. 게양대에는 중화인민공화국 국기인 오성기가 걸려 있었고 그 옆에는 오성기 게양대보다도 약간 낮게 불교를 상징하는 만장기가 걸려 있었다.

"사찰에 왜 오성기가 게양되었지요?"

"국가가 있으므로 종교도 있지요."

"오성기가 만장기보다 더 높이 게양됐는데 무슨 이유가 있습니까?"

"내가 민족 종교 국장일 때 이 사찰에 왔는데 오성기와 만장기가 같은 높이였어요. 주지에게 어찌 불기기가 국기인 오성기와 같은 높이로 될 수 있느냐며 지적을 했더니 그 후부터 현재의 높이로 되었지요."

"그런 것까지 간섭하면 종교 탄압이 아닌가요?"

"저는 그렇게 생각하지 않아요. 국가가 종교보다 상위에 있지 않나요? 그 어떤 것보다도 국가가 우선이 되어야지요."

"종교 국장을 하셨으니 종교의 실태를 잘 알고 계시겠죠? 여러 곳을 다녀 보니까 불교 사원도 있고 기독교 교회와 성당 그리고 이슬람 사원도 있더군요. 종교 간의 신자 비율이 어느 정도지요?"

"정확한 비율은 알 수 없고 불교와 기독교가 대다수이지요. 요즘은 기독교 파급력이 커 신자 수가 늘고 있지만 아직까지는 불교 신자수가 훨씬 많지요."

"그런데 시내를 지나올 때 보니 교회는 보이지 않던데요?"

"교회 건물을 지을 때 종교국에 와서 인허가를 받아야 하는데 시내 중심지에는 허가를 내주지 않아요."

"왜요?"

"중심지에는 주민들을 위한 편의 시설이 있어야 하는데 종교 시설이 들어오면 공간이 부족해요. 무엇보다도 주민의 삶과 편리성이 우선시되어야지요. 종교가 사람들의 삶을 저해서는 안 되지요."

"그것도 종교 탄압이 아닌가요?"

"이것을 종교 탄압으로 생각하는 이유를 모르겠네요."

사회주의 국가에서 살아온 이주임과 자본주의 체제에서 살고 있는 필자와는 이 문제에 관해서는 상당한 시각차가 있었다.

사찰을 나와 스님께 작별 인사를 하자 눈가에 눈물이 맺혀 금방이라도 떨어질 것 같아 애처로워 보였다. 스님과 필자와는 아무런 관계가 없었지만 잠깐의 인연으로도 눈물을 보이고 있으니 불교의 잠아함경 중 연기법경이 떠오른다.

이것이 있으면 저것이 있고 이것이 생기면 저것이 생기며 이것이 없으면 저것도 없고 이것이 없어지면 저것도 없어진다.

사문을 출발한 후 뒤 돌아보니 스님은 망부석처럼 그대로 선 채 자동차
가 시야에서 살아질 때까지 지켜보고 있었다.

비문에 새겨진 남편의 이름을 파내는 여인

유적지 답사를 마친 후 이주임은 시내 중심가에서 동북쪽 조선족 마을에 자리한 탕원 노인 협회로 안내했다.

80여 평 남짓한 방 안에는 20여 명의 노인들이 필자를 기다리고 있었다. 이 주임이 말했다.

"이분은 하얼빈에서 오신 한국 분이며 우리 탕원 지역의 항일 운동 유적지를 찾아보고 관련 자료 발굴 차 오셨습니다. 어르신들 중에 혹시 우리 지역의 항일 독립 활동을 직접 보셨거나 친인척 중에서 관련된 분들이 있습니까?"

"어, 한국 사람이라고? 이렇게 먼 촌구석까지 오다니. 80여 년 만에 직접 보니 감회가 새롭네요."

"고향이 어디요?"

"경상도입니다."

"어, 고향 사람이네. 반갑수다. 내 고향은 경상도 창녕이요. 창녕에 살 때 여름이면 친구들과 함께 마을 앞 낙동강으로 달려가 멱을 감았고 밤에는 수박 서리를 하다가 주인에게 들켜 혼이 난 적이 한두 번이 아니었는데 그 옛 시절이 그립구려."

그들과 이야기를 나눴지만 아쉽게도 항일 활동에 관해서 아는 사람은
아무도 없었다.

그러나 90대 중반인 김시복 할머니와 이칠성 할머니의 이야기는 우리
민족이 겪은 비극 중에서 좀 특이해 이를 정리해 본다.

김시복의 시아버지 김경기 옹의 고향은 경기도 강화이고 가진 재산은
뒷산 비탈에 있는 50여 평의 밭과 소 한 마리가 전부였다. 장남인 시아버
지는 돈을 벌기 위해 평양으로 가서 대동강 가에서 뱃짐을 내리는 하역부
를 했다. 이듬해엔 능라도를 오가는 나룻배 뱃사공을 하다가 모란봉 옆에
살던 평양 처녀를 만나 결혼을 하고 슬하에 4남매를 두었다. 그런데 부부
는 성격 차이로 거의 매일 싸우는 것이 일상이 되었고 게다가 한집에 같
이 사는 장모는 간질병이 있어 발작을 할 땐 온 집안이 혼비백산을 하곤
했다. 이런 것을 보고 더 이상 참을 수 없었던 시복의 시아버지는 4남매와
부인을 평양에 남겨 둔 채 만주로 도망을 왔다.

시아버지는 당시 나이가 벌써 40이 넘었는데도 총각이라 속이고 또 한
번 충청도 출신의 처녀와 결혼해 3남매를 두었다.

"40이 넘는 나이에도 또 3남매를 두었으니 거시기도 보통이 아니었는
가 봐!"

"시어머니를 속이고 결혼을 했는데 훗날 들통이 나지 않았어요?"

"당연히 날 수밖에 없지. 남자들은 모르겠지만 여자들은 육감으로 다

알아."

"그랬으면 보통 일이 아닌데."

"그 시절엔 남자들이 귀했어."

"왜 그렇지요?"

"그땐 대동아 전쟁, 장개석 군대와 팔로군과의 내전, 항일 투쟁 등으로 희생자가 많아 신랑감이 부족해 웬만하면 딸을 다 주었어."

"그렇겠군요."

"내 친정집 큰오빠는 일본군에 갔다 온 것이 죄가 되어 1947년 토지개혁 때 무지하게 얻어맞아 반신불수가 되어 몸을 쓸 수가 없는 불구자였어. 그래도 부모님은 아들이 안쓰러워 논 다섯 마지기를 주고 이웃에 살던 함경도 출신의 천씨 가문의 처녀와 결혼을 시켰어. 오빠 몸이 그런데 누가 같이 살려고 하겠어. 그 언니는 오빠와 몇 년간 함께 살다가 이웃 마을에 살던 장 씨라는 홀애비와 눈이 맞아 의란으로 도망을 갔어. 둘째 오빠는 팔로군에 입대해 혹산 전투, 장춘, 천진 전투 등 큰 전투에 다 참전했어. 이제 한숨 돌렸다고 생각할 때 50년에 동란이 일어나자 항미 원조에 참전했다가 희생되어 시신도 찾지 못하고 열사증 하나 받았어. 그 오빠도 항미 원조에 가기 전에 부모님이 후손이라도 얻을까 봐 결혼을 시켰어."

"큰오빠한테서 손주를 보지 못해 그렇겠군요?"

"맞아. 전쟁에 나가면 어찌 될 줄 모르니 후손을 얻고 싶어 그랬지."

"손주가 태어났나요?"

"결혼한 지 보름 만에 전쟁터로 갔는데 애가 생기겠어? 그런데 그 언니가 참으로 괜찮은 사람이었어. 안동 김씨였는데 성씨 값을 하더라고."

"그게 무슨 뜻인데요?"

"오빠가 전사하자 정부는 열사증을 주었고 마을 가까이에 열사비를 세웠어. 그러자 그 언니는 하루도 빠지지 않고 묘비를 찾아가 고인의 넋을 기리더라고. 나이도 얼마 되지도 않는데 그렇게 지극 정성을 다하는 모습에 감동이 되어 부모님은 올케언니에게 꼼짝도 못 했어."

"내가 만나 본 사람들 중에 항일을 하다가 남편이 희생당할 경우 대개 재혼을 하던데요."

"그것도 집안과 사람 나름이지 뭐. 그런데 주위에 효부라고 소문났던 언니도 문화대혁명이 끝난 후인 1960년대 말 무렵에 열사묘에 새겨진 오빠의 이름을 지우다가 쓰러졌어."

"아이구, 얼마나 한이 맺혀 그랬겠어요?"

"그 한이야 이루 말할 수가 없지. 시대 탓이라 어쩔 수 없다고 하지만 당사자는 그 심정이 오죽하겠어!"

한편 그녀의 시가도 6.25 동족 상전의 비극을 피 할 수 없었다. 그녀의 시숙은 항미 원조에 참전한 후 귀국하지 않고 북조선 남포시에 살고 있어 1971년에 시숙 댁에 왔다고 했다.

"그때 평양에 살고 있던 큰 시어머니와 배다른 시숙도 만나 보셨나요?"

"만나 보지 못했어. 시아버지가 이곳 만주로 온 후 돌아오지 않자 큰 시어머니는 자식들을 데리고 시아버지 고향인 경기도 강화로 갔더라고."

"그 사실을 어떻게 알았어요?"

"1992년에 한중 수교 후에 한국에 있는 시가집에 연락을 해서 알게 됐지."

"한국으로 간 배다른 시숙과 시누이는 잘 살던가요?"

"배다른 큰 시숙도 6.25 전쟁에 참전해 전사를 했더라고."

"그러면 배는 다르지만 형제가 서로 간에 적이 되어 총부리를 겨눈 셈이군요?"

"그런데 더욱더 기막힌 사실은 두 형제가 같은 전선에서 싸웠더라고."

"뭐라고요? 같은 전선에서 전투를 벌였다고요?"

"남포에 사는 큰 시숙이 1996년에 우리 집에 왔을 때 남쪽에 사는 형님이 6.25 때 희생되었다고 말했더니 어느 전투에서 희생되었냐고 물었어. 내가 들은 대로 1953년 휴전 무렵 강원도 철원 전투라고 하자 '내가 형님을 죽였을지도 모른다.'면서 통탄을 하더라고."

자신의 마누라를 죽이는 자의 정체는?

"나 한번 봐. 키도 작고 몸집도 왜소하잖아. 내가 이렇게 된 이유는 일본 놈과 우리 집에서 머슴으로 일한 그 전라도 놈 때문이야."라며 이야기를 시작했다.

사실 그녀는 90대 초반의 할머니로서는 그렇게 왜소해 보이지 않은 보통의 체격이었다.

"나의 아버지는 황해도 장녕군 도금면이 고향이요. 제국주의 시절엔 모두가 다 먹고살기가 어려워 돈 벌려고 19세에 혈혈단신으로 이곳 북만으로 왔어요. 주인 없는 황무지가 지천에 깔려있는 것을 보자 밤낮을 가리지 않고 열심히 일해 황무지를 옥토로 만들어 만주에 온 지 4년 만에 논 삼십 마지기를 일구었고 어머니를 만나 결혼도 했어요."

"혼자서 4년 만에 그 정도로 많이 개간하시다니 대단하시네요."

"여기 탕원 일대는 그런 사람들이 더러 있기는 하지만 우리 집만큼 많이 개간한 집은 없지요. 농토가 늘어나면서 혼자서는 벅차 전라도 출신의 박 씨라는 사람을 머슴으로 두었지요. 그런데 그 사람이 갖고 있던 물건을 어디서 잃고는 주재소에 가서 나의 선친이 훔쳐 갔다고 신고를 했어요.

선친은 바로 주재소로 끌려가 수차례 얻어터지고, 손가락 사이에 쇠꼬챙이를 넣어 조이는 이른바 쇠꼬쟁이 고문을 당했어요. 그래도 절대로 그런 짓을 하지 않았다고 사실대로 말하자, 거짓말을 한다면서 어머니까지 불러 고문을 했어요. 그때가 엄동설한인데 선생도 여기서 겨울을 지내 봤으면 알겠지만 영하 30℃를 오르내리는 혹한의 추위에 어머니를 얼음 바닥에 눕혀 놓고 군홧발로 마구 짓밟았다고 해요. 당시 어머니는 나를 낳은 지 불과 한 달도 채 안 된 산모였는데 그렇게 고문을 했어요. 어머니는 그 후유증으로 거의 거동도 못 하다가 내가 6살 되던 해 숨을 거두었어요. 아버지는 너무나도 억울하고 분해 그 머슴을 백방으로 찾아보았지만, 이미 도망가 버렸지요. 아버지 역시 군홧발에 배를 차여 그 후유증으로 복막염을 앓다가 회복 되었으나 어머니가 돌아가자 다시 재발되어 일주일 만에 운명했어요.

어머니와 아버지가 거의 동시에 돌아가시자 오빠는 결혼 날짜까지 받았는데도 그 슬픔을 못 이겨 22세의 나이에 우스훈하강에서 투신자살을 했어요.”

오빠마저 돌아가자 그녀는 고아가 되어 외가에서 살게 되었다. 비록 전 가족은 잃었지만 일본 놈들도 패망해 돌아갔고 더 이상의 불행은 없을 것이라고 생각했지만, 또 다른 비운이 그녀를 기다리고 있었다.

“1947년 토지개혁이 진행될 무렵 여관업을 크게 하던 외할아버지가 감찰 결과 부농에 해당되었지요.”
“아이고 저런 고생깨나 했겠군요.”

"그렇지요. 거리에 끌려 나가 몽둥이와 혁대에 수없이 얻어맞고 그 길로 바로 돌아가셨어요. 일본 놈들도 아닌 동족에 의해서 죽음을 당하자 외할아버지의 유일한 혈육인 이모는 시집도 안 가고 홀로 독신으로 지내다가 1992년에 수교가 되자, 바로 한국으로 가 비자 기간이 만료되어 20년 동안 불법 체류자 신세로 있다가 국적을 회복했지만 3년 전에 운명하셨어요. 그런데 살다가 보니깐 뜻하지 않은 즐거움도 있더라고."

1945년 8월 15일 해방이 되던 날 정오경에 그녀는 외가가 있는 탕원현 홍광툰에서 외할머니와 함께 점심 식사 준비를 위해 감자를 씻고 있었다. 그때 외갓집 옆에 있는 홍광툰 소학교가 갑자기 화염에 휩싸였고, 온 사방에서 총소리가 들려와 그녀는 하던 일을 멈추고 곧장 학교로 달려갔을 때 학교는 완전히 화염에 휩싸였고 용마루가 내려앉으며 불길이 걷잡을 수 없이 번지고 있었다. 그때 운동장 귀퉁이에서 한 무리의 헌병이 총을 겨눈 채 쓰러져 있는 여인들 사이로 다녔다. 뭐 때문에 그런지 궁금해 운동장 안으로 들어갔을 때 그녀는 경악을 금치 못했다. 그녀는 왜 그토록 놀랐을까?

"도대체 어떤 광경이길래, 그렇게 놀랐지요?"
"아비규환 그 자체였어. 피를 흘리며 쓰러져 있는 수십 명의 여인들 사이로 왜놈 헌병들이 총을 겨눈 채 오가면서 여인들이 움직이면 바로 사살을 했어."
"그 여인들이 도대체 누구길래 잔인하게 확인 사살까지 했지요?"
"나는 처음에 항일을 하다 잡혀 온 우리 조선족 여전사인 줄 알았는데 나중에 보니 자기들 부인이었어."

"왜 자기의 부인을 확인 사살까지 했지요?"

"패망을 했으니 그놈들의 말로가 뻔했지. 놈들의 부인이 다른 남자들에게 당하느니보다는 차라리 자신들 손으로 죽이는 편이 낫다고 생각했겠지."

"그래도 부인을 직접 자신의 손으로 죽이다니……."

"그런 독종이기 때문에 남의 나라에 쳐들어와 수많은 독립군을 죽이고 재산을 다 빼앗아 갔지. 그때 본 것 중에 아직도 잊지 못하는 게 있어."

"그게 무엇입니까?"

"피를 토하며 죽어 가는 여인이 총을 겨눈 헌병에게 '제발 이러지 마. 사이또가 급성 폐렴에 걸려 열이 40℃를 오르내리며 사경을 헤매고 있는데 그 어린 새끼를 두고 내가 어떻게 눈을 감는단 말인가!'라고 하자 남편은 한동안 말없이 멈칫거리다가 '안 돼, 이것만이 천황 폐하를 위한 길이다!'라고 외치고는 부인의 가슴에 연속 세 발을 발사했어. 그녀가 입가에 피를 토하며 죽어 가는 모습을 보았을 때 비록 원수였지만 죽음의 순간까지도 자식을 생각하는 모습을 보니 가슴이 메여 하루 종일 눈물이 나더라고."

19

상지 김창룡

독립 만세를 부르다가 일경에 쫓긴 선천

10월 중순이지만 벌써 온 대지는 백설로 뒤덮었고, 바람도 쌀쌀하다. 기차는 목적지를 향해 끊임없이 달려갔다. 전화벨이 울렸다. 상지시에 살고 있는 김창룡 선생의 전화였다. 어디쯤 왔느냐고 물었지만, 차창 밖을 내다봐도 보이는 건 평원과 하늘뿐이라 어디쯤인지 알 수가 없어 상지역에 도착 시각으로 대신 답했다. 오늘 필자가 찾는 곳은 하얼빈에서 비교적 가까운 상지시이다.

상지시 조선족 거리

상지시는 북만(북만주) 중에서도 약간 동북에 자리한 인구 65만 명이 사는 소도시이다. 상지는 원래 이름은 주하현이었다. 현은 우리의 군의 단위라 비슷하니 우리의 행정 단위로 보면 주하군인 셈이다. 주하군이 상

김창룡 노인이 근무했었던
상지시 조선족 중학교

지시로 바뀌게 것은 이곳에서 항일 운동을 했던 조상지 장군의 공을 기리기 위해서 붙여진 명칭이란다.

상지는 우리 민족이 만주로 와 보금자리를 찾을 때 입지적인 조건과 주변 환경이 좋아 많은 이주자들이 이곳에 자리를 잡는다. 그중에서도 상지시 동쪽 지역인 하동향은 송화강의 지류가 흘러 논농사를 짓는 데 좋은 조건을 갖추어 이주민들은 이곳에 터를 잡고 오늘날까지 살고 있다. 약속된 장소에 도착하니 풍채가 좋은 노신사가 단번에 필자를 알아보고는 "주 교수 나 여기 있어. 멀리서 오느라 고생이 많았지? 이 늙은이를 만나고자 하는 사람도 있으니 그 참." 하면서 껄껄 웃는 모습에서 같은 민족으로서 더 깊은 정을 느낄 수 있었다.

"지난번에 전화할 때 상지 지역의 항일 활동과 나의 어린 시절에 관한 이야기를 듣고 싶다고 했는데, 그런데 내 이야기보따리 속에는 든 것이 없어서 어쩌지? 아침 일찍 출발해 시장할 테니 일단 식사부터하자고 무엇을 먹고 싶어?"

"아무것이나 괜찮아요."

"중국에 온 지도 꽤 됐으니 씨앙차이도 먹을 수 있지?"

상지시 광장

"건강에 좋다고 해 몇 번 먹어 보았지만 냄새 때문에 도저히 먹을 수가 없어 먹지 않습니다."

"바이주는 괜찮아?"

"그 술도 냄새 때문에."

"어르신, 지난번에 만났던 최창익 어르신은 잘 계시는가요?"

"그 소식을 못 들었구나. 두 달 전에 돌아갔어."

"아니 뭐라고요? 돌아가셨다고요? 지난번에 만났을 때 건강해 보였는데."

"그래 말이다. 노인의 건강은 믿을 수가 있나. 언제 사그라들지 몰라."

"편안하게 가셨나요?"

"자식 둘 다 한국에 일하러 간 지가 20년도 넘었어. 거기서 결혼도 하고, 손주도 서울에서 학교를 다녀. 창익이 만난다고 2년에 한 번 정도 왔지."

"그럼 자식들이 임종도 보지 못했겠네요?"

"가까이에 사는 우리도 알지 못했어. 며칠 동안 경로원에 나오질 않아 전화를 해도 받질 않아서 회준이가 그 집에 찾아갔더니 이미 숨져 있었어. 외롭게 살다가 갔지. 자식과 며느리가 있어도 멀리 있으니……."

중국 동북에 살고 있는 조선족 노인 중에는 고 최창익 옹과 같은 처지에 있는 노인들이 상당이 많다. 그런 노인들을 만나 보면 정부에서 받는 연금과 자식들이 보내 주는 용돈으로 경제적으로는 별 어려움이 없지만 고독감과 외로움이 문제였다. 그나마 공직에 근무했거나 직장 생활을 한 노인은 중국말을 할 수 있기 때문에 한족과 친구가 될 수 있지만, 그렇지 않은 사람은 중국말을 몰라 친구도 별로 없고, 중국 TV도 시청할 수 없어 온종일 한국 TV와 함께 지내는 실정이다.

"주 교수는 고향이 어디지?"

"경남 진주 가까이에 있는 옥종이라는 곳입니다."

"진주 옆이라, 내 친구 중에 항미 원조에 참전해 마산 가까이까지 갔다 온 녀석이 있어. 제일 선봉에서서 부산까지 갈 뻔했는데 미군의 참전으로 오도 가도 못 해 돌아올 때 애를 먹은 놈이지. 그놈도 벌써 고인이 된 지 제법 되었어."

"그런데 어떻게 여기서 살게 되셨지요?"

"나의 할아버지는 평양 대동강 송림 옆에 있는 광산에서 노무자로 일하셨고, 할머니는 아버지가 어렸을 때 일찍 돌아가셨기 때문에 할아버지는 이웃에 살고 있던 할머니와 재혼을 하셨어. 두 분 다 재혼을 한 셈이지. 할

아버지 한 사람의 수입으로 다섯 식구가 먹고살기 힘들어 아버지는 초등학교 문턱에도 가 보지 못했고, 일본인이 경영하는 포목점에 점원으로 일했어."

1919년 3월 초 그의 아버지와 친하게 지낸 친구 중에 남산현 교회에 다니는 분이 있었는데 그 친구가 찾아와 다급한 목소리로 빨리 나오라고 해서 뒤따라가자, 군중들이 보통문 쪽을 향해 행진하면서 "만세! 대한독립 만세!"라고 외쳤다.

서울과 마찬가지로 평양도 3.1 운동이 시작되었다. 그의 부친과 친구도 시위대 속에서 "대한 독립 만세! 일제는 물러가라!"고 외쳤다.

일본 경찰은 선두에서 구호를 외치는 그의 부친과 친구를 체포하려 하자 쏜살같이 군중 속을 헤집고 도망쳐 위기를 모면하지만, 일경은 수배령을 내렸다.

경찰의 조사가 좁혀 오자, 불안감 때문에 더 이상 평양에 살 수가 없어 몇 해 전 중국 봉천으로 간 친구와 연락이 닿아 봉천으로 갔다.

봉천에는 조선족이 상당수 살고 있었지만, 마땅한 일자리를 찾지 못해 서탑가에 있는 개장수 골목에서 개장수 일을 도왔다. 그러나 그 일은 그의 적성에 맞지 않아 도심에서 떨어진 왕가튠마을로 가 지주 왕가 집의 머슴이 되었다. 왕가는 7명의 첩이 있었는데 그 첩 중에 다섯 번째 첩이 그의 아버지에게 관심을 보이고 잘 대해 주었다. 이 사실을 눈치 챈 지주는 아무런 죄도 없는 그를 무자비하게 두들겨 패고 고문을 가하자 생명의 위협을 느끼고 야밤에 도망을 쳤다.

"어르신이 이렇게 멋지게 생겼으니 선친도 잘생긴 미남이었겠지요. 그래서 그 여자가 선친께 호감을 갖고 잘해 줬겠지요."

"그럴 수도 있지."

수용소 생활

그 후 그의 부친은 북만주 하얼빈으로 가서 호난촌마을에 자리를 잡고 혼자서 700여 평의 농지를 개간해 생활이 안정되었다.

고향을 떠나온 지 4년이 지난 후 창룡의 부친은 평양으로 가 조부는 모셔오지만 조모는 전 남편 사이에서 태어난 자식과 함께 살겠다고 해서 모셔 오지 못했다. 할아버지가 오신 후 부자는 더 많은 황무지를 개발해 상당한 농토를 가졌고 생활 형편도 더 나아졌다.

그러나 불행하게도 1931년에 흑룡강성 일대에 대홍수가 일어나 송화강이 범람해 벼는 말할 것도 없고 농지도 다 파괴되고 집안에 있는 가재도구나 옷가지도 몽땅 다 떠내려가 빈털터리가 되었다. 잠잘 곳도 먹을 것도 없었던 터라 부자는 수재민을 위하여 송화강변에 세워진 번원 수용소로 갔다.

수용소는 시설이 빈약한 데다 한여름에 수많은 사람이 좁은 공간에서 함께 생활했기 때문에 전염병환자가 속출했다.

당시 번원은행 수용소의 실태를 〈하얼빈시 100년사〉는 다음과 같이 기록했다.

"그 당시 도외의 송화강변에 '번원은행 수용소'가 있었다. 우리가 이 수용소에 갔더니 2층집 아래 위층에는 들어설 자리도 없이 꼭꼭 채워 넣은 난민이 1,000명도 넘었다. 수용소 측은 우리를 2층에 넣었는데 20평방미터도 못되는 방에 30여 명이나 들어 있었다. 아버지와 오빠랑 남성들은 딴 방에 들었다. 마룻바닥에서 발을 펴고 누울 자리도 없고 덮을 것도 없었다. 먹는 것은 수수 쌀죽이나 좁쌀죽이 아니면 생쌀 절반인 밥을 주었고 반찬이란 것은 무 절군 것을 한 조각씩 주었다.

수용소에 들어가 얼마 안 되어 호열자가 돌아 매일 사람들이 죽어 나갔다. 새벽이면 차가 와서 죽은 사람을 실어 가는데 보기에도 끔찍하고 무서웠다. 이 수용소에 40여 일 있는 동안 우리 집에서는 3살짜리와 6살짜리 동생 둘이나 죽어 버리고 큰집에서도 4살짜리와 2살짜리 둘이나 죽어 나갔다. 나도 병에 걸려 죽었는데 아버지와 큰아버지가 나를 내다 던지려고 할 때 어머니가 하도 기가 막혀 나를 흔들면서 통곡하는 바람에 어찌 정신이 돌아와 눈을 뜨기에 다시 살렸다고 한다. 이 수용소에 있다가는 식구들을 다 죽일 것 같아서 아버지와 큰아버지는 남은 식구들을 거느리고 4월 초에 수용소에서 나와 삼차하역 삼가지촌에 가서 농사를 짓기 시작하였다."

같은 시기와 그 수용소에서 또 다른 사람이 겪은 사례이다. (배종국, 당시 84세)

"우리 집은《9.18》사변 때 상지 우지 미산골에서 살다가 1932년 여름 토비들에게 쫓겨 그해 농사도 거두지 못하고 하얼빈으로 나와 난민 수용소에 들었다. 그때 내 나이 11세였다. 처음에는 도외에 있는 번원 수용소에 들었다. 호열자 전염병으로 매일 숱한 사람이 죽어 나가는 것을 보았다. 이런 고난 속에 빠져 허덕일 때 또 송화강에 홍수가 나서 수용소가 물에 잠기게 되었다. 수용소에서는 살아남은 사람을 몽땅 남강 언덕에 삿자리로 임시 막을 친 삿자리 수용소로 옮겼다. 이곳에서도 때마다 멀건 좁쌀죽을 인구당 한 사발씩 주었는데 우리 집 네 식구에게 차려지는 네 사발 죽을 혼자 먹어도 배를 불릴 수 없었다. 가을 날씨가 추워지니 다시 고향구 벽돌 가마수용소로 갔다. 이곳에서는 낡은 중국인 옷이나 일본인 옷들을 내주어 몸에 걸치고 겨울을 지내는데 벽돌공장 빈집이라 굶주리고 추워서 죽는 사람은 죽고 사는 사람은 겨우 목숨을 이어 나갔다."

창룡의 조부와 부친도 번원 수용소에서 두 달 동안 수용되어 있는 동안 호열자에 걸려 사경을 헤맸다.

수용소를 나온 창룡의 가족은 당시 일본 정부의 조선족 분산 배치 계획에 따라 하얼빈에 배치됐다. 당시에 일본 정부가 집단 부락을 만들어 조선족을 분산시킨 이유는 항일 독립 운동가들의 동태를 감시하는 것이 주목적이었다.

그런데 해방이 된 후 그 정책이 우리 민족에게 큰 문제가 되었다. 조선족을 집단 부락으로 재배치할 때 일본 제국주의자들은 한족들의 토지를 강제로 몰수하고 그 자리에 집단 부락을 만들어 그들의 삶의 터전을 빼앗았을 뿐만 아니라 수전공사에서 황무지를 개간할 때도 총감독은 일본인이 중간 간부는 조선인이 말단 노동은 중국인이 맡아 민족 간에 등급이 생겨 중국인들의 불만을 샀다. 자기 땅에 와서 이국인들이 주인 행세를 하자 그들은 심한 모멸감을 느끼며 때를 기다렸다.

해방이 되고 일본인이 물러간 후 국민당 정부가 정권을 잡자 사회 분위기가 일거에 바뀌어 일본의 앞잡이였던 조선족의 씨를 말릴 것이라는 소문이 돌아 조선족 사회는 긴장감에 싸였다. 이런 험악한 분위기 때문에 많은 조선족 이주자들은 삶의 터전을 버리고 고국으로 귀국했다. 창룡의 가족도 그 알토란 같은 송화강 가의 농토를 그대로 두고 귀국길에 올랐다.

귀국을 위해 목단강에서 화물차를 빌려 타고 도문으로 가는 도중에 영안에서 비적을 만나 싣고 가던 짐을 몽땅 빼앗겼다. 빈털터리가 된 채 삼백리 길을 걸어 천신만고 끝에 국경도시 도문에 도착했지만 이미 소련 홍군이 배치되어 국경이 폐쇄해 어쩔 수 없이 길림성 왕청현으로 가서 청계령 집단 농장에 배치되어 농사를 지었다.

김창룡 노인이 근무했었던 상지시 교육청

김창룡 노인이 근무했었던 상지시 조선족 중학교

"사범학교를 졸업하고 교사로 오랫동안 근무하셨는데 기억에 남는 일이나 사건이 있었습니까?"

"내가 하동학교에 근무할 때 학교 건물이 낡아 새로 지었어."

"하동 조선족 향에 있는 그 학교 말이지요?"

"맞아. 1931년도에 일제가 조선족 학생을 위해서 세운 역사가 깊은 학교지. 1974년에 교사를 신축하기 위해 건물을 허물었는데 그때 용마루에서 수천 장의 삐라 뭉치와 항일자 명단, 변절자 명단, 일본 비밀경찰 명단, 일본군 군복, 군도, 군화, 모자가 떨어졌는데 그때 우리가 보고 가장 놀란 사실은 변절자 명단이었어."

"왜, 놀랐지요?"

독립지사들이 활동했었던 상지시가지

"평소에 목숨을 걸고 항일 독립운동을 했던 분들이 그 명단에 있어서 세상에 이럴 수가 있느냐면서 놀랐지."

"이곳에서 독립활동을 한 투사 중에도 엄인섭과 같은 변절자가 있었단 말이죠?"

상지시 열사능에 있는 휘호

"그래. 열 길 물속은 알아도 한 길 사람 속을 모른다는 옛 선현들의 말씀이 맞아."

"항일 독립투사들의 명단은 역사적인 사료가 될 텐데 어떻게 했지요?"

"상지시 역사 유물관으로 보냈을 거야."

"우리나라 독립기념관에서 이 사실을 알면 귀중한 사료로 활용할 수 있을 텐데요."

"삐라 뭉치에 적힌 내용은 무엇이었지요?"

"일본 놈들을 몰아내고 조국의 독립을 쟁취하자! 이 목적을 달성하기 위해서 우리 모두가 함께 투쟁하자'라는 등의 내용이었어."

"일본군 복장과 군도, 군화, 모자를 지붕 속에 숨긴 이유는 뭘까요?"

"아마 일본군을 죽이고 그걸 감출 목적으로 숨겼을 수도 있을 것이고 아니면 일본군으로 변장해 적진에 들어가 정보를 얻거나 동향 파악을 위한 것을 수도 있겠지."

"누가 숨겼을까요?"

"학교 건물 내부를 잘 알았던 독립투사로서, 항일 활동 중에 희생되었을 거야. 만약 그가 살아 있었다면 8.15 해방 후에 그 자료를 찾아 역사 사료관에 기증을 했을 거야. 그대로 방치된 걸 보면 아마 희생된 것이 틀림없어."

할아버지의 고향 평양을 찾아서

고향을 떠나온 지 20여 년이 지난 1940년 산야가 온통 생명으로 가득 찬 5월 어느 봄날 창룡의 할아버지는 어린 손자를 데리고 평양 나들이에 나섰다.

"저 산을 봐. 저기가 금수산이고 꽃봉오리처럼 보이는 저 산이 모란봉이란다. 저 앞에 흐르는 강은 대동강이고 강가에 있는 저 큰 기와집은 부벽루와 을밀대란다. 그 기와집 앞에 있는 저 작은 섬은 능라도란다. 우리 집은 저 섬 동쪽 건너편에 있어. 그리고 그 뒤에 산이 보이지? 그 산에 광산이 있었어. 할아버지는 그 광산에서 일했어."

창룡은 어렸을 때부터 할아버지로부터 들었던 평양의 아름다움을 실감한다. 평양역에서 내린 후, 그들은 옛 집을 찾아갔다. 20년이 지났지만 할머니 가족은 그대로 살고 있었다. 할머니는 창룡을 보자 "이놈이 성식이 아들 창룡이지. 애비를 닮아 참 잘생겼구나. 통 소식이 없더니만 왜 이제사 왔소? 거기서 새색시 얻어 깨소금이 쏟아져 그렇죠?"라면서 반가이 맞았다. 그러나 그 말속에는 자신을 멀리하고 떠나간 옛 남편에 대한 원망과 회한이 묻어 있는 듯했다.

평양에 도착한 이튿날부터 창룡은 할아버지, 할머니와 함께 평양을 구경했다.

"어디를 구경했나요?"

"먼저 찾은 곳은 아버지가 3.1 독립운동을 했던 평양 경찰서 앞과 보통문이었어."

"그 당시 감정이 어떠했지요?"

"일본 놈들이 우리나라를 침탈하지 않았으면 3.1 운동 같은 저항운동도 없었을 것이고 우리 가족도 간도로 가지 않고 평양에 살면서 할아버지와 할머니에게 이별의 한을 주지 않았을 텐데, 일본 놈들의 소행이 미울 따름이었지."

"보통문은 어떤 모습이었어요?"

"보통문 아래 나루터에는 배를 타기 위해서 많은 사람들이 줄을 서서 기다리고 있었고 강을 따라 올라가니 곳곳에서 아주머니들이 방망이를 두드리면서 빨래를 하고 있던 모습이 이채로웠어."

"다른 곳도 가 보셨나요?"

"을밀대에 올라가 평양 시가지와 대동강을 내려다보았는데 참으로 절경이었어. 하도 아름다워 하늘에 사는 을밀 신선이 내려와 놀던 곳이라 해서 을밀대라고 불렀다 해. 그리고 모란봉에 있는 최승대도 가 보았고."

"그곳의 경치도 물론 좋았겠지요?"

"청류 벽을 따라 감도는 물결을 보았을 때 몹시 무서웠어."

"평양에 갔을 땐 어렸는데 어떻게 청류 벽이나 최승대등의 지명을 기억

하나요?"

"1980년대 말에도 평양에 갔다 왔어."

"그러셨군요."

"그때와 차이가 많죠?"

"완전히 달라졌어. 옛 모습으로 남아 있는 것은 모란봉과 보통문뿐인 것 같더라고 너무 많이 달라졌더군."

"왜 그렇지요?"

"6.25 전쟁 시 폭격을 당해 시가지가 완전히 폐허가 되었단 말을 들었는데 실제로 그렇더군. 백지와 다름없는 상태에서 유럽의 건축가들을 불러들여 건축을 했다고 하더군. 그래서 시가지가 아주 구조적으로 잘 짜였더군. 특히나 시내 중심부로 흐르는 대동강이 동평양과 서평양으로 양분되어 더할 나위 없이 아름다웠어."

"우리 언론 보도에 의하면 1980년대 말경엔 북한 경제 사정이 어렵다고 하던데 실제 사정은 어떠했나요?"

"1960~1970년대엔 조선의 경제 사정이 중국보다 나아서 상당수 우리 조선족이 북조선으로 돌아갔어. 그런데 어쩌다가 사정이 그렇게 악화되었는지 도무지 이해가 가지 않더라고. 건물 외벽은 빛이 바래 흉물스럽게 보였고, 도로에는 자동차가 거의 없었어."

"역시 들었던 그대로군요."

"그런데 도무지 이해할 수 없는 것은 시내 관광 때였어."

"무엇 때문에 그렇지요?"

"온 시가지가 김일성 우상화 일색이었어. 신도 아닌 한 개인이 그토록 우상화되는 것을 보니 과연 어떻게 저런 것이 가능할까라는 생각이 들었어."

이 일을 어쩌나 불쌍한 나의 외삼촌

할아버지를 따라 평양에 다녀온 지 2년이 지난 후 창룡은 아버지를 따라 평양과 경성을 거쳐 충주에 있는 외갓집으로 갔다.

"아이구! 김 서방, 이게 웬일이야. 생전 못 만날 줄 알았더니, 어서 오게. 이놈이 창룡이구나. 아이구 내 새끼 잘도 생겼다. 빨리 들어와."

외조부모는 그들을 반갑게 맞이했고, 시집간 작은 이모 내외를 비롯해 전 가족이 다 모였다.

"창룡이 형님아, 중국 사람은 어떻게 생겼지?"
"우리하고 똑같이 생겼어."
"형님, 중국말 할 줄 아니? 중국말은 어떻게 해?"

창룡의 부자가 머무는 동안 외가 친척들은 극진이 이들을 대접했다.

* * * * *

"그런데 주 교수, 내가 외가댁을 방문했을 때가 1944년 초인데 너무도 형편없이 살더구만. 그래도 여기 만주에서는 먹는 걱정은 안 했는데, 외가댁에는 먹을 것이 없었어. 일본 놈들이 각종 명목으로 수탈해 가서 그렇다고 하더군. 정말 그 정도로 그놈들의 행패가 심했나?"

"나는 그 당시에 태어나지 않아 모르겠습니다만, 어른들의 말을 들어 보면 그때는 누구나 할 것 없이 일본 제국주의자들에게 수탈을 당해 힘들게 살았다고 했어요."

창룡이 외가댁에서 10일간 머무른 후 만주로 돌아갈 때 그의 외삼촌도 함께 갔다고 한다.

"외삼촌은 왜 함께 갔지요?"

"시집간 큰누나도 보고 싶었겠지만 외삼촌의 안위를 위해서였지."

"안위라니요?"

"당시에 일본이 태평양 전쟁을 일으켜 조선의 젊은이들을 전선으로 보낸다는 소문이 파다해 젊은 청년들을 둔 부모들은 어찌할 바를 몰라 걱정을 하던 시기였어. 그래서 나의 외조부께서는 큰딸이 사는 만주로 외삼촌을 숨긴 셈이지."

창룡 부자와 외삼촌은 하얼빈으로 돌아왔다. 그의 외삼촌은 마냥 집에만 있을 수 없어 그의 아버지 소개로 하얼빈에서 멀리 떨어진 학강 탄광으로 가서 탄광 노동자로 일했다.

온 겨레가 갈망하던 해방이 되자 많은 조선족들은 갈등을 일으켰다. 조국으로 돌아갈지 오랫동안 삶의 터전이 된 이곳에서 머무를지를 두고 고민을 했다. 창룡의 집도 상당한 재산을 모아 논이 수십 마지기가 넘어 어떻게 해야 할지를 두고 고민을 거듭하다 고국으로 돌아가기로 결심을 했다.

"고향으로 돌아가려고 했으나 소련홍군에 의해서 국경이 봉쇄되어 가지 못하고 왕청으로 가서 그곳에서 생활하셨다는 말씀은 지난번에 들어서 알고 있습니다. 어르신과 함께 온 외삼촌도 못 돌아가셨나요?"

"외삼촌은 학강 탄광에서 일하다 해방 소식을 듣고 우리 집으로 와서 같이 도문으로 갔어."

"그래서 외삼촌도 고향으로 돌아가지 못했군요."

"그렇지. 우리는 여기에 살려고 왔지만 외삼촌은 강제 징용을 피해 왔기 때문에 빨리 고향으로 가고 싶었지만, 국경이 봉쇄되니 어쩔 수 없이 돌아가지 못했어."

* * * * *

1년이 지난 후 소련 홍군이 물러가고 국경이 열렸다는 소식을 듣지만 한 2년 더 일하기로 마음을 먹고 다시 탄광으로 가서 광산 노동자로 일했다.

2년 후인 1947년에 그의 외삼촌은 귀국 길에 올랐다. 평양을 지나 사리원역까지는 갔지만 이번에는 38선이 막혀 더 이상 갈수가 없었다. 불과 얼마 전인 1947년 초반까지만 해도 통행이 가능했지만 5월이 되자 통행이 전면 금지 되었던 것이다. 그는 누나가 살고 있는 왕청으로 다시 돌아왔다.

가족의 환송을 받고 떠났던 외삼촌의 얼굴이 사색이 되어 돌아오자 이를 제일 궁금하게 여긴 사람은 그의 어머니였다.

"기성아, 무슨 일이 있었니? 왜 다시 왔어?"

"누님, 큰일 났어요. 38선이 막혔어요. 어쩌면 난 영영 고향으로 돌아갈 수 없을지도 몰라요."

"뭐라고? 38선이 막혔다고? 옆집 경주댁 가족이 귀국한 지가 불과 3달 밖에 안 되었는데 어째서 갈 수 없단 말인가."

"바로 한 달 전에 통행금지령이 내려졌다고 합니다."

"그래도 좀 있으면 괜찮을 거야. 일본 놈들이 다 물러갔는데 뭐가 문제가 되겠어. 곧 열릴 거야."

외삼촌을 안심시키기 위해서 그런 말을 했지만 그의 어머니도 내심 고민을 하지 않을 수 없었다. 그 후에도 그의 외삼촌은 몇 차례 더 38선을 넘으려고 시도했지만 마찬가지라 외삼촌과 어머니는 깊은 고민에 빠졌다. 친정 부모님이 딸을 여섯 명을 두고도 대를 잇기 위해 마지막으로 얻은 자식이 기성이인데 자기 때문에 대가 끊길까 봐 좌불안석의 지경에 이렀다.

"기성아, 언젠가는 통행이 재개되어 고향 갈 날이 올 것이다. 너 나이 지금 29살이니 결혼할 나이가 넘었어. 부모님은 계시지 않지만 나와 너의 자형이 여기에 있으니 결혼부터 하자. 고향에 계신 부모님도 내 마음과 똑같을 거야. 이 길만이 우리 모두를 위하는 길이야."

"누님, 조금만 더 기다립시다."

"이렇게 마냥 기다릴 순 없어. 내가 작년부터 마음에 두고 있는 아가씨가 있어. 저 건너 하촌에 사는 최씨 집안의 딸이야. 성씨도 괜찮고 경상도 사람이고 심성도 좋고 믿을 만해. 한번 만나 봐."

"조만 더 기다려 봅시다."

"좀 더 기다려 보자는 그 말 수십 번도 넘게 들었다. 기다려도 안 되니까 그렇잖아."

"누님, 사실은 저에겐 여자가 있어요. 누님도 알다시피 안골에 사는 성씨 집 아시죠. 그 집의 딸 경숙이와 결혼을 약속했어요. 그리고 그 애의 배속에는 이미 나의 아이가 있어요."

"뭐라고? 우리 핏줄이 있다고?"

결혼 시기를 넘겼지만 대를 이을 핏줄이 있다는 말을 듣고는 그의 어머니는 기뻐했다.

"그래, 임신된 지는 얼마나 되었어?"

"내가 여기 올 때 한 5개월 되었으니, 지금 쯤 6살이 넘었지요."

"정말이가! 이런 꿈같은 일도 다 있네."

3대 독자인 동생이 아이를 가졌다는 사실에 기뻐했지만 내심 그 처녀가 동생이 없는 사이에 다른 남자에게 시집가거나 낙태를 했을지도 몰라 걱정이 되지 않을 수 없었다.

이 길밖에 없다, 전쟁에 참전하라

한국동란이 일어나자, 만주에 살고 있는 조선족에게도 큰 충격을 주었다. 어느 누구든 남과 북에 연고가 없는 사람이 없었다. 남과 북 중 누구를 지원해야 하는지는 고려의 대상이 아니었다. 둘 다 혈연으로 맺어진 동포라, 누가 이기고 지든 빨리 전쟁이 끝나길 바랐었다. 그 당시 남쪽 정부는 자본주의 노선을 따르고 북쪽은 공산사회주의 체제를 걷고 있어 이념과 정치 체제가 달랐다.

그런데 배고픔을 해결하기 위해서 간 만주는 1949년에 이르자 공산사회주의 노선을 취한다. 그들은 좋든 싫든 그 체제를 받아들이지 않을 수 없었다. 그러던 중 6.25 전쟁이 터지고 미군이 개입함으로써 분위기는 완전히 바뀌었다. 이들에겐 과거의 악몽이 되살아났다. 일제의 찬탈에 의해서 남의 나라에 와서 한족 지주한테 괄시를 당하면서 살고 있는데 또 다시 코쟁이들이 쳐들어와 조국을 빼앗는다는 소문이 나돌자 참을 수가 없는 분노를 느꼈다.

그런 분위기일 때 미군 폭격기가 압록강 철교를 폭파해 민간인이 희생되자 중국 공산당 정부는 국민의 생명과 재산을 보호한다는 명분으로 한국전에 참전한다. 이렇게 되자, 조선족 마을과 학교에 참전자 수가 배정이 되고 할당을 받은 기관이나 마을은 그 수를 어떻게든 채워야 했다.

항미 원조는 명분은 그럴듯하지만 막상 현실로 다가오자 조선족 마을은 몸살을 앓았다.

"그래, 그렇게 하는 것이 최선의 방법이겠어. 누구에게도 오늘밤에 있었던 일을 말하지 말고 절대 비밀로 해야 돼. 알겠나?"

"예, 매형. 저도 이 방법이 좋을 것 같아요."

이들이 외삼촌을 지원토록 한 것은 한국으로 탈출하기 위한 수단이었다. 그것만이 친정 식구들을 위한 유일한 길이라고 생각했던 부모님이 외삼촌에게 그렇게 제의했던 것이다.

이튿날 외삼촌은 촌장에게 항미 원조에 지원하겠다는 뜻을 전한 후 조금이라도 더 돈을 벌기 위해 일터로 나갔다. 그가 맡은 일은 인근의 구룡산에서 싣고 온 목재를 마차에서 내리는 작업이었다. 힘들지만 일당을 많이 주어 흔쾌히 시작했다.

그 일을 시작한 지 닷새 만에 불행하게도 그의 외삼촌은 목재를 내리다 머리를 다쳐 현장에서 즉사했고 그 충격으로 어머니는 오랫동안 병저 누웠다가 1990년 한중 수교를 2년 앞두고 운명했다.

그의 어머니는 운명하기 전 "한국에 갈 수 있는 날이 오면 반드시 충주 고향에 가서 너 외숙모와 외삼촌이 남긴 그 피붙이를 찾아 이것을 주어라."라는 말을 남기고 눈을 감았다고 한다.

* * * * *

"그것이 무엇입니까?"

"금비녀와 금반지였어. 어머니는 동생의 피붙이가 있다는 말을 듣고는 너무나 기뻐 시누이에게 줄 패물을 준비했는데 동생이 죽자 농 안에 간직해 두었다가 임종 시에 주더라고."

창룡은 1992년 어머니의 유언에 따라 한중 수교가 되자 바로 김포행 비행기에 올랐다고 한다.

"주 교수, 한국은 역시 선진국이더군. 1988년 서울 올림픽 때 TV를 통해서 한국의 발전상을 보아서 어느 정도 짐작은 했지만 실로 놀랍게 발전을 했더군. 내가 조국을 보고 놀란 것은 고층 빌딩 숲과 거리를 질주하는 수많은 차량과 같은 외관적인 모습이 아니라 교통 신호 준수 등 시민들의 질서 의식과 깨끗한 거리와 친절하게 대하는 공직자의 자세를 보면서 민족적인 자긍심을 느꼈어. 중국에 돌아온 후 주변 사람들에게 입에 침이 마르도록 고국 자랑을 했지."

"충주에 가서 외가댁은 찾았습니까?"

"안타깝게도 찾을 수가 없었어. 동네가 사라지고 없었어."

"동네가 사라지다니요?"

"충주댐 건설 때문에 마을이 수몰되어 거기에 살던 사람들은 뿔뿔이 헤어졌다고 해. 여러 군데 수소문해 보았지만 찾을 수가 없어서 KBS 방송국 이산가족 찾기에 의뢰도 했지만 끝내 찾지 못해 외가 집이 내려다보이는 산에 올라가 흙을 한줌 파 가지고 와 어머니 무덤에 뿌렸어. 그렇게 해서라도 저세상에 계시는 어머니의 영혼을 위안하고 싶어서 그랬어."

김창룡 노인이 근무했었던 상지시 교육청

90을 목전에 둔 노인인데도 어머니의 유언을 잊지 않고 실천하는 그의 의지가 놀라웠다. 중국에 오기 전 공산사회주의 국가에서는 종교나 미신은 타파되어 제사도 지내지 않고 경로사상도 사라졌을 거라고 짐작했지만, 우리보다도 더 옛 전통을 고수하고 조상에 대한 경모는 더 강했다.

김창룡 노인은 교사로 정년퇴직 후 현재 상지시 조선족 마을에서 살고 있다.

하얼빈 김성민

다시 찾은 하얼빈

2018년 오후 12시 40분 Asiana 303 비행기는 인천 공항을 이륙해 기수를 북쪽으로 돌려 하얼빈으로 향했다. 신문을 뒤적이다가 눈을 감았다. 아무리 생각해도 이번 하얼빈행은 가성비면에서 괜스럽다는 생각도 들었다.

나는 2달 전인 7월 중순에 정년퇴임을 했기에 하얼빈으로 다시 갈 필요가 없었다. 그럼에도 불구하고 다시 하얼빈을 찾게 된 것은 731부대 기념관 김성민 관장과의 약속 때문이다.

김 관장은 조선족으로 필자와 오랫동안 친분을 쌓아 온 관계였다. 그렇지만 정작 필자가 관심을 갖고 있던 731부대 세균전에 관해 알아보려고 했지만 차일피일 미루다가 퇴임일이 다가올 때까지도 묻지 못해 귀국을 며칠 앞두고 여러 번 전화를 했지만 연결되지 않았다. 평소에도 전화를 하면 외국에서 찾아오는 학자들이 많아 받지 않을 때도 더러 있었지만 그래도 두세 번하면 한 번쯤은 받곤 했는데 이번에는 통 무소식이었다.

그를 끝내 만나 보지 못하고 귀국 하려니 몹시 아쉬웠다. 그런데 하얼빈 국제공항 대합실에서 인천행 비행기에 탑승하기 위해 대기 중일 때 전화가 왔다. 그동안 영화 제작 때문에 북경에서 문화부 장관과 영화사 관계자를 만나느라 휴대폰을 꺼 놓아서 연락을 받지 못했다고 했다. 이번에는 사정상 만날 수 없으니 금년 겨울에 천안에 있는 독립 기념관을 방문할 예정이니 그때 만나자는 약속을 하고 귀국했다.

귀국 후 오랜만에 친구를 만나 즐거운 시간을 보내고 있을 때 그에게서 전화가 왔다. 영화 촬영에 관한 협의는 모두 마쳤으며 북경의 촬영 관계자들이 며칠 후 731부대 야외 실험장과 세트장을 방문할 예정인데 동참할 수 있느냐고 물었다.

필자가 정작 알고 싶은 것은 731부대가 저지른 세균전의 실상을 알아보는 것인데 야외 생체 실험장과 영화 세트장을 방문하는 것은 부수적인 문제여서 즉답을 못 하고 전화를 끊었다. 이튿날 다시 전화가 와 필자가 관심을 갖고 있던 종군 위안부 문제를 연구하는 학자와 항일 투쟁사를 연구하는 학자도 참석할 것이라며 함께하면 좋겠다고 했다.

하얼빈에 도착한 후 평소에 동료들과 한 번씩 들렀던 수에푸 호텔에서 숙박한 후 프런트로 내려가자 731부대 기념관의 홍보부장인 임화가 기다리고 있었다. 그녀는 일정을 알려 준 후 시내를 가로질러 송화강 건너편에 있는 찌아루프 앞에서 차를 세웠다. 731부대 김성민 관장과 한 남자가 필자를 기다리고 있었다.

"이번 일로 한국에서 일부러 오시게 해 괜한 고생을 시킨 셈이네요. 교수님이 출국할 무렵에 영화 촬영 관계로 북경에서 관계자들을 만나 일정을 조절하느라 눈코 뜰 새 없이 바쁘다 보니 미처 전화를 받지 못했습니다. 어제 아침 일찍 북경을 출발해 저녁 늦게 하얼빈에 도착했습니다. 그리고 옆에 있는 이분은 중국에서 최고가는 영화감독인 조림산(趙林山)입니다.”

"조림산입니다. 만나게 돼 반갑습니다. 영화 관계일로 서울에 6번이나 갔다 왔습니다. 김기덕 감독님과는 막역한 사이구요. 만날 때마다 서울에 집을 사라고 권했지만 서울 강남의 아파트 값이 만만치 않더군요. 그래서 일본 동경에 있는 30평대의 아파트 구입했지요.”

731부대 영화를 만들기 위해 답사 온 중국 유명 영화감독

50대 후반으로 보이는 조림산 감독은 풍채가 좋고 귀공자처럼 보였다.

오늘의 목적지는 731부대 안다시 야외 실험장과 영화 세트장이다.

중국의 최북단 만주리행 고속도로에 진입하자 홍보부장 임화는 보기와 달리 시속 180㎞로 넘나들면서 빠르게 질주했다.

하얼빈에서 오래 살았지만 북쪽으로 가는 것은 이번이 처음이다. 창밖에 보이는 풍경은 남쪽과는 달리 끝이 보이지 않는 목초지만 보일 뿐이었다.

3시간을 달려 목적지인 안다 시내로 진입하자 톨게이트 입구에서 안다시 시청 공무원들이 곧바로 731부대 야외생체 실험장으로 안내했다.

망망대해와도 같은 넓은 실험장에는 수천 마리의 양떼가 한가하게 풀을 뜯고 있었다. 실험장 입구에는 일제가 생체 실험장 통제소로 사용한 자그마한 건물은 그대로 남아 있었지만 마루타를 감시했던 관망대는 표지석만 있었다. 70여 년 전 이 평원에 신체 건강했던 청년들은 일본 제국주

안다시 야외 실험장 식당터

731부대 안다시 야외 실험장

의자들과 맞서 투쟁하다가 헌병대에 잡혀와 마루타(통나무)라는 명칭이 붙여진 채 이곳으로 끌려와 말뚝에 결박된 상태에서 각종 세균에 노출된 채 실험이 이루어졌고 실험이 끝나면 다시 하얼빈 731부대로 이송된 후 즉시 소각 처리되었다. 이 실험장에서는 세균 실험뿐만 아니라 일반무기의 살상력 실험도 했다.

얼마만큼의 열을 가해야 탱크와 장갑차 안에 있는 인체를 죽일 수 있는 실험에서는 탱크 안에는 2명의 마루타를 장갑차에는 1명씩 들어가게 한 후 출입문을 닫고 1,000℃ 이상의 고온으로 열을 가했다. 38구경 총의 성

능 실험 시에는 마루타를 조마다 10명 씩 단위로 해 한 조에는 솜옷을 입혔고, 다른 조에게는 홑옷을 입혔으며, 또 다른 조에게는 아무것도 입히지 않고 사격을 해 몇 명의 마루타를 꿰뚫을 수 있는지를 실험했다.

안다시 야외 실험장, 굴뚝으로 쓰일 건물

　1943년 겨울에 페스트균 실험 중에는 한 마루타가 포승줄을 푼 후 다른 마루타의 줄도 풀어 주면서 모든 마루타들이 사방으로 도망친 사고가 있었다. 이때 모두가 도망을 쳤지만 망망한 대해와 같은 초원에는 숨을 곳이 없어서 곧바로 30명 전원이 사살되었다.

731부대 안다시 야외 실험장

일제는 이 평화스런 푸른 초원에서 개, 돼지에게도 하지 아니해야 할 실험을 건강한 청년들에게 했던 것이다. 실험을 앞두고 그들은 과연 어떤 생각을 했을까? 가족에 대한 그리움일까? 일본에 대한 사무친 원한일까? 아니면 자신을 보호해 주지 못한 나약한 조국에 대한 원망일까? 그것도 아니면 기적을 바랐을까? 사자는 말이 없으니 알 길이 없다. 이들의 비통함과는 달리 이 전망대에서 이시이 시로의 졸개들은 망원경으로 이들의 모습을 관찰하고 반응을 지켜보면서 희희낙락했을 것이다.

안다시 야외 실험장, 누군가가 마루타의 영혼을 위해 불경 녹음기를 설치해 두었다

승자와 패자는 종이 한 장 차이라고들 하지만 731부대 안다시 야외 실험장에서만은 종이 한 장이 아니라, 이 세상 모두를 다 덮어도 그 간극을 좁힐 수 없는 차이였다. 실험장을 떠나려고 할 때 조망대 옆에 있는 녹음기에서 '옴마니 반메움'의 염불 소리가 초원 속으로 가득히 퍼져 나갔다. 행여나 저 소리가 하늘에 닿아 억울하게 사라져간 영혼에게 조금이라도

위안이 되면 얼마나 좋을까!

731부대 영화 세트장

야외 실험장을 출발한 지 20여 분 만에 731부대 영화 세트장에 도착했다. 붉은 벽돌 건물이 몇 동이 있는 1930년대에 세워진 이 구식 붉은색 벽돌 건물은 과거에는 타이어 공장이었다고 한다. 이중 한 건물은 높은 굴뚝까지 있어 하얼빈 평방구에 있는 731부대 구관과 아주 흡사했다.

세트장을 본 후 시내 중심가에 있는 숙소로 갔다. 필자에게 배정된 스위트룸은 회의실과 증기 사우나 시설까지 갖추고 있었다.

룸을 확인한 후 바로 호텔 만찬장으로 갔다. 만찬장에는 이미 이 도시의 시장, 부시장, 검찰총장, 법원장 등 고위 간부들이 자리하고 있었다.

만찬이 시작되자 안다시 시장의 환영 인사가 있었다. '우리 안다시보다 더 좋은 환경을 갖춘 여러 도시가 있는데도 본 도시를 영화 세트장으로 결정해 준 김성민 관장께 감사드린다. 조림산 감독님도 좋은 영화를 만들어 다시는 무자비한 도륙이 이 땅에 일어나지 않도록 알리는 데 기여해 달라. 그리고 이 자리를 빛내기 위해서 멀리 한국에서 참석한 교수님에게도 감사드린다. 안다는 한국어로 친구라는 뜻이다. 오늘부터 우리는 좋은 친구가 되기를 바란다.'라는 취지의 인사말을 했다.

필자도 '나는 주자의 31대손이다. 나의 할아버지는 800년 전에는 복건성에 살다가 한국으로 이주하신 분이다.'고 소개를 했다.

인사가 끝나고 만찬이 시작되면서 자유로운 토론이 이어지자 조 감독은 '이번 영화는 시진핑 주석께서도 큰 관심을 가지고 있으며 2,000만 위엔의 지원금도 주셨다. 좋은 영화를 만들기 위해 일본도 4차례나 방문했으며 하시모도 전 일본 총리도 직접 영화에 출연하기로 약속도 받았다. 남경대학살을 다룬「존 라베」등의 영화는 나왔지만 731세균전에 관한 영화는 나오지 않아 안타까운 차에 이번에 정부의 협조로 영화를 제작하게 되어 기쁘기 한이 없다. 폴란드의 아우츠비치 수용소를 다룬 스티븐 스필버그 감독의「쉰들러 리스트」를 능가하는 작품을 만들어 일제의 만행을 고발하고 이 도시를 알리는 데도 일조하겠다.'고 했다

화기애애한 분위기에 술이 몇 순배 돌자 이곳저곳에서 작품에 대한 아이디어가 나왔다.

'극작가님, 시나리오를 잘 쓰려면 지금 바로 현장으로 가서 초원에 누워 밤하늘의 별을 보면 좋은 영감이 떠오를 것입니다.'

'그것도 중요하지만 배역도 중요하다. 그러니 교도소장은 대머리인 내

영화 세트장

가 맡아야 한다.'고 법원장이 말하자 '업무 성격상 감찰원장인 내가 더 어울릴 것이다.'라고 한마디씩 하면서 영화 세트장이 이 도시에 유치된 것에 만족해했다.

필자 옆자리에는 오랫동안 종군 위안부 문제를 연구하면서 우리나라 안성에 있는 나눔의 쉼터도 6번이나 방문한 적이 있는 강순일 연구원은 "731부대의 극악무도함을 알리는 것도 중요하지만 꽃다운 나이에 위안부로 끌려와 평생 동안 가슴에 한을 담고 살아야 했던 종군위안부 할머니들의 삶도 그려야 한다."고 역설했다.

밤 12시가 지나도 어느 누구도 자리에서 일어나지 않았다. 심지어 시장까지도 늦은 밤까지 접대 하는 것을 보니 이 도시가 세트장 유치에 얼마나 심혈을 기울였는가를 알 수 있었다.

이튿날 하얼빈 731부대 기념관으로 돌아온 후 김 관장의 집무실에서 그와 함께 이야기를 나누었다.

731부대 수용소

"내가 하얼빈에 온 후 가장 먼저 찾은 곳이 바로 이 기념관이에요. 관람을 마치고 연병장에 있는 의자에 앉아 인간의 극악무도함의 한계가 과연 어디까지 일까를 생각해 보았어요. 그때 미루나무에 달려 있던 몇 개의 잎이 가을바람 앞에서 떨어지지 않으려고 몸부림을 치는 것을 보고서 저런 미물도 생명을 더 지탱하려고 몸부림치는데 하물며 여기서 산화된 마루타들도 살아남기 위해서 얼마나 발버둥 쳤을까를 생각하니 눈물이 났어요."

"아이고 그것보고 눈물을 흘렸다니 이해가 되지 않네요. 저는 여기서 희생된 분들의 자손들이 찾아와 영정을 붙잡고 오열하는 모습을 보면 정말 가슴이 찡했어요. 그것도 한두 번도 아니고, 여러 번 보니 이제는 그런 감정도 없어졌지만, 이번에 새로 지은 신관은 어떤가요?"

"승전 70주년을 맞이해 많은 예산을 들여 지은 것으로 알고 있습니다만 내가 보기에는 구관이 더 나은 것 같아요."

"왜 그렇게 생각하는지요?"

"구관 추모공관에 들어서면 이승을 떠나지 못한 영들이 천장 위에서 절규하듯 내려보는 듯해 으스스한 기운을 바로 느낄 수 있었지만 신관에서는 그러한 느낌이 들지 않아요. 그리고 붉은 벽돌 건물은 1920~1940년대의 일본 건축 양식을 상징하지 않나요? 신건물은 우레탄 소재에다가 색깔마저 우중충한 회색 일색이니 별로 마음에 들지 않아요. 이외에도 구관에서는 굴뚝도 볼 수 있어 마루타가 연기로 사라진 것을 느낄 수 있지요. 신관은 그것도 볼 수 없고, 폴란드 아우슈비츠 수용소에도 옛 모습 그대로였고 심지어 신발과 머리카락 한 올까지도 보존되어 있더군요."

731부대 신관 기념관

731부대 안

Q: 이제부터 평소에 궁금했던 점을 좀 물어볼게요. 731부대가 세균을 연구한 목적이 무엇입니까?

A: 명치유신 이후 일본은 군부, 정부, 재벌들이 결탁하여 세력을 부단히 확장하였습니다. 1894년에는 중일 간 전쟁에서 승리를 함으로써 백은(白銀) 2억 냥의 배상금을 받아 전쟁의 이익을 보았지만 그들에게 있어서 이는 소규모의 전쟁에 지나지 않았지요. 그들은 더 많은 이익을 위해 제국주의의 길에 들어서게 됩니다. 그로부터 10년 후 다시 일러 전쟁을 일으켜 승리함으로써 러시아로부터 중국 동북 지역의 식민지 특권을 빼앗았고 침략의 기회를 엿봅니다. 1927년 다나카 기이치 수상은 '동방회의'에서 일본 천황에게 "지나(중국)를 지배하려면 만몽부터 지배해야 하고 세계를 지배하려면 지나부터 지배해야 한다."는 비밀문서를 올리지만 일본은 국토가 작고 인구가 적어 병력이 부족했지요. 거기다 무기를 만들 광석 자원도 부족하여 대규모의 전쟁을 감당하기에 어려움이 많았어요. 이런 점 때문에 군국주의자들은 해결방책을 찾던 중 세균 무기의 연구에 시선을 돌리게 되었던 것이지요.

Q: 731부대장 이시이 시로는 어떤 인물이며 왜 세균학을 전공했나요?

A: 그는 교토 제국대학 의학부를 졸업하고 군의가 된 후 교토 제국대학 대학원에 들어가 세균학, 혈청학, 병리학, 예방의학을 배운 후 미생물 전공의 박사학위를 받았지요.

그가 군의관 시절 유럽을 여행할 때 1348년 유럽에서 발생한 페스트가 유럽 전체를 휩쓸어 2,500만 명이 사망하였다는 사실을 알고는 세균 무기 연구를 시작했으며 그의 지론은 "군사의학은 치료와 예방에만 있는 것이 아니라 공격을 목적으로 하는 것이어야 한다. 미래의 전쟁은 필연적으로 세균전이 중요한 위치를 차지하게 될 것이기 때문에 반드시 세균 무기의 연구에 정력을 쏟아야 한다."고 역설했지요.

731부대 가스 저장소

Q: 731부대에서 희생된 실험 대상자는 몇 명 정도였어요?
A: 13년 동안 5,000명 정도를 상회했지요.

Q: 이들 중에서 우리나라 사람도 있었나요?
A: 현재까지는 신원이 밝혀진 희생자는 이기수, 김성서, 고창률, 이청천, 심득용 등 6명입니다. 이 중에서 구체적으로 밝혀진 인물은 이기수뿐입니다.

731부대 마루타 이기수(소련의 첩보원 명단)

序列	姓名	性别年龄	国家	被捕和特别移送时间、地点、经过	备注
1	李基洙	男28岁	朝鲜	原籍在朝鲜咸镜北道新兴郡东兴面，1941年7月20日在间岛省珲春县春化村拍马向逮捕。	延宪高第673号
2	韩成镇	男30岁	朝鲜	原籍在朝鲜咸镜北道坊城，居住在间岛省珲春县春化村杜荒子屯第2屯，农民。1943年6月25日被捕。	间宪高第386号
3	金圣瑞	男	朝鲜	原籍在朝鲜咸镜北道吉州郡，居住在间岛省理春县借安村马滴达屯第8屯，1943年7月31日被捕。	间宪高第418号
4	高昌律	男42岁	朝鲜	原籍在朝鲜江源道海阳郡云谷里，居住在间岛省珲春街大同区第9牌，从事饮食业。1941年7月25日被捕。	间宪高第418号
5	德姆琴科	男	苏联	1939年秋在道门车站被日军探得，后押至哈尔滨香坊保护院集中营，刑讯提不招供，后经哈尔滨特务机关批准，特别移送至七三一部队。	《审判材料》
6	柯基姆洛夫	男22岁	苏联	1944年6月，根据86部队情报，哈尔滨宪兵队在哈尔滨站两河边逮捕无线电报员工作者后将基姆洛夫，侦特别移送至七三一部队。	119-2-894-1第5号
7	2人名不详	男	苏联	1940年6月，命令大嫩爆营侦选择2名苏联人，由宪兵队车押送至七三一部队。	119-2-33-1第4号
8	叶克塞也夫	男25岁	苏联	1941年6月，哈尔滨宪兵队出动汽车到哈尔滨警察局刑法科抱10多个中国犯人送往七三一，其中包括羁越境被捕的苏联士叶克塞也夫等2名苏联人。	119-2-33-1第4号
9	8人名不详（情报工作者）	男	苏联	1941年7月，哈尔滨警察厅刑法科逮捕2名苏联人。外事科逮捕的8名苏联人。据松本英雄证实，这8人都被特别送至七三一部队。	119-2-856-1第4号
10	阿德恩娜娅·巴斯海	女52岁	苏联	原籍苏联扎巴伊卡尔，住在三江省抚远县海青村富宫屯。	关宪高第516号
11	张慧忠（年又善）	男	中国	1941年7月16日被捕，牡丹江兵队在牡丹江市六马路将刑发定释的张慧忠逮捕。白天又在牡丹江车站将三名情报员逮捕讯问，于秋季通过哈尔滨宪兵队特别移送至七三一部队。	牡丹江国际反帝情报站站长，谨报员119-2-894-1第4号黑省安厅苏9904-10
12	朱之盈	男	中国	同上	同上
13	孙朝山	男	中国	同上	同上
14	吴殿兴	男	中国	同上	同上

731부대로 잡혀온 마루타 명단

Q: 다른 사람의 인적사항은 모른단 말인가요?

A: 일본이 패전 후 1945년 8월 퇴각할 때 모든 문서를 소각하거나 땅에 파묻어 아무것도 몰랐는데 그로부터 8년이 지난 1953년에 관동사령부 옛터에서 도관 시설 공사 중 우연히 발견되어 공안국 문서관리국에서 발굴해 복구했습니다. 이기수에 관한 기록은 희미하게나마 남아 있어 알 수 있었지만 나머지는 파손이 심해 알아볼 수 없었지요.

Q: 이기수는 왜 마루타가 되어 희생되었는가요?

A: 그의 조부는 그가 2살 때인 1910년에 함경남도 신흥군 동흥군을 떠나 통화 장백현으로 이주해 농사를 짓고 살았는데 22살에 김일성이 대장인 동북항일연군 제1로군 제2방면군의 대원이 되어 장백현, 안도, 돈화 지역을 중심으로 일본군과 맞서 싸웠지요. 1930년대 말에 항일연군에 대한 토벌이 강화되자 그는 소련으로

하얼빈 731부대 수용소

갔는데 그 후의 행적은 헌병대 기록에 없어 알 수 없지만 훈춘에서 활동했던 시기에 이기수라는 이름 대신에 미츠치엔이라는 소련 이름을 사용한 것으로 미루어 보아 소련의 정보원으로 활동한 듯합니다. 그런 점 때문에 1941년 7월 20일 23시 30분에 연길 헌병대에 체포되어 2개월간 심문을 받은 후 1941년 9월에 하얼빈 731부대로 이

송되어 실험이 끝난 후 곧바로 소각되었습니다.

Q: 731부대 내에서 마루타끼리는 서로 알고 지냈나요?

A: 그러지는 않았지만 서로 간에 정보를 주고받았지요. 마루타가 일단 731부대에 끌려오면 모든 정보를 단절시키고 독방에 가두었지요. 그런데도 불구하고 감옥 안에서는 감시원들이 알지 못할 이상한 일이 있었는데 바로 독방 간의 독특한 연락방식이 있었습니다. 한 사람이 감옥에 들어오면 다른 방의 사람들도 그 사람의 이름과 체포과정을 모두 알았습니다.

Q: 어떻게 알았을까요?

A: 지금까지도 밝혀지지 않는 비밀로 남아 있어요.

Q: 감옥 내에서 저항도 있었나요?

A: 예. 그들이 주로 하는 저항은 단식이었고 단식은 누군가의 계획 하에 진행되었습니다. 한번은 세균 실험을 하기 위해 설탕가루에 장티푸스균을 섞었지요. 그런데 누구도 먹지 않았지요. 이는 마루타들이 반찬에 세균이 들어 있다는 것을 알고 있었기 때문이지요.

Q: 1945년 8월에 항복을 했을 때 당시의 부대 상황은 어떠했으며 철수는 어떻게 이루어졌나요?

A: 1945년 5월 2일, 소련 홍군은 베를린을 격파하고, 5월 8일에 독일이 무조건 투항하지요. 이와 함께 중국 각 전선에도 중국 군대가 결정

적인 승리를 거두었고 1945년 8월 8일 소련은 일본에 선전포고를 하고 8월 9일 병력 150만여 명, 탱크 5,500대, 비행기 5,000대와 군함 여러 척을 출동시켜 일본군을 전면적으로 공격하였습니다. 이시이 시로는 8월 10일 밤에 이곳으로 돌아와 부대의 철수에 관한 회의를 소집하고 철수 앞서 5가지 명령을 내립니다.

첫째: 731부대의 비밀을 죽을 때까지 지켜야 한다!

둘째: 니시 도시히데를 파견하여 731부대 각 지부의 증거를 소각하고 전체 지부 대원들은 자살하라.

셋째: 도고타운의 731부대 군속도 전부 자살하라.

넷째: 모든 마루타를 살해하는 동시에 세균공장을 폭파하라.

마지막으로 731부대의 전체 대원들이 모두 퉁화로 철수하는 것이었습니다.

그의 다섯 가지 명령 중 '지부의 대원과 도고 타운의 군속을 자살하게 하라'는 명령은 키쿠치 소장 등의 강력한 반대로 실행치 못하고 지부의 대원들과 군속 모두가 함께 철수했습니다. 그리고 수많은 세균 실험으로 작성한 각종 자료와 균종을 일본으로 가지고 갈 준비를 했으며 부대가 철수할 때 특별반 대원들을 제일

1920年石井四郎毕业于京都帝国大学医学部
Shiro Ishii graduated from the Department of Medicine of Kyoto Imperial University in 1920.

731부대 이시이 시로 부대장
(경도 제국대학 시절)

먼저 출발시키고 이시이 시로는 모든 마루타를 죽이고 세균 공장을

폭발하라는 명령을 내립니다.

Q: 731부대의 만행에도 불구하고 미국은 지국의 이익을 위해 이시이 시로와 그의 부하들을 전범재판에 회부하지 않았다고 하던데요?

A: 제2차 세계대전이 종결된 직후에 일본과 미국 사이에는 비밀리에 뒷거래가 진행되었고 미국은 731부대원들의 전쟁 책임을 면제해 주는 조건으로 731부대 주요 구성원인 이시이 시로, 기타노 마사지 등을 비밀리에 심문해 731부대가 벌인 인체 실험, 세균 실험, 세균전, 독가스 실험 등의 테이터 자료를 손에 넣었지요. 미국 정부가 생각하기에 731부대의 세균무기 연구 자료는 미국이 세균무기를 연구, 개발하는 데 있어서 매우 중요하며 미국의 안전 보장을 위해서는 이시이 시로를 세균 전범으로 재판하는 것보다 훨씬 가치 있는 것이라고 판단해 미국은 731부대로부터 획득한 세균전 정보를 내부 정보로 처리한 후 이를 '전범에 대한 증거물'로 채택하지 않았습니다. 그리고 미 군사 당국은 731부대의 연구 자료를 누설하려 하지 않고 극비문서로 취급해 밀봉했으며, 워싱턴 컬럼비아 특구의 문서기록관에 30년 동안 보관해 오다가 1980년대에 이르러서야 포웰이라는 신문기자가 원동 국제 군사법정자료 중에서 이시이 시로 등 전범들에 대한 사면 관련 서류를 발견함으로써 미국과 일본 간의 거래 사실이 세상 사람들에게 폭로되었습니다.

Q: 이시이 시로 등 731부대 관련자들은 어떻게 처리했나요?

A: 미국이 일본이 벌인 세균전 범죄 사실과 전쟁 책임을 은폐함으로써

731부대의 모든 구성원은 극동국제사법정의 재판을 피해 법망을 벗어날 수 있었습니다. 재판을 받았어야 할 전범들은 당당하게 일본의 정부기관, 군사 분야, 의료기구, 학술단체, 대학교 등 사회 각 영역에서 중요한 직책을 맡았습니다.

Q: 731부대를 몰아낸 부대는 소련의 홍군이 아닌가요?

A: 미국은 일본의 세균전 자료를 독점하려 했지만 소련도 이 자료를 손에 넣으려고 했습니다. 소련은 1946년에 731부대의 가와시마 기요시 소장과 가라사와 도미오 중좌를 비밀리에 심문함으로써 세균전 문제는 미소 양국이 극동군사법정에서 외교적 힘을 겨루는 양상으로 전개되었지요. 최종적으로 미국이 도쿄재판을 주도해 세균전의 역사적 사실을 덮어 버렸고, 소련이 강력히 주장했던 세균전범 인도와 재판은 미국의 동의를 얻지 못했을 뿐만 아니라 조사와 증거수집 단계에도 들어가지 못했지요. 그러나 이 문제는 도쿄 재판의 종결로 결코 해결될 수가 없기에 도쿄 재판이 끝난 뒤인 1949년 12월 소련은 하바롭스크시에서 12명의 일본 세균 전범들에 대해 단독으로 재판을 진행합니다. 이것이 바로 하바롭스크 재판입니다. 이 재판 기록은 『세균무기를 제조하고 사용한 혐의로 기소된 전 일본 육군 군인 재판자료』라는 책으로 출판되었습니다.

Q: 이시이 시로의 부대원들이 생존해 있을 때 그들이 행했던 증언을 듣기 위해 일본을 여러 번 갔다 왔다고 했는데 그 이야기도 좀 해 주세요. 현재까지 몇 번이나 갔다 왔나요?

A: 1990년부터 40번 갔다 왔어요. 처음에는 하얼빈에서 일본으로 가는 직행노선이 없어 북경이나 상해로 가서 환승을 해야 해 어려움이 많았죠.

Q: 그러면 비용도 만만찮았을 건데요?
A: 처음엔 친구나 친척들의 도움을 받았지만 현재는 정부의 지원금을 받아요.

Q: 가기 전에 인적 사항을 어떻게 알았나요?
A: 일본 도서관과 문서 보관소를 통해서도 하고 아는 지인을 통해서도 알아냈지요. 그중에 미시야마 대학 교수가 많이 도와주었습니다.

Q: 좋은 일도 아니고 오랜 세월이 지나 전범들은 선뜻 만나려 하지 않았을 텐데요?
A: 그렇지요. 전화로 미리 연락하면 만날 수 있다고 약속하지만 막상 만날 날이 되면 못 만나겠다고 했지요.

Q: 그러면 막막했을 텐데요.
A: 하얼빈에서 여기까지 일부러 왔다. 731부대 이야기는 안 할 테니 일단 한번 만나는 보자고 하면 그중 몇 명은 응해 주었지만 그때도 반드시 가족이 동행했어요. 어쩌다가 부대와 관련된 이야기를 내비치면 약속 위반이라며 자리를 뜨곤 해 빈손으로 돌아오는 경우도 있었습니다.

Q: 그럼에도 불구하고 여러 사람을 만나지 않았나요?

A: 몇 번 실패를 하다 보니 요령이 생겼지요.

Q: 어떤 요령인가요?

A: 고급 식당으로 초대해 함께 술을 마신 후 서로 믿을 만한 분위기에 이르면 조심스럽게 이야기를 꺼내지요.

Q: 그러면 응했는가요?

A: 대체적으로 그랬고 묻지 않은 것도 말하곤 했습니다.

Q: 현재까지 몇 명이나 만났나요?

A: 1990년도에 300명 정도 연락이 가능해 그중에서 70명을 만났습니다. 세월이 지나다 보니 병원에 입원 중인 자가 많아 의사가 못 나가게 한 경우도 많았지요.

Q: 반응도 각각 달랐을 텐데요?

A: 그렇지요. 그중에서 진정으로 참회하면서 눈물을 흘리는 사람도 몇 명 있었지요.

Q: 패망 시 상황도 물어봤나요?

A: 예. 1945년 8월 9일 날 곧 중대 발표가 있으니 모든 준비를 하라고 명령을 하달 받은 후 1주일 동안 서류를 불태우고 건물도 폭파했으며 마루타도 다 죽였다고 했습니다.

Q: 실험 자료도 불태웠나요?

A: 이시이 시로는 생체 실험에 관한 8,000페이지 분량의 A, G, G Report
는 생명과 관계가 있으니 폐기치 못하게 했습니다.

Q: 왜, 그랬을까요?

A: 미군과의 거래를 위해서였지요.

731부대 부대장 이시이 시로가 군의관에게 증정한 일본도를
김성민 기념관 관장에게 증정함

Q: 기념관 TV를 보면 일본도를 받는 장면이 있던데요?

A: 일본도를 준 그분도 처음에는 만나기를 거부했고 심지어 적대감까
지 보였습니다. 그래서 731부대 이야기는 안 할 테니 인사라도 한번

하자고 설득해 2시간 동안 신변잡기만 이야기하고 돌아왔습니다. 2번째 만날 때는 요령이 생겨 고급 요릿집으로 초대를 해 술이 거나하게 취하자 이시이 시로에게 직접 하사 받은 칼을 60년 동안 보관하고 있다고 했지요. 뭔가 감이 잡혀 술을 더 권했더니 기념관에 희사하겠다고 약속해 작년에 가서 만났을 때는 거동이 불편해 휠체어를 빌려 가지고 가 군도를 전달 받았고 전시관에 전시해도 좋다는 허가서도 써 주었고 비디오까지 촬영했습니다.

Q: 그는 어떻게 해서 이시이 시로부터 직접 받게 되었지요?
A: 하루에 5명을 처리할 정도로 생체 실험수술을 잘해 그 공로로 받았다고 했어요.

Q: 마지막으로 만난 사람은 누구였지요?
A: 고지시에 사는 오오카와 위생병인데 당시 95세라 기력이 다해 언제 돌아갈지 모를 정도였어요. 제국주의의 깃발 아래 위풍당당했던 모습은 온데간데없고 죽음을 눈앞에 두고 시들어 가는 것을 보니 같은 인간으로서 애잔한 생각이 들었어요.

훈춘 김남훈

간도사의 산증인 김남훈

흑룡강성은 그 이름처럼 흑룡이 흑룡강에 살고 있어서인지 날씨가 변화무쌍할 때가 많다. 맑은 하늘도 금시 먹구름으로 변해 폭우가 쏟아지는 경우가 허다하다. 필자가 학교에서 택시를 탈 때 먹구름으로 덮여 걱정을 했으나 평방구를 지나 학부로에 들어서니 먹구름은 간데없이 밝은 햇살이 비쳤다.

이번 답사 지역은 훈춘 일원이기 때문에 평소 주말과는 달리 하얼빈 서역으로 가야 했다. 하얼빈 서역을 출발한 기차는 사평을 지나 장춘까지는 시속 306㎞로 달려갔다. 그러나 장춘역에서 동쪽으로 방향을 틀자, 속도가 200㎞로 줄어들었다.

장춘까지 300㎞를 달려와도 산하나 보이지 않는 망망한 평원이었지만 장춘을 지나면서 산과들이 번갈아 보이기 시작했고, 길림시를 지나자 지형이 우리나라와 비슷했다. 이런 자연 환경 때문에 길림을 비롯해 조선족 자치

훈춘 시내 중심가

주인 연길, 도문, 화룡, 용정, 왕청, 돈화 등에는 조선족이 많이 살고 있는

듯했다. 하얼빈을 출발한 지 3시간 30
분이 지난 후 훈춘역에 도착했다.

훈춘 시내 도로

훈춘은 서북쪽은 중국령이고 동쪽
은 러시아령이며 남쪽은 한반도의 최
북단인 종성, 온성, 회령, 경원, 경흥,
부령(4군 6진)이라, 동서남북으로 한
발짝씩만 걸으면 3개국 땅을 밟을 수 있는 변계 지역이다.

언젠가 남북통일이 되어 시베리아 횡단 열차의 시대가 열리면 훈춘은
유라시아로 가는 관문과도 같은 곳이다. 이런 점 때문에 일제 강점기 시
일제는 훈춘과 가까운 청진에 인접한 나남에 일본군 제19사단, 일명 나남
사단을 주둔시켜 대륙 침략의 기회를 엿보았던 것이다.

택시를 탄 후 기사에게 훈춘 시청이나 훈춘시 조선족 협회로 안내해 달
라고 하자, 토요일이라 두 곳 다 문을 닫는다고 했다. 어떻게 해야 할지 망
막해 지나가는 보행자에게 몇 번이나 말을 걸어 보았지만 허사였고, 우리
글로 쓰인 몇몇 가게에 들어가 조선족이냐고 물어봐도 역시 묵묵부답이
었다. 조선족 식당이나 조선족 상점이라고 쓰였는데도 조선족은 없었다.
열 번째쯤 들른 약방에서 비로소 40대 중반의 조선족 여인을 만날 수 있
었다. 그녀에게 향토 사학자나 90대의 노인을 아는지 물어보았지만 모른
다고 했다.

훈춘 사건의 현장을 보기 위해 수천 리를 왔는데 빈손으로 돌아갈 수는
없었다. 난감해하는 나의 모습을 본 택시기사는 공안(파출소)으로 안내
했다.

공안은 나에게 한국에서 왔느냐고 물으며 반갑게 인사를 했다. 조선족

인 그에게 이곳을 찾아온 목적을 말하자 훈춘 성부터 둘러보라고 했다.

훈춘 시내를 벗어나 한 시간 정도 지나자 꾸불꾸불한 산길을 지나 7부 능선쯤에 이르렀을 때 며칠 전에 내린 폭우로 도로가 끊겨 더 이상 갈 수 없어서 발길을 돌려야 했다. 하얼빈으로 되돌아가려니 너무나 아쉬워 택시 기사에게 조선족이 운영하는 요양원으로 안내해 달라고 했다.

기사가 안내한 요양원은 시내 중심에 자리한 6층 건물이었다. 사무실 들어가 원장님을 만나 방문 목적을 말하자 반갑게 맞이했다. 그녀는 한국 요양원에서 8년간 근무한 후 귀국해 재작년에 이 요양원을 세웠다고 했다.

"길림성 내에 있는 요양원은 환자의 입원율이 30~40% 정도밖에 되지 않지만 우리 요양병원은 빈자리가 없어 환자가 대기 상태."라며 자랑스러워했다.

조금만 더 일찍 왔으면 항일 투쟁뿐만 아니라 항미 원조에도 참전했던 노병을 만날 수 있었는데 안타깝게도 97세를 일기로 2주전에 별세했다면서 603호실로 안내했다.

병실에는 선글라스를 낀 노파가 누워 있었다. 눈이 잘 보이지 않는데다가 고령으로 필자의 물음에 과연 대답을 할 수 있을까 하고 의아해했는데 의외로 기억력이 뛰어났고 발음도 뚜렷했다.

그는 봉오동 전투, 청산리대첩, 훈춘 사건과 경신대 참변으로 온통 피로 얼룩지고 총성과 화약 냄새가 온 사방을 진동하던 시기인 1920년에 조선족 마을인 훈춘현 하다문향에서 태어났다. 이렇듯 탄생부터가 순탄치 못했다. 어머니 품속을 벗어난 소년기 시절인 1930년대에도 사회주의 사상의 유입으로 농민들의 추수 투쟁과 항일 투쟁으로 비극적인 사건이 이틀이 멀다 하고 일어났다.

20대에 이르러서는 장개석의 국민당 군과 모택동의 팔로군 간의 내전이 30대에는 6.25 전쟁이 일어났다. 40대에도 문화대혁명이 일어나 혁명의 소용돌이에 휘말렸다. 이렇듯 그가 살아온 삶 자체가 전쟁과 사건의 연속이었다.

"어르신은 격동기를 겪으면서 중요한 역사적인 사건들을 다 목도하면서 힘든 삶을 살아오셨네요."

"지나간 내 삶은 투쟁의 연속이라 한시도 편할 날이 없었어. 남들과 달리 탄생의 순간부터 총소리를 자장가 삼아 살아왔어."

"고국에 계셨다면 이런 소용돌이에 말려들지 않았을 텐데요."

"글쎄 말이다. 하도 못살아 먹을 것을 찾아 뿌리를 내린 곳이 이곳이었으니 이것도 다 내 복이고 운명이지."

이렇게 필자는 김남훈 옹과 5시간 동안 대화를 나눴다.

"어르신, 저는 하얼빈에서 왔습니다."

"아주 먼 곳에서 왔군. 그래 무슨 일이 있어서 왔지?"

"훈춘 사건의 현장을 보려고 훈춘성으로 가는 중에 며칠 전에 내린 비로 도로가 막혀 가지 못하고 도중에

훈춘성 가는 길목

돌아왔습니다. 어떻게 할까 막막하던 차 요양원으로 오면 연세 드신 어른

들을 만날 수 있을 것 같아 무작정 왔습니다."

"그러면 훈춘 사건 때문에 왔군?"

"예. 그렇지만 그 사건에 관해서는 몇 해 전에 연변대 역사학과 박창욱 교수로부터 들어서 알고 있습니다. 제가 어르신에게 묻고 싶은 것은 제가 만난 분 중에서 가장 고령이시라 직접 훈춘 사건을 목도하셨는지요."

"어쩌나. 그 사건은 내가 어머니 품 안에 있던 때라 알 수가 없는데."

"그래도 부모님이나 동네 어른들에서 들었던 이야기라도 없으신지요?"

"내가 알고 있는 것은 그 사건이 있은 후 일본 놈들의 보복이 두려워 나를 업고 피신 다닌다고 고생했던 이야기는 들었어."

"훈춘은 훈춘 사건으로 희생도 많았지만 항일 투쟁으로 다른 어느 지역보다도 피해가 많던데요?"

"이 지역 사람들의 마음속에는 나라를 되찾자는 의지가 강해 문맹퇴치가 먼저라고 여겨 뜻있는 어른들은 서당과 야학을 세워 글도 가르치고 애국사상도 고취시켰어. 그 영향으로 부인회가 조직되고 이 조직을 통해 독립군에게 군자금도 조달했지."

"그 당시에 부인들이 먹고살기도 힘들 텐데 어떻게 모금을 했단 말입니까?"

"결혼식 때 받은 반지를 팔거나 심지어 머리카락을 잘라 시장에 팔기도 했어. 이를 본 청년들이 자극을 받아 독립운동에 가일층 매진했어. 안중근 의사가 단지 동맹을 맺고 대업을 이룬 것도 그 영향 때문이지."

"네? 이건 한국엔 알려지지 않았는데요."

"안 의사가 이토를 쏘기 전에 연추에서 손가락을 절단해 혈서를 쓰고 동맹을 맺지. 손가락을 단지한 장소가 여기서 별로 멀지 않아. 바로 옆 동네야. 그리고 그 단원 중에 황병길 어른 등 몇 사람은 바로 이곳 출신이지."

"와! 여인들이 머리카락까지 잘라 독립군에게 자금을 마련해 줬다니 대단하군요. 그리고 이것에 자극을 받아 인근의 청년들이 단지 동맹을 맺게 된 계기가 되었다니 훈춘은 우리 독립운동사에서 우뚝 솟은 전초 기지와도 같군요. 어르신이 10대 때인 1930년대는 간도 지역에 많은 사람들이 희생되었다고 하셨는데요?"

"아침에 일어나면 이틀이 멀다 하고 듣는 소리는 희생자들의 슬픈 소식뿐이었어."

"1920년대는 3.1 운동의 영향으로 청산리 전투나 봉오동 전투로 희생자가 많이 발생한 것은 이해가 되지만 30년대에 희생자가 많은 이유는 뭡니까?"

"사회주의 계열의 농민 운동가들 때문이지."

"왜 유독 이곳에서 집중적으로 일어났지요?"

"소련의 10월 혁명 영향 때문이지. 이곳은 지리적으로 러시아와 가까워그 영향을 많이 받아 사회주의 바람이 불었고 여기에 더해 지주의 횡포가심하니까 그냥 두고 볼 수 없었지."

"그런 이유 때문이었군요? 어르신이 직접 본 사건도 있습니까?"

"한둘이 아니야. 바로 우리 마을에서 일어난 사건도 있는데."

"어르신 마을에서도 사건이 있었다고요?"

"내가 11살 때인 1931년 10월 말 어느 때와 마찬가지로 서당에서 수업을 하고 있을 때 총소리가 연거푸 들려 수업을 마친 후 총소리가 난 산 쪽으로 달려갔더니 동네 어른들이 모여서 웅성거렸고 여러 사람들이 대성통곡을 해 그쪽을 보니 차마 눈뜨고는 볼 수 없는 일이 벌어졌어. 무장한 일본 경찰이 '누구든 항일을 하면 모두다 죽여 버리겠다. 감히 대일본 제국에 반기를 든다고? 어림도 없는 소리!'라는 취지로 고래고래 소리를 질렀고 그 앞에는 여러 명의 사람들이 온몸에 피투성이가 된 채 주검이 되어 있었어. 마을 사람들이 순사에게 항의를 했지만 그들은 고압적으로 위협하면서 금방이라도 방아쇠를 당길 것 같았어."

구일본 영사관이 자리한 곳

"왜 그런 참사가 있었나요?"

"우리 동네에 사는 어른들이 반일 단체를 결성해 이따금 비밀 회합을 가졌어. 1931년 10월 말경에도 가을걷이를 마친 후에 인하동 소학교에 모여 농민 투쟁과 항일 투쟁에 관한 모임을 했어. 이 사실을 알게 된 일제의 앞잡이인 원대순 어른이 훈춘 일본 영사경찰에 고발을 하자 경찰 무리가 마을을 포위한 후 모임에 참가한 11명의 마을 사람들을 체포해 바로 마을 뒷산으로 끌고 가 총살했어. 이것이 바로 사람들이 말하는 훈춘 하다문향 인하동 참안 사건이야."

"그런데 실제로 계획을 실행한 것도 아닌데 바로 처형을 했군요?"

"그래. 그렇게 해도 어느 누구도 아무런 이의를 제기하지 못하던 시절이었으니까."

"그 후 마을 분위기는 어떠했나요?"

"말로 표현할 수 없었지. 조선에서 먹고살기가 힘들어 남의 나라에 와서 힘들게 살아가는 와중에도 조국의 독립을 위해 활동하다가 그런 변고를 당했으니 기가 막히지."

"박창욱 교수에 따르면 유형평촌에서도 참안 사건이 있었다던데요?"

"아, 반석향 유형평촌 사건 말이지? 그 마을은 우리 동네와 가까운 마을이야. 그 사건의 발단은 농민운동과 항일을 하는 사람들이 비밀이 탄로날까 봐 일제 주구를 찾아내 처단했어. 이 사실을 알게 된 일본 경찰이 마을에 들이닥쳐 관련자를 찾아내 현장에서 바로 총살했어. 그때 사살된 희생자는 8명일 거야."

"동포 간에도 서로 간에 불신이 많았는가 보지요?"

"그럴 수밖에 없었어. 농민 운동과 항일을 달갑지 않게 보거나 무관심한 사람도 더러 있었지. 그리고 순사가 수시로 들락거리고 감시를 하니 귀찮기도 하고, 대부분의 참안 사건이 이와 비슷해. 한쪽 편에선 추수 투쟁과 항일을 하고 나머지 쪽에서는 이들을 밀고하는 식으로 사건이 터졌어."

"나라를 되찾기 위해서 항일을 했는데 이를 밀고한 사람이 있었다니 믿어지지가 않네요."

"아주 극소수에 불과하지만 일본 영사 경찰은 이들에게 용돈을 몇 푼주고 관리를 했지."

"그래서 항일 활동이 더 어려웠겠군요."

"그렇지. 대마자구촌에서 다수의 농민들이 살해된 사건이나 전선촌에서 4명이 살해된 것도 마찬가지였어. 그리고 일경이 아닌 한족 군대에 의해서 자행된 억울한 사건도 있었어."

"어르신이 10대인 1930년대에는 일본 제국주의가 한창 발호하던 시절인데 어째서 그런 사건이 일어났지요?"

"여기서 차로 한 30분 가면 동흥진(면)이라는 곳이 있어. 그곳에는 중국 군 부대가 있었어. 이 부대가 9.18 사건 이후에는 일본군과 맞서 싸우는 항일부대가 되지. 우리의 우군인 셈이지. 그런데 동흥진에는 양락토라는 대지주가 있었는데 그자의 횡포가 너무 심해 우리 조선 농민들이 그를 몰아내려고 할 때 위험이 닥쳐오리라고 예상하고 부대장에게 달려가 도움을 청해. 그때 마을 사람 7명이 체포되어 작두에 목이 잘렸어. 그 후 한동안 뜸하다가 1930년대 중반에 이르자 회룡봉, 금당 등의 마을에서도 항일유격대가 활동하자 토벌대는 그 마을도 습격해 닥치는 대로 살해했고 4도 구 마을에서도 첫날 11명이 사살 당했고 그 후 연 사흘 동안 수십 명이 희생되었지."

"왜 그렇게 무자비하게 살해했을까요?"

"항일 유격대 근거지를 아예 씨를 말리려고 그랬지. 불행은 여기서 끝나지 않아, 나중에 3광 정책 때는 화룡봉마을을 아예 불태워 없애 버려."

"그 마을에 살았던 사람들은 어떻게 되었어요?"

"뿔뿔이 헤어지지. 그래서 그 주변에 살았던 사람들 중에는 이산가족이 많아. 러시아, 미국, 조선, 한국, 카자흐스탄 등 여러 나라에 흩어져 살고 있어."

"6.25 동란에도 참전하셨다고 했는데 이제는 그 이야기 좀 해 주세요."

"어릴 적부터 한학을 공부했어. 명심보감 사서삼경 등의 인간의 도덕이나 예 등 인간의 본심 심성을 어질게 하는 내용이야. 전쟁이나 싸움과는 거리가 멀어. 비록 내각 중국의 국공내전에 참전해 수많은 생명을 죽이기도 했어. 그건 어쩔 수 없어 그랬어. 내가 29세의 늦은 나이게 늦깎이가 되어 참전하게 된 것은 전쟁 자체를 싫어해 끝까지 군대에 안 가려고 그랬지. 그러나 우리 민족이 힘이 없다 보니 참전은 했지만."

"그런데도 참전하지 않았나요? 그 이유는 무엇인가요?"

"군은 명령에 따라 움직여. 내 뜻대로 되면 당연히 참전 안 했겠지. 조선 전쟁에 끌려가 동족끼리 피터지에 싸웠어. 서로 간에 엄청난 희생을 내지 않았느냐. 그게 뭐 좋다고 다시 이야기한단 말인가? 그런 질문에 대답 않겠다."

"어르신 뜻 동감합니다. 사실 저도 6.25 전쟁 참전 노병들에게 전투담을 여러 번 들어 안 하려고 했어요. 그런데 어르신은 다른 노병들과는 달리 인민군 6사단 소속으로 참전하였다기에 그 부대 출신은 처음이고 더구나 이 부대는 저의 고향을 스쳐간 부대라 궁금해 질문한 것입니다."

"그래도 그 전쟁, 떠올리기 싫다. 더 이상 질문하지 마라."

필자는 더 이상 전투 상황에 관해서는 질문을 할 수 없었다. 대신 전투 외적인 상황에 관해서 조심스럽게 질문을 하자 입을 열었다.

"전쟁이 일어나면 상대를 죽여야 하니 그런 면에서 슬프고 가슴 아픈 것, 후회스러운 일이 많았겠지요."

"우리 부대는 서쪽 지역 경기도, 충청도, 전라도, 경상도 지역으로 내려 왔기에 이승만 군과의 전투는 거의 없었어. 경찰과 약간의 교전뿐이라 후회스러운 것도 별로 없었지. 오히려 개성과 서울 등지에서 붙잡힌 포로들을 풀어 주었어."

그러나 하동에서 섬진강을 건너자 미군과의 교전이 시작되었다.

"그때부터는 미군을 상대로 교전을 했으니 희생자가 날 수밖에 없었어. 전투 중에는 어차피 방아쇠를 당기고, 희생자가 불가피하게 생기니 그건 더 이상 말하기 싫다. 다만 마산 전투 중에는 무고한 양민을 살해한 후엔 가슴이 아팠어."

"어떤 상황이었나요?"

"미군에 부역했던 지게꾼들이야. 그들은 식량과 무기 등을 산으로 이동시켜 주더군. 어쩔 수 없었지."

"또 다른 기억에 남는 일은 없어요?"

"어떤 때는 미군 패잔병과 마주친 적도 있어. 그들은 대개가 부상자들이라 대오에서 이탈한 자들이지. 그들을 보면 못 본 체했어. 참전해서 그나마 후회스럽지 않은 것은 그 점이야."

"많은 지역에서 인민군이 지나갈 무렵 인민위원회를 만들어 활개를 쳤다고 하던데요."

"중국 팔로군 출신들은 인민위원회에 관해서 잘 몰라. 인민위원회는 주로 조선 인민군 출신의 정치 공작대가 담당했으니 지나다가 인민위원회가 열리는 것을 볼 수 있는데 가관이더군. 동족끼리 못 잡아먹어서 그러던데 우리는 해방되던 해 친일분자나 지주에 대한 처단은 그때 다 했는데 우리가 겪었던 그대로 실행하더라고."

"나의 고향 사람들은 인민위원회보다도 더 많은 피해를 당했어요."

"왜, 그렇지?"

"여순 반란 사건 때문이지요."

"여순 반란 사건이라고?"

1948년 10월 19일 제주도 출동 명령을 받은 여수 주둔 13연대는 진압 명령을 거부하고 그 틈을 타 지창수 상사 등 좌익들이 반란을 일으켜 40여 명의 영내 장교를 죽이고 여수시에 활동 중이었던 남로당 지하 조직원 600여 명과 함께 여수 시내를 장악하고 열차편으로 북상해서 그곳의 남로당 조직과 합세하여 순천까지 접수하게 된다. 이들은 바로 국군과 토벌대의 공격을 받아 대부분 지리산으로 도주하여 빨치산 활동을 벌이게 된다.

1945년 해방 이후 좌익이니 우익이니 하면서 혼란을 거듭할 때도 우리 마을 사람들은 사상적인 갈등과 혼란과는 동떨어진 채 평화스럽게 생업에 종사하는 순박한 농민들이었다. 그런데 어느 날 난데없이 총과 좌익 사상으로 무장한 여순반란 사건의 좌익분자들이 밀어 닥쳐오니 사람들은 공포와 충격과 혼란에 휩싸였다. 서산에 해가 기울고 어둠이 깃들 무렵이면 이들은 마을로 내려와 선무 활동을 한다.

조금만 기다리면 세상이 바뀐다. 바뀐 세상에서는 빈부의 격차나 차별이 없는 우리가 꿈도 꾸지 못했던 세상이 온다고 선무를 한다. 게다가 들려오는 소문에 의하면 옥종과 적량 출신의 누구누구는 동경 유학 중에 또 누구누구는 진주고보를 졸업한 후 월북 했다는 소문도 있었던 터라 그들의 세뇌에 동조하는 사람들도 상당수 있었고 그들도 빨치산이 되었다. 이들 빨치산은 방위대가 물러간 저녁 시간이 되면 매일 마을로 내려와 곡식, 가축 등 먹을 것과 이불, 옷 등 생활에 필요한 모든 물건을 닥치는 대로 빼앗아 갔다. 마을 사람들과 빨치산 간에 뺏고 숨기는 게임이 5년 여간에 걸쳐 일어난다. 당시엔 먹고살기도 힘들었든 시절이라 빨치산에게 식량을 빼앗기게 되면 먹고살 길이 막막하였기에 온갖 지혜를 다해 식량을 숨기기에 바빴다.

"그런 사실이 있었구나."

"어르신, 더 구체적으로 말씀드릴게요."

김영식은 머리도 좋고 잘생긴 청년이었다. 그는 진주에서 고교를 졸업하고 고향으로 돌아와 청암면 치안대장이 된다. 당시 좌우의 어수선한 사회 상황에서 사회의 질서를 바로잡기 위해서는 치안이 무엇보다 중요했다. 그가 치안대장으로 활동할 무렵 빨치산의 공격으로 하동군청과 경찰서가 불탄다. 모든 서류가 화재로 인해 소실되었다. 그는 이 사실을 알고서 청암면 사무소와 지서에 있는 모든 서류를 대피시켜 안전하게 보관하는 것이 급선무라고 판단한다. 그는 대원들에게 큰 대나무 소쿠리를 수십 개 준비하게 한 후 소쿠리 바닥에 문종이를 깔게 하고 모든 서류를 그 속에 담아 문종이를 덮은 후 아무도 모르게 땅속에 파묻는다.

어느 날 어찌 된 영문인지 그는 육군 토벌대에 쫓겨 산속으로 밀려가서 빨치산과 합류해서 빨치산의 간부가 된다. 그는 상당기간 빨치산 활동을 하지만 사상적으로나, 신체적으로도 도대체 더 이상 견디지 못할 경지에 이르게 된다. 그의 친한 친구이자 고교 동기생이며 횡천 지역유지의 아들인 K의 집으로 어느 날 밤 빨치산 대원 7명을 데리고 찾아간다. 그는 친구에게 전향의사를 밝히고 도움을 요청한다.

그의 친구 K는 그의 의사에는 아랑곳없이 이들을 그의 집 고방에 가두고는 자물쇠를 채우고 횡천 지서에 빨치산 출현을 신고한다. 횡천 지서에 빨치산이 출현했다고 신고한다. 횡천 지서와 하동경찰서에 비상에 걸렸고 이들을 체포하러 온 경찰관들은 이 중에서 6명을 현장에서 사살한다. 김영식은 빨치산 간부였고 정보를 많이 가지고 있을 것이며 무엇보다도 청암면 사무소와 지서의 일체의 서류들이 그만이 알고 있는 장소에 묻혀 보관 중이어서 그를 죽이게 되면 정보적인 면에서 손실이라 판단하고 그를 살려 준다. 하동 군청의 화재로 인해 모든 문서가 소실되었기 때문에 서류가 하나라도 더 필요한 시기였던 점도 그의 생명 연장의 끈이 된 셈이다. 재조사한 결과 그의 친구 K가 신고한 내용과는 달리 그는 빨치산에 반기를 들고 진심으로 참회의 마음으로 전향을 했다는 사실이 밝혀진다. 그 후 그는 약간의 위로금도 받게 된다. 이 사실이 빨치산에게 알려진 후 빨치산들은 그의 집에 불을 지른다. 매일 밤마다 내려와 그의 신변을 노렸다.

그는 그 후 주식회사 K사의 전무를 거쳐 부사장까지 지낸다. 만약 그때 잘못된 판단으로 그가 사살되었으면 또 한 명의 인재를 잃게 되었을 것이다.

집동 속에서 올린 결혼

나의 외가는 지리산 대원사와 가까운 삼장면 석남리에 있었다. 빨치산들이 지리산을 중심으로 곳곳에서 활동하지만 석남리와 대원사 주변만큼 빨치산 세력이 강했던 곳은 없다. 오죽했으면 우리의 소중한 문화재인 고찰 대원사와 삼장 석남 일대의 마을들을 전부 불태우지 않으면 안 되었던 점을 생각해 보면 짐작이 갈 것이다. 나의 고향 주변은 그래도 낮에는 국군이 치안을 유지하고 밤에는 빨치산이 산에서 내려와 활동했지만 이곳 삼장 석남은 낮에도 빨치산이 버젓이 활동할 정도로 그들의 세력은 막강했고 저항은 격렬했다.

국군 토벌대는 어쩔 수 없이 견벽청야(堅壁淸野) 작전을 수행하게 된다. 이 작전은 글자 그대로 성벽을 견고히 하고 곡식을 걷어 들인다는 뜻인데 적의 양식이 될 만한 것은 모조리 차단시켜 식량 등 물자의 공급 조달이 불가능하게 하여 적을 고사시키는 전술인 것이다. 이 작전으로 말미암아 천 년 고찰 대원사와 인근 석남마을이 안타깝게도 불타게 된다. 마을을 불태우기 전 작전 본부는 주민에게 소개령을 내린다.

이즈음 당시 17세였던 나의 이모는 50여 리 떨어져 있는 남사리 선돌마을에 사는 19세 청년과 결혼식을 앞두고 있었다. 이때 조혼이 일시적으로 성행했던 것은 젊은이들이 언제 징집을 당할지 몰랐고 또 징집되어 전장으로 나가면 살아 돌아올 수 있다는 보장이 없었기에 어른들은 후사라도 얻기 위해서 자식들을 빨리 결혼을 시켰던 것이다.

이모의 결혼식 날짜를 알면서도 나의 가족은 어느 누구도 참석할 수 없었는데 집에서 외가까지 가는 중간에 군데군데 교전이 벌어지거나 검문으로 인해 통행이 불가능했기 때문이다. 그런데도 나의 어머니는 당시 초등학교 3학년이던 셋째 아들에게 묵 한 당생이를 보낸다. 9살의 어린이는 10kg 정도의 짐을 지고 60리나 되는 먼 거리를 새벽에 떠나는데 곳곳에서 검문을 당하고 그럴 때마다 사정을 하며 통과를 한다. 그러나 덕산을 지나 삼장에 가까워지면서 상황이 여의치 못했다. 토벌대와 무장 공비 간에 치열한 전투가 벌어지고 있었던 것이다. 대원사에서 내려오는 덕천 강을 중심으로 동쪽은 토벌군이 서쪽 지리산 쪽에는 빨치산들이 포진하여 서로를 향해서 총을 쏘고 전투를 벌이고 있는 중이었다. 총알이 머리 위와 귓전을 비 오듯이 스쳐간다. 도로 위로 걷다 가는 언제 총알이 관통될지도 모르는 상태였다. 도저히 더 이상 갈 수가 없어서 도로를 내려와 지대가 낮은 덕천 강물을 따라 겨우 외가댁에 도착한다. 결혼식이라 하지만 하객이라곤 외조부모 외엔 아무도 없었고, 여러 개의 집동으로 마당 주변을 에워싸 총알이 뚫고 들어오지 못하게 막아서 식장을 만든다. 그렇게나마 올린 결혼식이지만 신랑은 이미 징집영장을 받은 상태였고 결혼식 7일 후에 그는 전선에 투입된다. 신혼의 단꿈도 채 맛보지 못하고 전선에 투입된 지 2개월 후에 전사 통보를 받는다. 이것은 나의 외가의 과거 이야기지만 당시 지리산 주변에 살았던 사람들의 삶의 한 단면이다. 지금도 그들은 천추의 한을 갖고서 인고의 세월을 살아가고 있다.

지리산 자락의 작은 마을 곡점에서 일어난 사건이다. 곡점은 덕산에서 중산리로 가는 중간에 있는 마을이며 산세가 깊어서 빨치산들의 주 무대나 다름없었다.

추석을 며칠 앞둔 어느 날 빨치산 대원 7명이 저녁에 내려와 그 동네에 사는 K 씨의 댁에 자고 아침 식사까지 얻어먹은 후 주인에게 빨치산 무리가 자기 집에 머물고 있으니 신고하라고 위협해 주인 K 씨는 덕산의 연대 본부로 가서 이 사실을 알린다. 신고를 받은 토벌대는 몇 대의 군용 트럭에 분승하여 작전을 나가게 된다.

차량이 곡점마을 앞 산기슭의 커브 길을 도는 순간 위에서 잠복하고 있던 빨치산들이 일제히 사격을 가한다. 이들의 기습에 토벌대는 총 한 발 쏘지도 못한 채 대부분이 사살되고 3명은 도로 및 하수구로 피신하여 살아남았으나 7명은 생포되어 무장 해제된 채 목숨은 건질 수 있었단다. 살아남은 토벌 대원이 덕천 강을 따라 내려가 이 사실을 연대 본부에 보고한다. 작전 본부는 곡점마을과 인근에 사는 주민에게 공터로 나오라고 명령을 내린다. 군은 그들 중에 통비 분자가 있어 빨치산에게 사전에 시간과 동선을 제공하여 토벌대가 막대한 피해를 입었다고 판단했던 것이다. 토벌대는 공터에 모인 사람들에게 눈을 감으면 살려 주고 그렇지 않으면 죽인다고 속이고 전원 그 자리에서 사살을 하게 된다. 대부분의 양민이 아무런 죄가 없음에도 불구하고 그곳에 살았다는 사실 하나만으로 떼죽음을 당한 것이다.

내 고향이 어디냐고 묻지 마세요!

 나의 모교 위태국민학교는 학생들 대다수는 위태리, 회신리, 궁항리의 3개리 출신의 어린이들이다. 3개리 중에서 궁항리가 오지 중의 오지 마을이다. 궁항리는 앞물, 뒷골, 밤실, 자실, 양이터, 샛골 등 7개 부락이 있다. 앞물에서 고개를 넘으면 청학동이고 샘골에서 장재터를 넘으면 최치원 선생의 자취가 아직도 남아 있는 고운동 계곡이다. 이런 깊은 골짜기에 자리한 마을이다 보니 빨치산이 활동하기에 좋은 최적의 환경을 갖추고 있다. 궁항리 대다수 마을은 3~15호수를 가진 작은 마을이며 집 사립문을 나서면 몇 발자국 안가서 바로 산으로 이어진다. 이러한 지리적인 위치 때문에 빨치산들은 궁항리 뒤쪽 동쪽 해발 850m인 오대주산 아래 700m 능선에 본부를 두게 된다. 본부가 자리했던 주산의 700m 고지에서 내려 보면 주변 수십 ㎞ 정도의 시야를 확보할 수 있어 천혜의 요새가 된다.

 빨치산 본부가 오대주산에 자리함으로 궁항리의 마을은 바로 빨치산의 수중에 들어가게 된다. 낮은 대한민국이 지배하고 밤은 조선인민 민주주의가 지배하는 같은 마을이 2개 체제의 통치를 받게 된다. 누가 지배를 하든 간에 먹고살기 위해서는 농민들은 농사일을 안 할 수가 없었다. 농사일을 마치고 집에 갈 무렵이면 빨치산들도 생명을 유지하기 위해서는 치안대가 물러간 틈을 타 보급 투쟁에 나서게 된다. 궁항리 주민들은 밤에 집에 있으면 먹을 식량을 빼앗기는 것은 물론이거니와 집에 있다가는 잡혀갈 수밖에 없었다. 그런 상황에서 빨치산에 안 잡혀가기 위해서는 낮에는 마을 부근에서 농사를 짓고 저녁이면 비교적 안전한 3㎞ 정도 동남쪽에 있는 위태나 양지마을까지 와서 잠을 잤다. 저녁 무렵 3㎞ 정도의 거리를 내려오는 것은 대부분의 사람에게는 별 무리가 없지만, 노약자와 8~9개월의 임산부에게는 큰 무리가 된다. 거동이 불편한 이들은 집안이나 바깥에 여러 개의 큰 짚동을 세우고 그 짚동 속에 들어가 이불을 깔고 밤을 지내도록 했던 것이다. 짚동이라는 생활공간에서 지내다 보니 믿을 수 없는 일이 일어나곤 했는데 그중에 하나는 그 공간에서 출산이었다.

"정말 말도 안 되는 일이 일어났구나."

2명의 인민군 고위군관에게 무슨 일이 있었나?

"인민군 6사단의 병사들은 남쪽 출신 그중에서도 경상도 출신이 많다고 하던데요?"

"맞아. 친인척이 있는 병사들은 그저 전쟁이 빨리 끝나고 그들을 만나보고 싶어 했지. 그러다 보니 믿기지 않은 일도 있었어."

"그게 뭔데요?"

"우리 연대에는 두 명의 고위군관이 있었어. 그중 한 명은 임실 출신이고 나머지 한 명은 진주 출신이야. 둘 다 그 가족을 만났는데 동요가 심했어."

"뭐, 때문에 그랬지요?"

"박 모 군관은 전북 임실 출신으로 대동아 전쟁이 발발하자 학도병으로 끌려왔어. 그는 끌려오기 전 결혼을 했고 경찰 간부인 그의 장인이 그가 관동군으로 배속되는 것을 알고는 도착 즉시 탈영을 해 상해 임정으로 가라는 말을 듣고는 탈영을 했지만 상해까지 거리가 너무 멀어 우리 조선족이 대부분인 166사로 들어왔지. 그도 우리와 함께 국공내전에 참전했고 이후 상부 명령에 따라 6.25 전쟁까지 참전해 고향까지 왔어. 그때 고향 마을로 갔어."

"고향 마을로 갔다고요?"

"집을 떠난 지 8년 만에 갔으니 얼마나 가슴이 설레겠어. 그런데 그건 그의 희망에 불과했어."

"왜요?"

"당시 임실 경찰서장이던 장인이 가족들 데리고 피난을 갔어. 그러니 가족을 만날 수 없었지. 복귀하자마자 권총을 내팽개치고 김일성이고 뭐고 전쟁을 할 수 없다고 했어. 왜 동족 간에 이렇게까지 해야 하냐고 울부 짖었어."

"심적 상처가 클 텐데…."

"그렇지. 그런 까닭에 함안 전투에서 공격 앞으로 명령을 내리고 앞장 서서 죽음을 향해 가더라고."

"아이구, 저런."

"진주에서도 이와 비슷한 사건이 있었어."

"어떤 일이 있었는데요?"

"고위군관인 허 모 정치공작대장에게 일어난 일이야. 하동 전투를 끝내 고 진주에 입성한 지 얼마 되지 않았을 때 그는 자기 집에 다녀오겠다며 외출을 했어. 얼마 후 부대에 복귀했는데 아주 만족하더라고."

"무슨 좋은 일이라도 있었는가 봐요?"

"당시 진주 중학생이던 아들을 만났다지 뭐. 이틀 후에는 그의 부친까 지 만났으니 그럴 만도 하지."

"아니, 뭐라고요? 맙소사 세상에 이런 일도 있나?"

"왜 그래?"

"그는 나의 인척입니다."

"인척이라고?"

"그날 밤 일어났던 상황을 말씀드릴게요."

* * * * *

어둠을 헤치고 한 사나이가 731번지 집 앞에서 몇 번이고 고개를 돌려 집 안을 확인한 후 대문을 열고 안으로 들어갔다. 당시 어른들은 하동군 적량면에 있는 고향 집에 갔기 때문에 그 집에는 진주 중 2학년생인 허석준과 나의 백 씨뿐이었다. 인기척에 문을 열었을 때 두 소년은 소스라치게 놀랐다. 그들 앞에 나타난 정체불명의 인물은 인민군 장교였다. 어깨엔 번쩍거리는 견장과 무릎까지 올라온 부츠, 허리에는 권총까지 차고 있어 공포심은 더했다. 이 인민군 장교가 왜 밤중에 이 집에 나타났을까? 두 소년이 공포에 질려 두려움을 느낄 때 현식을 포옹하며 말했다.

"석준아, 내가 너 애비다. 할아버지는 고향 석대에 계시니?"

이 말을 듣자 석준은 더욱 혼란에 빠졌다. '아버지라고? 나의 아버지는 이미 돌아가셨기 때문에 아버지가 없는데 아버지라니? 이분이 무엇 때문에 아버지라고 속일까?' 석준은 한층 더 경계를 하고 의심을 느꼈다. 그렇지만 여기서 100리나 떨어진 석대에 있는 고향집을 아는 것으로 보아 거짓말은 아니 것 같았다.

그날 밤 석준은 잠시나마 혼란에 빠진 것은 그 시대가 만든 환경 때문이었다.

1929년 11월 3일 광주에서 발단이 된 광주학생 사건은 전국을 휩쓸었다. 그 여파는 진주 지방에도 휘몰아쳐 당시 진주고보 2학년이었던 허경영는 진주 고보학생운동을 주도하다가 발각되어 퇴학을 당했고 그 후에도 학생운동을 계속하다가 행방불명된 상태였다.

그날 밤에 나타난 사람은 허경영이었다. 석준은 그때까지 자기의 아버지는 그가 3살 때 돌아간 걸로 알고 있었다. 석준이는 할아버지께 부모님에 대해 물을 때마다 3살 때 다 돌아가셨다는 말을 들었기 때문이다. 훗날 알게 되었지만 그의 부모는 비밀리에 진주에서 지하 공산당원으로 활동하다가 월북을 했던 것이다. 그의 조부는 그런 사실을 손자에게 차마 사실대로 말을 할 수 없었다. 그 시대에는 좌우 이데올로기가 판을 치던 시기라 공산당 당원은 빨갱이로 취급되어 본인뿐만 아니라 집안 전체가 멸문지화될 정도로 엄중한 시대였다.

그날 밤 부자의 만남은 짧은 시간이었다.

석준의 부친이 돌아간 후 채 20분이 지나기도 전에 공중에서 비행기 소리와 더불어 그의 집 마당에 대형 폭탄이 떨어졌다. 다행이도 집 본채에서 살짝 벗어나 마당 귀퉁이에 떨어져 큰 피해는 없었지만 마당에는 깊은 구덩이가 만들어졌다.

* * * * *

"그날 밤 폭탄이 떨어질 때 집이 완전히 내려앉는 줄 알았어. 창문 유리창이 다 날아가고 흙 폭풍이 일어나 우리가 얼마나 공포에 질렸는지 몰라."

"어째서 집 마당에 떨어졌을까요?"

"누군가가 그의 동선을 알려 주었을 거야. 허경영이 거물이기에 그가 살던 옛집이 타깃이 아니겠어?"

석준은 며칠이 지난 후 그의 할아버지와 다시 아버지를 만났다. 그날 3대가 함께 만난 것이 그들이 이승에서 만난 마지막 만남이었다.

"9월 중순 퇴각 명령을 받고 우리는 태백산으로 들어가 후퇴를 했고 그는 혁명 과업을 수행한다고 지리산으로 들어갔지. 그 이후 어떻게 되었는지 모르나?"
"뭐라고 말씀드려야 하나?"

1950년 10월 말경 하동 싹실로 시집간 여동생은 밤중에 중년 남자로부터 한 장을 쪽지를 받는다.
'지금 당장 돈이 필요하니 10월 27일 오후 5시에 지리산 피막골에서 만나자.'
그의 여동생은 돈을 준비해 약속된 시간에 갔지만 그는 끝내 나타나지 않았다.

"그 후 소식은 모르나?"
"그와 함께 지리산에서 빨치산 활동을 하다가 전향 한 사람이 있는데 그 양반의 말에 따르면 지리산 빗점골에서 토벌대에 의해 사살되었다고 해요."
"아까운 인재였는데 이념 때문에… . 그 후손은 어떻게 되었어?"

"연좌제에 묶여 공직 생활도 못하다가 1970년대 결혼 후 자영업을 했어요. 그 후 연좌제는 폐지되었지만."

"부모님은 괜찮았나?"

"부잣집 집안이라 교육 사업에 많이 기여했고 집안 조카 중에 항일 황동을 하다 옥사한 열사도 있어 별문제 없이 넘어갔죠?"

"조선에도 자식이 있다고 하던데 혹시 소식 들었나?"

"예. 1990년대 모스크바에서 세계 물리학자 총회가 열렸어요. 그때 우리나라 대표로 서울대학 ○○○ 교수가 참석했어요. 회의를 마친 후 조선 대표가 그에게 다가와 혹시 허경영을 아는지 물었어요. 그 교수의 고향은 진주와 가까운 선들 출신인데 거리상으로는 그의 고향과 가깝지만 행정구역이 달라 몰랐지요. 훗날 그가 허경영 마을로 찾아와 그 사실을 전해 그의 후손이 조선에 핵물리학자로서 활동 중인 것을 알게 되었어요."

"인민군 6사단의 장병 다수가 경상도 출신이라고 말씀하셨는데 예기치 않은 일도 있었을 텐데요?"

"그렇지. 전투가 없거니 소강상태일 땐 고향 이야기를 많이 했어. 모두가 빨리 전쟁이 끝나고 고향집에 가기를 원했지. 그리고 남쪽에서 지원했던 의용군은 더 심했지."

"왜 그랬지요?"

"조선민주주의 공화국 체제가 그리워 지원했는데 그 체제를 맛도 보지 못했지. 진주를 지나 마산 사이에서 한창 공방을 주고받을 때 산이 삐라판이었어. 그 삐라를 보고 동요가 많았지."

"삐라를 보고 동요하다니요?"

"그 내용을 보면 그럴 만도 해."

"왜요?"

"폭격기의 폭격, 함포 사격으로 진격은커녕 몸 사리기에 급급했어. 연일 사망자와 부상자가 속출하여 두려움이 드는 차에 삐라에 '부모님이 애타게 기다린다. 추석이 다 되어 가는데 고향에서 부모님과 함께 보내야지' 등의 이념과는 다른 인간적인 점을 호소하니 그게 먹혔지. 그로 인해 이탈자도 더러 있었고….."

훈춘 박남기

두만강 다리를 가장 많이 건넌 사람은?

영하 30℃의 혹한에도 불구하고 필자는 박봉주 노인과 합작가에 있는 박남기 노인의 아파트를 찾았다.

"어르신, 나중에 만날 그 어르신 연세가 어떻게 되십니까?"

"나보다 7살 많으니 96세야."

"그 연세면 말을 제대로 할 수 있을까요?"

"아직도 펄펄해. 만나 보면 놀랄 거야."

박봉주 노인과 필자는 옆 단지에 살고 있는 그 노인의 집으로 갔지만 동과 호수를 제대로 알지 못

훈춘의 박남기 노인

해 주변을 서성거리고 있을 때 마침 아파트에서 나오는 아주머니에게 묻자 그 동과는 한참이나 떨어져 있는 곳으로 안내했다. 이렇게 많이 떨어져 있는데도 어떻게 아는지 물었다.

"그 노인을 모르면 이 동네 사람이 아니지요. 100세가 다 되는 연세에도 매일 아침마다 이런 추위에도 산책을 해요. 걷는 모습을 보면 사관학교생도처럼 절도 있게 걸어요."

그의 집 앞에서 노크를 하자 산신령 같은 노인이 우리를 맞이했다.

"어르신 혼자 살고 있습니까?"
"마누라가 20년 전에 떠난 이후 혼자 살고 있어."

훈춘 출신의 박남기 노인

"금년에 연세가 96세라고 들었는데 너무 정정해 보이고 행동도 젊은이처럼 하시네요."

"내가 정정하다고 소문이 나 몇 해 전에 흑룡강 TV와 신문에서 취재를 왔더라고. 100세가 되면 다시 오기로 했어."

"건강을 유지하는 무슨 비결이라도 있습니까?"

"내가 75살 때 뇌출혈로 쓰러져 반신불수가 되어 몸도 제대로 가누질 못했어. 그때 누군가가 사혈을 하면 효과를 볼 것이라고 해 한의원에서 백회에 사혈을 했더니, 시꺼먼 피가 두 종지나 나오더라고 그 후 기적이 일어났어. 그 자리에서 바로 일어나 걸었어. 그런데 더 놀라운 것은 성욕이었어. 성욕이 넘쳐서 자제를 할 수 없었어. 그 이후 87세까지는 여자가 없으면 하루도 지낼 수가 없을 정도였으니…."

"사모님이 힘들지 않았어요?"

"아까 말했다시피 오래전에 사별해 혼자 지내고 있는데…."

"그러면 어떻게?"

"그런데 여자 중에서도 별난 사람이 있더라고. 옆 동에 사는 과부를 우연히 알았어. 그녀가 60세까지는 거의 매일 만났지. 그런데 그렇게 성욕이 강한 여자도 60 고개를 넘으니까 시들해지더라고 그래서 50대 과부를 다시 만나 일주일에 3번 정도 만났어. 그 여자까지는 서로의 필요에 의해 만났으니 돈이 필요 없었는데 지금 만나고 있는 여자는 만날 때마다 용돈을 줘야 해. 돈깨나 들어."

"그런 화타와 같은 신의가 실제로 있었군요. 건강 문제는 이쯤하고 오늘 제가 찾아온 목적은 옆에 계시는 박봉주 어른이 어르신이 항미 원조에 갔다 오셨다는 말씀을 듣고서 그 이야기를 직접 듣고 싶어 왔습니다."

"박 노인이 잘못 알고 있었구나. 나는 항미 원조에 지원해 심양에서 신병 훈련까지 받았지만 조선 전쟁에는 참전하지 못하고 연길에 있는 무기 공장에서 3년간 일했어. 어떡하지?"

"어르신은 고향이 어디지요?"

"함경북도 경흥이지만 할아버지 대에 중국 훈춘으로 이주해 와 그곳에서 계속 살았어."

"경흥이시구나. 제가 초등학교 시절에 경흥 때문에 얼마나 혼이 났는지."

"왜?"

"사회 교과서에 세종대왕 때 김종서 장군이 4군 6진 을 개척했지요. 온성, 종성, 경원, 경흥 등 10개의 지역 을 외우느라 혼이 났지요. 그때는 그곳이 우리나라의 끝이라고 생각해 그다음은 아무것도 없는 낭떠러지라고 생각해 공이 밖으로 나가면 천길 만길 떨어진 낭떠러지로 떨어질 거라고 생각했어요. 그런 동심이 있던 시절이 엊그제 같네요."

"훈춘이 3개국의 경계라는 정도는 알고 있지?"

"러시아, 중국, 북한이 서로 맞물려 있는 변계 지역으로 알고 있습니다."

"훈춘에서도 내가 살았던 오도포는 야트막한 고가자산 하나만 넘으면 러시아이고 두만강 다리만 건너면 조선의 경흥이야 걸어가도 20분이면 족해. 그래서 어떤 땐 하루에 4~5번도 들락거릴 때도 있었어."

"그래도 국경을 넘어야 하니 출입증이 있어야 되지 않습니까?"

"그때 경흥은 일본 땅이고 훈춘은 일본의 위성국인 만주국이었으니 둘 다 일본 나라나 마찬가지였지."

"하루에 4~5번 다녔다는데 무슨 일로 자주 다녔어요?"

"두만강 다리를 건너면 얼마 안 가서 나의 외가가 있어서 외갓집에 자주 놀러 다녔고 그리고 제사나 생일 또는 결혼식이나 회갑연이 있으면 장 보러 가지. 우리 마을에도 상점이 있긴 했지만 상품의 종류가 별로 많지 않았어. 경흥 읍내에 있는 시장을 가야 물건도 많고 값도 저렴했어."

"물건을 사가지고 가면 누가 제지라도 않나요?"

"다리 양쪽에는 출입을 통제하는 경비가 있긴 하지만 그냥, '조선니 이키마스(조선으로 갑니다)'라고 하면 되고, 돌아올 때는 '카에리마쓰(돌아갑니다)'로 하면 통과되었어."

헌병과 촌장

"대개의 일본 군인이나 경찰은 어깨를 짝 펴고 절도 있게 걷지만 이자는 뒷짐을 진 채 노인처럼 마을 주변을 어슬렁거렸지."

그가 헌병 티를 내지 않고 시골 촌로처럼 행동했던 이유는 마을 사람들과 친근하게 지내면서 하나의 정보라도 더 알고 싶었기 때문이었다.

"우리 마을은 일본 놈들이 침탈한 이후 끊임없이 그들에게 저항을 하다가 많은 사람이 희생당했어. 그놈들도 양심이 있는지 무단 통치에 한계를 느꼈는지 유화책을 썼어. 그러나 유화책에도 불구하고 계속 저항이 이어지자 정보원이 필요했어. 그들이 믿을 수 있는 정보원은 어린아이들이었어. 놈들은 항상 과자를 호주머니에 넣고 다니면서 그들에게 하나씩 주고는 '아버지 엄마는 잘 있어? 아버지는 어제 저녁에 어디 갔어? 어떤 아저씨와 만났어?'라고 물으면 천진난만한 어린이들은 '우리 아버지는 어제 저녁에 길상이 아빠와 오도촌에 갔어요.'라고 말하면 '아이고 이놈 똑똑하구나.' 하면서 사탕을 하나 더 주면 아이들은 과자 맛에 취해 미주알고주알 다 일러바쳤어.

'우리 아버지는요, 어제 저녁에 기식이 아버지를 만났는데, 아무에게도 절대로 말하지 말라고 했어요.'

'이놈은 더 똑똑하구나. 자 하나 더 먹어.'라면서 유혹하기 때문에 마을 사람들은 자신의 자녀들 앞에서는 말이나 행동을 조심했어."

"순진한 아이들까지 그들의 정보원으로 활용했군요."

"그것뿐만이 아니었어. 1931년 만주 사변 후에 학교에서는 조선말을 일절 쓰지 못하게 했어."

"우리말 말살 정책이 시작되었군요."

"맞아. 아침 조례 시간에 담임선생님이 종이쪽지를 학생들에게 나눠 주면서 조선말을 쓰는 친구가 있으면 이름을 적어 내라고 해. 적힌 학생은 청소를 해야 하기 때문에 아무도 조선말을 안 썼지."

"받은 쪽지를 아무도 내지 않으면 괜찮을 텐데요."

"선생님은 그날 아침에 나누어 준 쪽지 개수가 다 들어올 때까지 받았기 때문에 반드시 내야 했어. 청소와 잡일을 않기 위해서 어떤 놈들은 남의 교실까지 가기도 했어. 학교에서 일본어만 말하다 보니 집에 와서도 은연중에 일본말이 튀어나와. 그럴 땐 아버지가 일본말 쓰지 말라는 말을 하지 못했어. 대신 손가락을 입에다 갖다 대곤 했어."

"왜, 그렇게 하지요?"

"일본말을 쓰지 말라고 하면 학교에 가서 그대로 알리기 때문에 그렇지."

"부모와 자녀 간에도 솔직한 대화를 나누지 못했겠군요?"

"그렇지. 우리 훈춘 사람들은 일제에 너무 많이 당하다 보니 그 놈들을 철천지원수같이 생각하는데 어떻게 그놈들의 말을 쓰겠어."

금당촌에서 어떤 일이 벌어졌나?

"왜 마을 사람들이 그들을 원수처럼 생각했지요?"

"우리 마을에서 일어났던 사건 때문이야."

"어떤 사건인데요?"

* * * * *

1919년 가을 추수를 마친 늦가을 어느 일요일에 마을 가운데 있는 금당 학교에서는 식자층이었던 7명의 사람들이 항일 문제를 두고서 토론 중이 었다. 그때 경흥에서 온 수십 명의 무장 토벌대가 학교를 급습해 일곱 사 람을 포승줄로 결박한 후 입에 재갈을 물리고 교실에 가두었다. 그리고 는 동네 사람들을 학교 운동장에 집합 시킨 후 대장 놈은 연단에 올라 말 했다.

"앞으로 항일이니 뭐니 하는 놈들의 말로가 어떻게 되는지 본때를 보여 줄 테니 여기사 한 발자국도 떼지 말고 끝까지 지켜보아야 한다."

연설이 끝나자 놈들은 교실 안으로 들어가 온몸이 결박된 채 책상 위에 눕혀져 있는 항일 투사들을 칼로 찌른 후 그 위에 석유를 퍼붓고는 볏짚을 가득 채운 후 불을 질렀다. 건물은 순식간에 화염에 휩싸인 채 밤늦게까지 탔다. 불이 꺼진 후 유족들과 동네 사람들이 유골을 수습했지만 누구인지를 알 수가 없어 하는 수 없이 학교 운동장에다 합봉을 했다.

* * * * *

"같이 웃고 지내던 이웃이 어느 날 졸지에 저런 변고를 당했으니 얼마나 억울하고 원한에 사무치겠어. 이 참사를 계기로 항일은 더욱 가속화되어 항일 투사가 많이 나왔고 희생자도 많이 생겼어. 이런 상황에서 누가 과연 일본말을 쓰겠어?"

"그래서 아이들에게 그렇게 했군요."

무슨 슬픔이 있길래

"우리 마을에서 5리쯤 떨어진 곳에는 약 3,000명의 관동군이 주둔하는 부대가 있었어. 이 부대 앞에는 그들을 상대로 장사를 하는 사람들이 상당수 있었는데 주로 술집과 위안소였어. 이들 업소에는 젊은 여성들이 수십 명 넘게 있었어. 모두가 조선 남쪽 출신이었지."

군부대와 유곽이 바로 인근에 있기에 예기치 않은 일도 생겼다.

1940년대 초 박 노인은 노을이 질 무렵 두만강에서 잡은 고기를 메고 강둑을 따라 집으로 가고 있었다. 그는 평소에 보지 못했던 모습을 보고 의아해했다. 20대의 젊은 여인이 두만강을 바라보면서 눈물을 흘리고 있었다. 어린이도 아닌 성인이 무슨 일 때문에 그럴까 싶어 가까이 가 보니, 이 마을 사람이 아니었다. 슬피 우는 여인을 두고 그냥 지나 칠 수가 없어 "무슨 일이 있어요?" 하고 물었지만 그저 눈물만 흘리고 있었다.

알고 보니 그 여인은 경상도 함양 출신으로 고향에는 부모님과 언니와 오빠, 여동생이 있었다. 어느 날 마을 공터에서 놀고 있을 때 양복 차림의 세 남자가 나타나 처녀 2명을 함양읍에 있는 여관으로 데리고 갔다. 같이 끌려간 친구는 저녁 때 어머니가 와서 데려갔지만, 자신의 부모님은 친척 결혼식에 참석해 이 사실을 몰랐으며 그 길로 끌려온 곳이 목단강이었고 거기서 며칠 머무르다가 훈춘으로 온 것이다.

부대 앞으로 찾아가 시비를 건 후 한 방을 날린다. 일본 놈들이라는 생각에 분노를 느낀 나머지 한 방을 날렸다고 한다.

"우리 동포를 위해서 그렇게 했지만 관동군의 서슬 퍼런 시절인데……."
"머리가 핑 도는데, 그런 것 생각할 겨를이 있나. 이왕 사고 친 김에 죽을힘을 다해 계속 가격했지. 놈이 이단 옆차기로 나의 복부를 차려고 할 때 잽싸게 박치기로 그의 머리를 들이받자, 쓰러지더군."
"큰 사고를 치셨네요?"
"그래도 분이 안 풀려 몇 번이나 밟아 버렸어."
"뒷감당을 어떻게 하려고요?"
"그날 밤은 집으로 가지 못하고 훈춘읍에 있는 친구 집으로 피신했다가 며칠 후 집으로 돌아갔지."
"돌아온 후에 괜찮았나요?"
"괜찮을 밖에. 군인 두 놈이 조선 청년 한 사람에게 묵사발 당했다는 소문이 나면, 그 무슨 창피겠어. 속으로 복수를 하고 싶었겠지만 창피해서 못 했겠지."
"아무튼 같은 동포애 때문에 서슬이 시퍼런 시절에도 그런 용기를 내셨군요!"

그래도 집으로 가야죠

1945년 8월 초순경 장고봉 가까이에 있는 관동군 7580부대가 화염에 휩싸이면서 총성과 포성으로 지축을 뒤흔들었다. 소련이 일본에 선전포고를 내리고 총공세를 가해 오자 수백 명의 병사가 두만강에 뛰어들었고 그중에서 많은 병사가 물살에 휩쓸려 익사했다. 그러한 와중에 젊은 여인이 거친 숨을 쉬면서 그의 집으로 헐레벌떡 뛰어들었다.

"그녀는 관동군 부대 앞에 있는 유곽의 위안부였어. 소련군이 갑자기 영내로 진입하자 곧바로 도망 나왔더군. 어머니는 그녀를 안방으로 데리고 가 안심을 시켰어. 이야기를 들으니 고향이 경상도 밀양이고. 1941년에 끌려와 그 생활을 했다고 하더라고. 닭똥 같은 눈물을 흘리며 신세를 한탄하자 부모님은 그 말을 듣고 그냥 보낼 수 없어서 우리 집에서 사흘을 재워 주었어.

나흘째 되던 날 부산으로 가야겠다며 집을 나설려는 참이었어. 당시에 부산으로 가기 위해서는 경흥으로 가서 원산으로 가는 것과 훈춘으로 가 목단강을 거쳐 단동으로 가는 길이 있었어. 그런데 그때 소련군이 두만강 다리를 봉쇄해 경흥 쪽으로는 갈 수가 없어 훈춘역으로 갈 수밖에 없었지. 사립문을 나설 때 모습이 너무나 초라하고 가련해 부모님께서 나보고 훈춘역까지 데려다주라고 해 함께 갔어."

"나이 든 어르신을 만나 보면 당시에 교통편이 안 되어 귀국을 포기한 분들이 많던데요?"

"그렇지도 않았어. 그땐 해방을 맞은 지 한 이틀밖에 지나지 않아 그렇게 붐비지는 않았어."

"왜요?"

"처리해야 할 재산도 있고 식솔도 많아 당장 움직이기가 어려웠지. 홀몸인 사람들은 빨리 움직였지만 대개가 상당히 시간이 지난 다음에 움직이기 시작했어."

"역에서 바로 헤어졌습니까?"

"기차 시간이 남아서 이곳까지 오게 된 사연 등 이런 저런 저런 이야기를 많이 나누었지."

"어떤 이야기들인데요?"

"한 가지 기억에 남는 것은 어디를 갈 것이냐고 물었더니 '어디로 가야 할까요?'라고 되물었어. '당연히 고향집이지요.'라고 대답했더니 고개를 설레설레 저었어. 나는 당연히 고향이라고 대답할 것이라고 생각했는데, 아니라고 하기에 놀랐어. 몸과 마음에 심한 상처를 받고 갈피를 못 잡고 있을 때인데, 그것도 헤아리지 못하고 괜한 질문을 했구나 하고 후회했던 것이 생각나네."

그러자 옆에서 듣고 있던 박 노인이 말했다.

"그때 그런 질문을 하다니요. 그 당시에는 남녀칠세부동석인 시절이라 여자 애들이 바깥출입도 삼갔을 시절인데 마음이 얼마나 아팠겠어요."

"맞아. 고향으로 돌아간들 누가 반기겠어. '만주에서 기생 질하고 온 년이네, 그것도 일본 군인 놈하고'라면서 손가락질을 받겠지."

"그래도 그 정도는 괜찮을 거요. 깔보니 똥깔보 소리를 듣지 않겠어요. 그런 시절에 어찌 고개를 들고 고향으로 가겠어."

나는 두 노인의 대화를 듣고서 어니스트 헤밍웨이의 'You are all a lost generation(당신들은 잃어버린 세대이다)'라는 말이 떠올랐다.

잃어버린 세대는 만주벌에서 일본군의 군홧발에 짓밟힌 채 해방을 맞이하고도 갈 길을 잃은 채 부모 형제가 기다리는 고향으로 돌아갈 것인지 아닌지를 두고서 고민해야 했던 그녀들이야말로 한국판 "Lost generation"이 아닌가!

훈춘의 전설이 된 박근영

"우리 마을은 박씨와 최씨 성이 유독 많았어. 그러다 보니 항일 투쟁을 한 사람도 그 가문에서 많이 나왔어. 그중에서 아직까지도 훈춘의 전설로 남아 있는 사람이 있어. 나보다 14살 많은 동네 형인데 이 양반이 사회주의 항일 운동에 가담해 항일 유격대에서 활동을 했지. 그가 김일성 부대와 함께 동녕현성에서 일본군과 교전을 벌인 후 대황구마을에 밤늦게 도착해 김세일 노인 집에 머무를 때 변절자가 일본군에 밀고를 했어. 이튿날 새벽에 토벌대가 들이닥쳤고 격전이 벌어졌지. 이때 13명이 사살되고 여러 명이 중상을 당했는데 그중에 박근영이 형도 있었어. 그는 복부와 가슴 등 주요한 부위를 맞았는데도 살아났고 그 후로 계속 항일을 했어. 그 사건이 일어난 지 2년 후에 고향 가까이에 있는 외딴집에 도착해 군화도 벗지 않고 권총을 손에 잡은 채 경계의 끈을 놓지 않고 있었지만 잠깐 잠이 들었어. 잠결에 무언가가 이상해 눈을 떴을 때 이미 포승줄에 묶인 상태였어. 바로 하다문 경찰서로 끌려가 취조를 받았어. 항일 근거지를 가르쳐 주거나 항일자 명단을 한 명이라도 밝히면 살려 주겠다는 회유를 받지만 일절 응하지 않자, 뒷산으로 끌려갔어. 구덩이가 파지고 말뚝이 세워진 다음 또 다른 포승줄로 나무 말뚝에 묶으려는 순간 그는 쏜살같이 포승줄을 끊고는 산속으로 도망쳤어."

"와! 그 뒤는 어떻게 되었지요?"

"소련 국경을 넘어 감옥에 갇혀 있다가 그곳에서 통역으로 있던 우리 마을 출신을 만나 그 양반의 도움으로 소련 국적을 취득해 살다가 스탈린의 인구 분산 정책에 따라 중앙아시아의 우즈베키스탄으로 끌려갔다고 들었어."

"그래서 이산가족이 되었군요. 어르신 이야기를 들으니 박남표 장군이 생각나네요. 혹시 그분을 아십니까?"

"어! 주 교수가 어떻게 그를 알지?"

"그분에 관한 책을 읽은 적이 있어요. 정말 파란만장한 삶을 살았더군요."

"지금 어디에 살고 있지?"

"한국에 살다가 미국으로 이민 가 지금은 그곳에 살고 있어요."

"죽은 줄 알았는데 그렇게 됐구나. 그래, 한국서는 어떻게 살았는데?"

다음은 박남표 장군 수기의 일부이다.

남들처럼 생일이나 환갑상을 차려 보기는커녕 따뜻한 밥 한 그릇도 대접해 보지 못한 나는 민족적인 비극을 탓하기에는 앞서 무거운 죄책감을 느낀다.

그래서 나는 상가에 문상 가서도 슬픔을 당한 유가족에게 늘 이런 위로의 말을 한다.

"당신은 행복해요. 왜냐하면 돌아가셨을 때 울 수 있는 부모님이 계시니 얼마나 행복한 일입니까."

나는 40여 년에 걸쳐 아홉 번 죽을 고비를 넘겼다. 참으로 아슬아슬한 순간들이었다.

첫 번째 위기를 맞은 것은 내 나이 여덟? 살 때였다. 우리 선대가 만주에서 항일 민족운동을 하다 보니까 왜경들이나 일본 헌병대에게는 우리 집이 요시찰 대상이었다.

북간도 훈춘현 촌락에도 일본 영사관이 설치되어 독립 운동가 집을 모두 멸종하려 했는데 우리 가정도 그 대상이 된 것은 당연한 일이었다.

1937년 4월에 멸가지화를 당할 뻔하였다. 그때는 아버지의 옥천동 감옥 탈출 결행으로 위기가 점점 다가오는 듯하였는데 당시 경찰서에서 일하는 아주머니 한 분이 밤중에 우리 집으로 달려왔다.

"내일 새벽에 일본 경찰이 이 댁에 습격 온답니다. 빨리 피하세요."

이 비밀 제보로 한밤중 한 시경 우리 집 식구들은 쥐도 새도 모르게 집을 비우고 안전한 곳으로 옮겨가 숨었다. 아니나 다를까, 새벽 다섯 시쯤 에 경찰이 몰려와 기관총 사격을 하며 습격을 감행했다. 빈 집이어서, 아무도 없었기에 죽을 고비를 모면하였다.

가족 몰살의 잔학한 기습은 물거품으로 돌아가 우리 가족을 무사할 수 있었다.

두 번째 위기를 맞은 것은 또한 소, 만 국경지대에서였다. 국경이 인접해 있는 훈춘에서 한 백 리 떨어진 연통라자라고 하는 곳에 가서 은신 중 가져간 식량은 다 떨어져 농사일을 시키던 소까지 잡아먹으며 겨우 연명한 적이 있었다.

그런 피난 생활 속에서 우리 가족은 일본군과 소련군 양면으로부터 시달림을 받는 가운데 살아남을 슬기를 짜내야 했다. 일본군이 오게 되면 재빨리 국경을 넘어 소련 영역으로 넘어가야 하고, 거기 머물다가 소련군이 오면 만주 쪽 국경지대로 걸음아 나 살려라 하고 탈출해서 목숨을 부지하곤 했다.

1937년 12월의 일이었다. 만주 영역에 와서 숨을 죽이고 있는데 일본군 수비대와 헌병들이 번개같이 습격해 우리 조모와 삼촌이 피살당하게 되었다. 그 무시무시한 기습을 피하여 나머지 가족들은 숨이 턱에 닿도록 쫓기며 소련 국경을 넘어가 겨우 목숨을 건질 수 있었다. 비극 가운데 치른 아슬아슬한 곡예처럼 생각된다.

그 후에 만주국이 건립되면서 허수아비 정부가 피신 중에 있는 주민들의 생명과 재산을 보호해 준다며 민심을 수습하고자 했는데 이때 조부와 고모를 비롯한 살아남은 가족들이 다시 만주 고향으로 돌아와 죽음의 고비를 넘기게 되었다.

나는 신상철 사단장이 지휘하는 7사단 참모로서 포항 전투에 참전하였는데 그때의 격전은 이루 말할 수 없다. 50년 8월 포항, 안강, 영천 전투에 투입된 인민군 4군단 정치수석참모 박남선 대좌는 나의 6촌 동생이었고 그 휘하 인민군 5사단 보병 대대장 한강열 소좌는 나의 둘째 고모부였다.

동족상잔의 가슴 아픈 비극이었다.

출처: 박남권,《두만강에 서린 애환》, 민족출판사, 2013

"그렇게 살았구나. 그리고 포항 전투에서도 총부리를 겨누고 싸웠던 박남선이나 한강열도 잘 알지. 참 어이가 없네! 가족도 뿔뿔이 흩어지고 어쩌다가 그런 상황이 됐지. 따지고 보면 결국에는 일본 놈들 때문이지."

노인은 이 모든 비극의 원인을 일본 놈 때문이라며 아직까지도 적개감을 품고 있었다.

형을 일본 헌병대에 신고한 후
두만강에 자살을 한 동생

"최씨 집안도 박씨 집안 못지않았는데, 그중에 최삼식 씨 집안에서 있었던 일은 아직도 생생해. 최 씨 어른은 아들이 다섯이 있었는데 그중에서 첫째와 둘째가 항일을 하다가 희생되었어. 우환은 이것이 끝이 아니었어. 셋째도 형 둘이 희생당하는 것을 보고는 항일에 뛰어들어 소련의 어느 정보기관에 소속되어 이따금 정찰을 나왔어. 1940년대 늦가을 무렵 넷째 아들이 뒷산 밭에서 고춧대를 베고 있을 때 누군가가 산 위에서 '거기 누구요?'라는 소리가 들려 이른 새벽에 말을 거는 사람이 있을 리가 만무해 일본 헌병대에 신고를 했어. 신고를 받은 허다문 경찰과 자위단이 현장으로 갔고 바로 총격전이 벌어졌지. 얼마 후 더 이상 저항이 없자 주변을 수색했더니 사살된 사람은 그의 형이었어. 그 사건 후 동생은 자기가 형을 죽였다는 죄책감에 두만강에 몇 번 투신을 해 동네 사람들이 살려냈지만 결국에는 자살을 하고 말았어."

장고봉에서 전투가 시작되다

"어르신 동네 북쪽에 장고봉이 있다고 말씀하셨는데 한국의 장편소설 《토지》에서 장고봉 전투에 관한 부분이 있어 한국 사람들에게 많이 알려져 있어요. 장고봉 전투가 1937년에 일어났더군요. 그땐 어르신께서 15살쯤 되었을 나이니 직접 전투를 목격했을 수도 있었을 텐데요?"

"장고봉 전투, 정말 오랜만에 듣는데 굉장했지. 전투가 시작된 날이 초여름이라 몹시 더웠어. 밤중에 어디선가 연속적으로 총성이 들렸어. 아차! 이번에도 우리 독립투사들이 많이 당하고 있구나하고 생각했지. 조금 지나자 그게 아니었어. 지축을 뒤흔들리는 대포 소리까지 났어. 그때 비로소 전투가 벌어진 사실을 알았어."

"전투가 벌어지기 전에 어떤 낌새도 느끼지 못했어요?"

"전투가 있기 전 야밤에 무장한 병사들을 실은 군용 트럭이 줄을 이어 두만강 다리를 건너왔지만 설마 전투가 벌어질 것이라고 생각 못 했지."

"그럼, 우발적으로 벌어진 전투가 아니군요."

"그렇지. 철저하게 대비를 한 셈이지."

다음은 '장고봉 전투'를 다룬 길림 신문기사이다.

장고봉은 훈춘에서 150리 떨어져 있는 조선동해로부터 륙지로 40리 들어온 두만강동안에 위치해있다. 산기슭에는 고기가 많이 나는 늪과 방천마을이 있다. 강 건너편은 조선이다. 장고봉에 오르면 하싼호와 뽀시에트평원이 보이는데 화창한 날에는 해삼위(海参崴)도 아득히 바라보인다. 이 산마루를 따라 5리가량 가면 중국, 로씨야 국경의 첫 경계인《토자비》(土字碑)가 세워져 있다.

일찍 20세기 초부터 일본침략자들은 로씨야를 침략하려는 야심을 품고 1938년 7월부터 장고봉 근처의 하싼호 일대를《만주땅》이라고 우겨대면서 쏘련군에 무조건 철거하라는 무리한 요구를 여러 번 제기하였다. 쏘련 정부에서는 그들의 요구를 들어줄 리 없었다.

7월 15일, 일본군은 장고봉 일대에 있는 쏘련군의 군사시설과 병력 배치를 정탐하기 위해 마쯔시마(松岛) 오장과 이도(伊藤) 군조 등 3명을 파견하였는데 그들은 조선인 농민 옷차림을 하고 사진기를 몰래 갖고 쏘련군의 군사배치를 찍기 시작하였다. 이를 발견한 쏘련 변방군은 상급의 명령에 따라 마쯔시마 오장을 당장에서 격사하였다. 일본군은 이를 구실로 삼고 쏘련 측에《장고봉일대에서 즉시 철거하라. 그렇지 않으면 과단한 조치를 취하겠다》는 통령을 내렸다. 그러나 쏘련 정부에서는 그들의 말을 귀 밖으로 들었다.

일본군은 조선 라남에 주둔시킨 19사단의 보병 4개 중대, 산포병 2개 대대, 야전중포병 1개 대대를 두만강 접경지인 경흥, 아오지 등지에 몰래 집결시켜놓고 있었다.

1938년 7월 30일 저녁에 두만강을 건너 방천에 집결된 일본군은 이 튿날 밤 12시경에 돌연적인 야간습격을 들이대 장고봉과 사초봉을 점령하였다. 일본군의 통령을 개의치 않게 여겼던 쏘련군은 많은 피해와 사상자를 냈다. 그제야 쏘련군은 급히 보병 32사, 40사, 기계화 2대, 려대에 소속된 탱크 등으로 반격을 개시하였다. 8월 6일에 고지를 다시 탈환한 쏘련군은 그제야 정신을 차리게 되었다.

욕심이 한정 없는 일본군은 참패를 당하고도 빼앗기게 된 고지를 다시 점령하기 위해 야간습격전술로 많은 사상자를 내면서 장고봉을 또 강점하였다. 쏘련군은 일체 무기와 병력, 비행기까지 동원하여 총공세를 벌렸다. 장고봉을 두고 일어난 전쟁에서 고지쟁탈로 주인이 네 번이나 바뀌다 보니 일본군만 해도 사상자 총수가 1440여 명, 그 중 사망자가 526명에 달했다.

아성 이계일

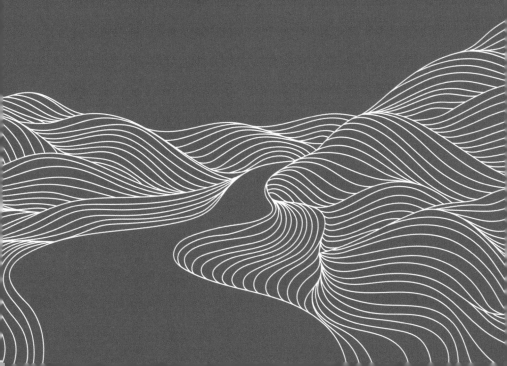

일송의 집을 찾아서

"나라 없는 봄, 무덤은 있어 무엇하랴.
내 죽거든 시신을 강물에 띄워라.
혼이라도 바다를 떠돌면서 왜적이 망하고
조국이 광복 되는 날을 지켜보리라."

우리 독립운동사의 거봉 일송 김동삼 선생을 아는 사람은 많지 않을 것이다. 선생은 1906년 우리나라가 일제에 의해 강점당하자, 경북 안동군 임하면을 떠나 1911년 봄 간도로 망명길에 올랐다.

그가 정착한 곳은 요령성 유하현 삼원포 추기마였다. 그는 이곳에서 석주 이상룡 선생, 이회영, 이시영, 이동녕 등 이씨 집안의 6형제와 함께 밀림과 황무지를 개간하면서 독립운동 기지를 건설하고 독립운동 단체인 경학사와 부민단을 조직하였다.

1920~1930년대에 반일 투쟁의 지휘부인 서로군정서 참모장, 대한 통의부 총장, 상해 임시정부 창설시 상해 국민 대표회의 의장이기도 했고 그 후에는 정의부, 신민부, 참의부를 통합한 민족 유일장 촉진회 위원장 겸 국민의회위원장으로도 활동했다.

1931년 9월 18일 일본이 9.18 사변을 일으켜 일본의 위성국가인 만주 괴뢰국을 세우자 남만주에서 북만주 하얼빈으로 옮겨 투쟁을 하다가 첩자의 밀고로 하얼빈 주재 일본 총영사관 영사 경찰에 체포되어 총영사관 지하 감방에 투옥됐다.

그는 모진 고문과 협박에도 불구하고 끝까지 독립의지를 불태우고 단식 투쟁을 하자, 영양제 주사를 강재로 놓으면서 생명을 연장시켰다. 영사관 지하 감방에서 90일간 구금되었다가 신의주 감옥으로 이송된 후 평양 감옥에서 15년 형을 판결받고 서울 마포 형무소로 이송되어 7년간 옥고를 치르다가 단식 투쟁 중 1937년 4월 13일 감옥에서 순국했다.

2016년 6월경에 서명훈 선생님과 이야기하는 도중에 일송 선생 댁이 하얼빈에서 가까운 아성시 사리툰에 있으며 십수 년 전까지도 그의 후손이 살았다는 사실은 알고는 그냥 있을 수 없어 그가 살았던 집을 찾고 싶었다. 여러 군데 수소문해도 어느 누구도 알지 못했다. 마땅히 알 수 있는 길이 없어 흑룡강 신문사의 최석림 기자에게 부탁을 했다. 최석림 기자는 "6월 중순에 향방구에 있는 조선족 고중에서 하얼빈 조선족 문화 체육예술제가 열린다."면서 그때 아성시 선수단에게 물으면 알 수 있을 것이라고 했다.

체육예술제가 열리던 날 아성시 선수단 본부로 가서 물어보았지만 아는 사람이 아무도 없었다. 그중에 누군가가 아마 목사님은 알 것이라며 그의 전화번호를 알려 주었다.

목사님과 통화 후 그다음 주 일요일 아성에 도착해 목사님과 택시를 타고 사리툰마을로 향했다.

9월 초순의 벌판은 익어 가는 벼로 황금물결을 이루었다. 눈에 보이는 것은 벼와 해바라기뿐이다. 며칠 전에 비가와 도로가 패인 곳이 많아 우회를 하거나 후진을 하면서 힘들게 그 마을에 도착했다. 40여 채의 집이 있었으나 그중 1/3은 사람이 살지 않은 빈집이었다. 마을을 한 바퀴 돌아도 인기척이 없었다. 그중 몇 채의 집은 아예 사람이 살지 않은 폐가였다.

마침 논에서 일하는 한족 한 사람을 만났다.

"이 동네에 조선족이 살고 있나요?"

"아니요. 조선족은 현재 한 가구도 없습니다."

"얼마 전까지도 몇 가구가 살았다고 하던데요."

"이 마을을 떠난 지가 오래되었어요. 근 20년도 넘었을 거예요. 15년 전에 한국 사람이 와서 양로원을 열었는데 아무도 가질 않아 그곳도 바로 문을 닫았어요. 저 밑에 있으니 한번 가 보세요."

"조선족 중에서 부모님이나 조부모이 항일 운동했던 분에 관한 이야기를 들은 적이 있나요?"

"글쎄요."

우리는 그로부터 일송 선생 댁은 물론 조선족이 살았던 집도 찾지 못했다. 다만 사리튠마을의 위치와 오래된 40여 호의 집중에 하나일 것이라는 것이 소득이었다. 못내 아쉬워하는 필자의 모습을 보고서 목사님은 몇몇 사람에게 전화를 한 후 90세 전후의 노인들에게 연락을 했으니 그들에게 물어보면 뭔가 실마리가 풀릴 것이라며 위로를 했다. 아성시내 중심가에 자리한 평양관으로 들어서자 12명의 노인들이 반갑게 맞이했다. 그러나 그들도 일송의 집을 몰랐다.

잠시 후 한 노인이 일송은 모르지만 자기의 할아버지도 독립운동을 했다고 했다.

아성 시내에 있는 평양 식당 평양관

"어르신은 고향이 어디지요?"

"나는 여기 중국에서 태어났고 나의 조부의 고향은 북조선 평안북도 의주군 송산면 임무동이야."

"연세는 어떻게 되시는데요?"

"94세일세."

"중국에 사신 지 오래되셨군요. 조부께서 독립운동을 하셨다는데, 좀 더 구체적으로 말씀해 주세요."

"나의 조부는 포수였어. 할머니 말에 의하면 의주 송산은 첩첩이 산으로 둘러싸인 산악지대라 농토가 없어 조부께서는 총을 한 자루 샀다고 해. 그 총으로 노루나 산돼지, 산토끼, 꿩 등 짐승을 잡아 시장이나 이웃에 팔아 곡식을 샀다고 했어. 어렵게 살고 있을 때 일본 놈들이 그 골짜기까지 들어와 노략질을 하고 총기 단속법이라는 것을 만들어 포수들의 불평이 많았을 무렵 조부께서는 우연히 홍범도 장군을 알게 되었으며, 그는 조부에게 '우리가 일본 놈들에게 왜 이렇게 당하면서 살아야 하나? 그놈들을 몰아낼 수 있는 방법은 총을 가진 우리들밖에 없으니 같이 힘을 합치자.'라고 했다고 해."

"그렇게 해서 홍범도 장군의 휘하에 들어가셨군요. 당시에 포수가 몇 명쯤이었을까요?"

"명수는 들은 바 없고 하여튼 함경도 일대에 사는 포수는 다 모였다고 해. 그 후 할아버지는 홍 장군을 따라 집을 나간 후로는 집에 오지 않았어. 할머니는 먹고살기가 힘들어 산에 가 나물을 캐거나 두릅 등을 따서 겨우 끼니를 해결했다고 했어."

"그때가 언제쯤이지요?"

"3.1 독립운동을 할 무렵이었으니까 1920년대쯤이겠지."

"그렇다면 아마도 홍범도 장군과 함께 봉오동 전투와 어랑촌 전투에 참전하였겠군요."

"그런 전투가 있었나?"

이계일 옹은 청산리 전투와 어랑촌 전투에 관해서 모르고 있었지만 아마도 그의 조부는 정황상 그 전투에 참전했을 것이다.

"할아버지 소식은 언제 들었는지요?"

"소련에서 활동할 때였지."

"조부님이 소련으로 언제쯤 가셨는지도 모르겠군요?"

"전혀 모르지."

"홍범도 장군의 부대에서 항일을 하셨으니 그 시기를 알 수 있어요."

홍범도 부대는 어랑촌 전투와 청산리 전투에서 대승을 거둔 후 전략적 이동을 해 러시아와 가까운 밀산 한흥동으로 집결했지만 한흥동은 많은 병사들이 먹고 생활하기에 힘든 사정이라 다시 러시아의 자유시로 이동했다.

불행하게도 밀산을 떠나 그곳에 도착한 우리의 독립군은 참변을 당했다. 이른바 자유시 참변이다. 이 참변으로 우리의 독립운동은 거의 괴멸의 지경에 이르렀다.

"그런 사건이 있었구나. 아! 그래서 나의 조부께서 그때 참변을 당하셨구나. 자유시 참변이라고 했지? 그 뒤에 전사자들을 어떻게 처리했는지 알고 있어?"

"그것까지는 모릅니다."

"장로님의 조부께서는 조국의 독립을 위해 목숨까지 바꾼 독립군이 분명하군요. 한국 정부에서나 조선 정부에서 이 같은 사실을 알고 있나요?"

"조선에서는 이런 일에 관심이 없을 것 같아 아예 생각조차 하기 싫고 앞으로 한국에 문을 두드려 봐야겠구나."

북만주 곳곳을 답사하다가 연세든 노인을 만나 보면 그들 중에는 이 장로 조부처럼 독립운동을 하다가 희생된 분들이 간혹 있다. 그러나 그들 중에 우리나라에서 독립유공자로 인정받은 사람은 거의 없었다. 정부는 이런 애국자들을 찾아내 그들의 죽음이 헛되지 않도록 해야 할 것이다.

절단된 손가락은 누구의 것인가?
남자현 열사는 왜 손가락을 절단했을까?

1931년 일제는 9.18 사건을 일으킨 후 중국의 동북 3성을 빼앗은 후 위성국인 만주국을 세우고 무단 통치를 하자 중국 정부는 일제의 야만적인 행위를 규탄하고 부당함을 호소하자 국제 연맹은 1932년 5월 영국인 리튼 경을 단장으로 하는 조사단을 하얼빈으로 파견하며 이들은 중앙대에 있는 마디엘 빈관에 여장을 풀었다.

이에 맞추어 일제는 이들이 투숙한 하얼빈 중앙대가 주변 곳곳에 만주 국기와 5살짜리 황제 부의의 사진을 걸어 하얼빈 시민들이 만주국을 옹호한다는 분위기를 조성하고 다른 한편으로는 조사단이 머무르는 14일 동안 만주국에 반대하는 혐의자들을 중앙대가 건너편에 있는 일본군 군영인 태양도 송포 군영에 가두어 외부와 차단시켰다. 당시 조사단에 일제 침략의 부당함을 알리려다 체포되어 총살당한 사람만도 8명이나 되었다.

이런 엄중하고 살벌한 분위기 속에서 중앙대가의 한 모퉁이에서 초로의 여인이 마디엘 빈관 청소부에게 손수건을 건넸다. 이 손수건 안에는 무명지 두 마디와 '조선 독립원(韓國 獨立原)'이라고 쓰인 혈서가 있었다.

절단된 무명지는 누구의 것이며 혈서는 누가 썼고, 왜 이것을 청소부에게 주었을까?

자신의 손가락을 절단해 혈서를 써 손수건을 전달한 사람은 남자현 열사였다.

남자현은 과연 누구인가? 그녀는 1872년 12월 7일 경북 안동군 일직면에서 3남매 중 막내로 태어났다. 그녀는 어릴 적부터 한학자였던 아버지로부터 소학과 대학까지 배우고 19세 때 아버지의 문하생이었던 김영주와 결혼했다.

그들 부부가 결혼할 당시 한반도의 주변 정세는 바람 앞에 있는 등불과도 같았다. 제국주의자들은 힘을 앞세워 인도지나 반도를 비롯해 아시아 제국을 속속 먹어 가고 있었다.

한반도도 그 소용돌이에서 벗어날 수 없었다. 그중에서 일본은 다른 어느 나라보다도 더 날카로운 이빨을 드러낸 채 한반도를 삼키려 덤벼들면서 1895년에 국모인 민비를 시해하는 을미사변을 일으켰다. 그 후 고종황제는 바깥출입을 못할 정도로 극도의 공포에 시달렸고, 친일파로 구성된 김홍집 내각은 고종으로 하여금 단발령을 내리게 했다. 유교적인 가치가 근간이었던 당시로서는 신체발부(身體髮膚)는 손과 발을 자르는 것보다도 더 가혹하다고 느꼈던 시절이어서 단발령을 받아들일 수가 없었다.

단발령을 반대하는 의병들의 반대 운동이 전국 도처에서 일어났다. 제일 먼저 시위를 벌인 곳은 그들 부부가 살고 있는 곳과 가까운 제천이었고 곧바로 인근 안동 지역으로 확산됐다.

남자현 열사의 남편 김영주도 1896년 영양의 의병장 김도현과 함께 의병 활동을 하다가 일본군에 의해 살해되었고 얼마 후엔 친정아버지와 오빠마저도 희생당했다. 당시 여사의 나이는 24세에 불과했으며 배 속에는 아이까지 있는 데다가 홀로된 시어머니를 모시면서 양잠도 해야 했다. 시어머니가 돌아간 후 3년상을 마칠 무렵인 1919년 3월 1일 3.1 독립운동이 전국 도처에서 일어났다.

일본 침략으로 남편과 친정아버지와 오빠까지 희생당하자 열사의 가슴은 적개심과 분노로 사무쳤고 뼈에 사무치는 한을 안고 압록강을 건너 만주 통화로 갔다. 그때 그녀의 나이는 46세로 적지 않은 나이였지만 서로군정서에서 일본군과 전투 중에 부상당한 독립군을 간호하고 뒷바라지를 했다. 그녀는 만주에서 독립운동을 하는 것에 그치지 않았고 54세 되던 해 일본 사이토 마코토 총독을 주살시키기 위해 서울로 잠입했다. 그러나 독립 운동가인 송학선이 거사를 일으키다가 체포됨으로써 경비가 삼엄해 발길을 돌려야만 했다.

거사가 실패한 후인 이듬해 봄 북만주 길림의 조양문 밖에서는 정의부 등 각 독립단체 간부 등이 참석한 가운데 나석주 의사의 추도회가 열렸을 때 안창호와 김동삼 선생 등 300명의 독립 운동가가 체포됐다. 이때 그녀는 그들이 석방될 때까지 뒷바라지를 했다.

그 후 1933년 3월 1일 만주국 수도 신경(장춘)에서 만주국 건국 1주년 기념행사가 열린다는 소식을 듣고는 만주국 전권대사를 암살할 계획을 세우고 2월 27일 중국 할머니로 위장한 후 권총과 폭탄을 갖고 장춘으로 가려다 한국인 밀정의 신고로 하얼빈 도리구 정양가에서 체포되어 하얼빈 총영사관 지하실 감방에 구금됐다.

그녀가 감금된 하얼빈 총영사관 지하 감방은 바로 옆에 고문실이 있었다. 고문실에 들어가면 일본 영사 경찰은 수감자들을 매달아 놓고 가죽혁대로 후려갈긴 다음 손과 발을 묶어 꼼짝 못 하게 한 후 입이나 눈에 고추

물을 쏟아 넣거나 불에 달군 인두로 살을 지지기도 했고, 끓는 물을 온몸에 퍼붓거나, 뾰족한 못이 박힌 판에 앉히기 등의 고문을 행했다.

남 열사도 다른 열사들처럼 가혹한 고문을 받다가 견디다 못해 15일간 단식 투쟁을 계속해 죽음 일보 직전에 이르자 일경은 그녀를 보석으로 석방시키지만 지하 감방에서 나온 지 하루 만에 62세의 나이로 영면한다.

그녀는 눈을 감기 전 유복자인 아들에게 "독립은 정신으로 하는 것이다."라는 말과 함께 갖고 있던 돈 248위엔을 꼭 쥐어 주며 200위엔은 조국이 독립될 때 독립 축하금으로 주고 나머지는 손주를 위해 쓰라는 유언을 남겼다.

열사의 유해는 하얼빈의 조선인 묘에 안장되었지만 유감스럽게도 1958년 하얼빈시 확장 공사 때 시내에 있던 모든 묘지를 외곽인 황산 묘지로 옮길 때 그녀의 묘는 무연고의 주인 없는 묘로 분류되어 이장되지 못해 사라졌다.

2018년 6월 28일 보슬비가 내리는 날 그녀가 투옥되어 고문을 받았던 하얼빈 도리구에 있는 구일본 총영사관 지하 감방을 보기 위해 찾아갔다.

이 영사관의 지하 감방은 남자현 열사 이외에도 안중근 의사, 허영식 열사 등도 투옥되어 우리 독립 운동가들에게는 무시무시하게 소름이 끼치는 공포의 장소였지만 그런 모습은 간데없고 현재는 흑룡강성 대외 복무 중심(黑龍江城 對外服務中心) 사무실로 사용되고 있으며 찾아간 시간이 오후 7시라 건물 내에는 수위를 제외하고는 아무도 없었다.

대다수의 동포들이 생계를 유지하기 위해 간도를 왔지만 열사는 오로지 조국의 독립을 위해 왔지 않는가! 그런데도 불구하고 흔적도 없이 사라졌으니 얼마나 안타까운가.

필자가 그에게 이 건물이 과거에 어떤 건물인지 설명한 후 지하 감방 고문실을 볼 수 있느냐고 묻자, 현재 지하실이 폐쇄되었기 때문에 볼 수 없다고 해 발길을 되돌려야 했다. 애써 찾아왔지만 건물 외관 사진만 찍고서 발걸음을 돌려야 해 몹시 아쉬웠다.

장춘 강희룡

제2의 윤봉길을 기다리며

고고도 미사일 사드문제로 한중 관계가 그 유례를 찾아보기 힘들 정도로 관계가 악화 일로의 상태이며 해결의 실마리도 보이질 않는다.

1992년 한중 양국은 관계가 수립된 이후 정치, 경제, 문화 등 모든 분야에서 더 없이 돈독했고 특히 통상 분야에서는 세계 다른 어느 국가와도 비교가 안 될 정도로 많은 교역을 하고 있다. 오늘날 〈대장금〉, 〈별에서 온 그대〉 등의 드라마는 14억 명의 중국인 시청자들을 사로잡았고 〈강남 스타일〉 등의 k-pop 역시 중국 젊은이들치고 모르는 사람이 없을 정도다.

그러나 양국 관계는 2016년 한국이 고고도 미사일 사드 배치 문제를 두고서 이해관계가 첨예하게 대립되어 관계는 날로 악화 일로의 상태이다.

정치, 경제, 외교문화, 스포츠 등 거의 모든 부분에서 관계가 삐걱거리고 있지만 특히 통상관계에서 그 피해는 실로 충격적이다.

경북 성주에 있는 골프장 부지를 경기도에 있는 국방부 부지와 교환해 준 롯데는 중국에 있는 백화점 97개 중에서 거의 전부가 개점휴업 상태로 그 피해가 막대하며 E마트 등의 다른 유통 업체도 매출이 급감해 더 이상 버티지 못하고 철수를 고려 중이라는 기사가 연일 보도되고 있다. 관광 분야에서도 요커로 대표되는 중국인 단체 관광객이 끊겨 호텔, 항공사,

면세점뿐만 아니라 명동이나 동대문 등의 상가도 막대한 타격을 입고 있다고 한다.

하얼빈의 경우도 마찬가지다. 하얼빈 역사에는 1906년 10월 26일 안중근 의사가 일본 침략의 주역인 이토 히로부미를 처단한 그 바로 그 현장에 2014년 안중근 기념관이 세워졌고 매년 이를 기념하는 학술 발표회가 개최되곤 했지만 이 또한 취소되었고 우리 교포가 운영하는 식당도 손님들의 발길이 끊어져 사업을 계속하기가 힘들다고들 한다.

이렇듯 양국 관계 악화로 인해 곳곳에서 피해가 늘어 가고 있지만 문제는 개선의 돌파구가 없다는 점이다. 이런 와중에 하나의 사건이 필자의 머리를 스쳤다. 바로 만보산 사건이다.

지금으로부터 86년 전 중국 길림성 장춘시 인근인 만보산에서 조선 농민과 중국인 농민 사이에 수로 건설 문제를 두고서 이해가 충돌해 사건이 일어났다. 이른바 만보산 사건이다. 이 사건의 여파로 양국 관계는 오늘날보다도 훨씬 더 심각했다. 뾰족한 묘안이 없는 상황에서 86년 전 그 사건이 어떻게 해결되었는지 알아보고자 사건의 현장을 찾기로 했다.

2017년 9월 중순인데도 하얼빈의 날씨는 겨울옷을 입어야 할 정도로 서늘했다.

하얼빈 서역을 출발한 기차는 3여 분이 지나자 시속 306㎞의 속도를 유지하면서 빠르게 달렸다. 차창 밖에는 수확을 앞둔 들판은 벼와 옥수수로 황금물결을 이루고 있다.

하얼빈 서역을 출발한 지 1시간 10여 분 후에 장춘 서역에 도착하자 필자를 안내해 줄 강기룡 박사가 기다리고 있었다. 강선생은 조선족 1.5세

대로 장춘시 인민정부 고위 간부로 근무하다 몇 해 전에 퇴임하신 분이
다. 역사를 나와 만보산 현장으로 가기 위해 시내로 나오자 황사가 심해
3~4m 앞도 보이지 않아 더 이상 갈 수가 없어 포기할 수밖에 없었다.

장춘역

장춘 시내, 황사로 앞이 잘 안 보임

다시 찾은 만보산

장춘을 다녀온 지 2주일 후인 9월 하순에 다시 찾았다. 만보산으로 가기 위해서는 시내를 벗어나 하얼빈행 고속도로로 가야 한다.

장춘 시가지

시내 중심을 벗어날 무렵 장중한 느낌을 주는 건물 앞에서 차를 멈췄다. 우리에게 만주 군관학교로 알려진 바로 그 학교 앞이다. 이 군관학교는 우리의 현대사에서 기라성 같은 거물을 배출한다. 박정희, 정일권, 이한

림, 백선엽 등 정계와 군부를 지배했던 주역들이 다녔던 군관학교이기에 한 번 더 눈길이 갔다.

차는 만보산현이 있는 북쪽으로 향했다. 시원하게 탁 트인 고속도로에는 BMW를 비롯한 외제차가 시속 180㎞ 이상의 속도로 질주했다. 톨게이트를 벗어났지만 만보산 방향을 알려 주는 이정표가 없어 지나가는 사람들에게 물어도 모른다고 했다. 버스를 기다리고 있는 50대 여인에게 만보산이 어디에 있는지 묻자 바로 그 동네에 살고 있다고 했다. 함께 가면서 81년 전에 일어난 만보산 농민 충돌 사건에 관해서 아는지 물었지만 모른다고 했다.

장춘시를 떠난 지 2시간 만에 만보산에 도착했다. 중국의 동북은 온통 벌판이긴 하지만 만보산이라는 명칭으로 보아 작은 구릉이라도 있을 것이라고 생각했지만 역시 산은 없었다. 망망한 대해와 같은 벌판 한가운데 황토 벽돌집만 있었다.

필자가 온다는 사실을 알고는 동네 앞 도로에는 20여 명의 사람들이 모여 있었다. 차에서 내리자 바로 달려와 필자 옆에서 사진을 찍기 시작했다. 한류 열풍은 시골의 오지 마을에서도 거세게 불고 있었다.

함께 사진을 찍은 후 만보산 사건에 관해서 물었지만 어느 누구도 알지 못했다. 그때 한 젊은이가 잠시만 기다리라 면서 마을 안으로 가 노인을 데리고 나왔다. 우동준이라는 그 노인은 95살로 만보산 사건이 일어난 해에 6살의 꼬마였다.

우 씨 노인이 전해 준 사건의 전말은 다음과 같다.

"1931년 봄까지 만보산은 한족 농민들이 옥수수와 해바라기 농사를 지으며 살아가는 한적한 마을이었어. 우리 마을을 중심으로 남쪽에는 강씨들의 집성촌이 있고 바로 인근에 진씨툰(툰은 우리나라 마을 정도의 촌락)이 있어 거기서 10리만 더 가면 사건이 일어난 황씨툰이야. 당시 그 주변은 넓은 황무지였는데 어느 날 황무지를 개발한답시고 일본인과 조선족 농민 수백 명이 들이닥쳤어. 물도 없는데 어떻게 수전 농사를 지을 수 있을까 궁금해했지. 저 밑으로 내려가다 보면 홍기(紅旗)호수가 있어. 그 호수 물을 끌어내 농사를 짓겠다고 했지. 어른들은 수재의 위험이 있으니 공사를 해서는 안 된다고 수차례나 말하곤 했지만 그들은 들은 체도 않고 공사를 강행했어. 이를 지켜본 황씨 마을 사람들이 장마철이 되면 물이 범람해 수재가 날거라고 재차 항의를 했어.

그렇지만 당시에 일본 놈들의 힘이 대단한 데다 조선족들이 먹고살기 위해 공사를 강행하니 별다른 대책이 없었어. 그런데도 뜻있는 어른들이 이대로 두면 마을이 수재를 당할 수 있다면서 삽과 괭이를 들고 가서 문제의 수로를 파헤쳤어. 그러자 양측이 대치하면서 분위기가 험악해졌어. 곧이어 일본 경찰 수십 명이 와 총을 쏴 대자 싸움은 끝났어."

이상이 그 노인이 전해 준 당시의 목격담이다. 우리는 우 씨 노인이 말한 황씨툰으로 향했다.

한국 사람과 사진을 찍고 싶어요!

황씨튠으로 가는 도중에 배가 출출해 인근 식당으로 갔다. 강 선생은 이곳 만보산 지역의 특색 요리는 당나귀 고기라면서 그 요리를 시켰다. 우리가 한국말로 대화하는 것을 지켜본 주인은 한국에서 왔느냐고 물었다. 강 선생이 "그렇다."라고 하자, 삼여 명의 종업원이 필자 옆으로 다가와 함께 사진을 찍고 싶다면서 휴대폰으로 사진을 찍었다.

식사를 마치고 사건의 현장인 황씨튠으로 향했다.

마을로 가는 길 도로 양가에는 아름드리 백양나무가 숲을 이루고 있었다. 당나귀를 몰고 가는 노인에게 만보산 사건에 관해 아는지 묻자 들어서 알고는 있지만 그가 태어나기 10년 전에 있었던 일이라 구체적으로 알지 못한다고 했다. 남쪽으로 더 내려가자 백양나무숲 사이로 문제의 호수가 보였다. 저 호수가 당시에 세상을 뒤집히게 한 호수라니!

호수를 지나자 지금까지 본 풍경과는 다른 모습이었다. 옥수수와 해바라기뿐인 들판이 벼로 황금물결을 이루고 있었다. 만보산 충돌로 많은 피해를 당했지만 그 수확을 오롯이 수로건설을 극렬하게 반대 했던 이곳 주민들이 먹는 것을 보니 배가 아팠다. 잠시 후 황가튠에 도착해 도로 옆에 있는 상점주인 할머니에게 만보산 사건 현장을 묻자, 지금은 해바라기가 숲을 이루어 찾기가 힘들다면서 자기 며느리를 동행시켰다.

3m 이상이나 되는 해바라기가 숲을 따라 200여 m쯤 지나자 부인은 차에서 내려 해바라기 밭 속으로 들어가더니 잠시 후 표지석을 찾았으니 들어오라고 했다. 표지석은 해바라기 숲에 가려서 밭주인이 아니면 찾을 수 없을 것 같았다.

꽁꽁 숨어 있는 만보산 사건 기념비

만보산 사건 기념비 비문 내용

자기 밭 한가운데 세워져 있는 기념비를 주인조차 겨우 찾아냈으니 일반인들은 만보산 기념비의 주소를 알더라도 찾기가 어려울 정도였다. 이 때문인지 국외독립운동사적지 정보 사이트에서도 만보산 사건 사진은 현장이 아닌 만보산현 시장 부근이다.

어렵게 찾아낸 만보산 사건 기념비는 높이가 1m 50㎝ 정도에 넓이는 1m 20㎝쯤의 크기의 화강석으로 그 위에 새겨진 글자는 세월의 풍파에 시달려 거의 알아볼 수 없었다. 강 박사와 지역 주민의 도움으로 해독한 바에 따르면 1931년 7월 2일 낮 10시경에 중국 동북부에 있는 장춘현(오늘날 장춘시) 만보산마을에서 조선 농민 180여 명과 이 지역에 살고 있는 마을 주민 간에 충돌이 일어났다. 충돌의 원인은 수로 건설로 인한 문제점 때문이었다.

황가툰마을 옆에 방치되어 있는 황무지 부근에 살던 학영덕이라는 자가 황무지 주인 11명과 약 15만 평의 대지를 10년간 사용할 수 있도록 계약했다.

그 계약서엔 장춘현 정부의 승인을 거쳐야 비로소 효력이 발생한다는 단서 조항이 있었다. 하지만 그는 그 조항을 무시하고 조선 농민 180여 명을 모집하여 문제의 황무지를 개발했다. 그가 계약 조건을 무시하고 공사를 강행한 것은 배후에 일본 도농공사가 있었다. 그는 든든한 배경을 이용해 1931년 4월 중순부터 현 정부 승인 없이 공사를 진행했다. 수로를 만들고 제방을 쌓는 것을 본 주민들은 현 정부에 공사를 중지시키도록 요구했다. 현 정부는 주민들의 요구를 받아들여 공사를 중지하라는 행정 명령을 내렸다. 하지만 도농공사는 이에 아랑곳하지 않고 공사를 강행해 2달 반이 지난 6월 말경에 마무리되었다. 하지만 분개한 마을 주민들은 7월 1

일 완공된 수로와 제방을 약 2리 정도 매몰시켰다. 이렇게 되자 일본 경찰의 비호 아래 현장에 있던 조선족 농민 백 수십여 명과 현지 주민 400여 명 사이에 충돌이 일어났다. 이튿날까지 이어져 사태가 심각해졌다. 중국 주민들의 반발이 심상치 않자 일본은 영사관 소속의 무장 경관 15명을 파견했다. 중국 측도 경찰관 300여 명을 파견했다. 분위기가 심각해지자 일본은 더 많은 무장 경찰을 파견해 마구잡이로 총을 발사하지만 다행히도 사상자는 없었다. 일본 무장 경찰의 비호 아래 매몰된 수로와 제방은 6일이 지난 7월 6일에 복구 되었다.

만보산에서 일어난 사건은 그다지 큰 사건은 아니었다. 문제는 엉뚱한 데서 발생했다. 사건 발생 후 일본 영사관 측은 〈조선일보〉 장춘 지국장 김이삼 기자에게 만보산에서 중국인과 조선 주민 간에 충돌이 발생해 조선인이 중국인에게 희생되었다는 허위 정보를 주었다.

〈조선일보〉는 1931년 7월 2일 석간과 3일 조간에 '중국 관민 800여 명과 200명 동포 충돌 부상, 장춘 주둔군 출동 준비, 대치한 일중 관헌 1시간여 교전, 급박한 동포 안위, 기관총대 급파, 전투 준비 중, 참혹한 참상 100여 명 사망' 등의 기사를 호외로 내보냈을 뿐만 아니라 연속해 관련 기사를 보도했다.

이 보도는 걷잡을 수 없는 사태를 자아냈다. 호외가 뿌려진 7월 3일 새벽부터 반중 감정이 극에 달해 서울, 평양, 부산, 인천, 전주, 대구, 개성, 사리원, 마산, 해주 등 화교들이 살고 있는 곳에서는 말할 필요 없이 전국 방방곡곡에서 폭동이 일어나 화교들에 대한 무차별 보복이 발생했다. 화교들에 대한 보복 폭행과 폭동이 이어지지만 그들은 어떠한 신변 보호도 받지 못했다.

당시의 신문 기사를 보면 그들이 할 수 있었던 자위 수단은 물을 끓여 다가오는 데모대를 제지 시키거나 연탄집게를 달구어 다가오지 못하게 하는 소극적인 방어뿐이었다.

일제가 당시에 꾀한 정책은 조선인과 중국인을 이간질 시켜 서로 간에 적대감을 갖게 하는 것이었고 사태를 더욱 확대시키는 것이 그들이 바라는 바이기 때문에 공권력을 행사할 필요가 없었다. 그러기에 사태는 더 악화되었고 피해 또한 막대해 당시 총독부 자료에 의하면 사망 142명, 실종 91명, 중상 543명, 재산 손실 416만원, 영사관에 수용된 난민은 화교 전체의 3분의 1에 가까운 1만 6,800명이었다.

폭동 직전 화교의 인구는 6만 9,000여 명이었지만 그 폭동과 1931년 9.18 사건의 여파로 2년 후인 1933년에는 3만 7,000명으로 급감했고 중국인이 한국을 보는 시각이 더 싸늘해졌으며 반한 감정이 극에 달했다.

사태가 걷잡을 수 없는 지경으로 나아가자 이대로 방치하면 양국 국민 간의 감정의 골이 더 깊어져 궁극적으로 일본이 바라는 바대로 되어 갔다. 이대로 방치하면 악화일로로 치달을 것이므로 여러 기관과 단체가 사태 수습에 나섰다. 〈조선일보〉, 〈동아일보〉 등의 언론은 일본 영사관 측이 발표한 보도가 허위라는 사실을 알고 정정 보도를 했고 중국에 거주하는 동포들의 생명과 안위를 위해 폭동을 자제해 달라고 호소했다. 언론계나 종교계 등 각계각층의 지도자들도 연합체를 만들어 이 폭동은 우리 민족 전체의 뜻이 아니며 일부 사람들의 잘못된 인식에서 촉발됐으며 사건의 배후엔 검은 손이 있을지 모른다고 지적하며, 조선과 중국은 우의를 더 한층 강화해야 할 것이라고 강조했다.

뿐만 아니라 이 사건을 현장 확인 없이 기사를 타전했던 〈조선일보〉 김

이삼 기자도 자신의 잘못을 깨닫고 정정 보도를 했다.

각계각층의 계속된 호소로 사건은 큰 불상사 없이 마무리되어 폭동은 사건 발생 1주일 후인 7월 7일경 누그러들었고 화교 희생자에 대한 위문금과 위문품도 답지했다. 중국 장개석 총통은 〈동아일보〉에 감사패를 전달했으며 중국 신문도 호의적으로 보도를 했다.

당시의 상황을 다룬 1931년 7월 7일 자 〈동아일보〉 사설에 실린 글이다.

1. 만보산 이백만 동포는 안전하고 평안합니다. 지금 만주와 그 밖의 중국 땅에 있는 우리 동포들은 무사하고 편안합니다. 중국 백성들은 지금 우리 동포들에게 손을 댄 일이 없습니다. 그리고 만주와 기타 중국에 있는 우리 동포들의 가장 간절한 소원은, "국내에 있는 동포들이 중국 사람들에게 폭행을 말아 달라" 하는 것입니다. 동포여, 우리가 조선에 와 있는 중국사람 8만 명에게 하는 일은 곧 중국에 있는 백만 명 우리 동포에게 돌아옴을 명심하십시오. 그리고 즉시로 중국 사람을 미워하고 그들에게 폭행을 가하는 일을 단연히 중지 하십시오.

2. 동포 여러분은 만보산에 있는 이백 명 동포의 생명이 위경에 든 것처럼 생각하고, 또 어떤 악의를 가진 자의 생각인지 모르거니와, 이 이백 명 동포가 학살을 당한 것처럼 아는 이도 있는 모양이나, 이 것은 전혀 무근지설입니다. 무뢰배의 유언비어입니다. 또 조선 안에서도 조선 동포가 중국인에게 학살당하였다는 풍설을 돌리는 자가 있다고 하거니와, 이것 또한 말도 되지 아니하는 허설입니다.

이 모양으로 무근한 유언비어를 들려 이웃한 두 민족 사이에 틈을 내

또 성군작당하여 아무 죄도 없는 이웃나라 사람의 생명과 재산을 파괴하는 것은 진실로 민족으로서는 폭민이요. 난민입니다. 우리는 이러한 무리를 민족의 죄인이라 아니 할 수 없습니다. 중국은 현재 백만의 조선 동포가 인접해 사는 나라요, 또 이 앞에도 그와 가장 밀접하고 친선한 관계를 유지한 것이 조선 민족 백년의 복리를 위한 것이 어떤 무책임하고 일을 좋아하는 자의 헛된 선전에 미혹하여 인천, 경성, 평양 등지에서 대 참극을 일으킨 것은 조선 민족의 명예에 영원히 씻기 어려운 누명이 될뿐더러 중국에 있는 백만 동포들의 목에 칼을 얹는 것이니 이런 통탄할 일이 어디 있겠습니까?

동포여! 정신을 차려 앞뒷일을 헤아리십시오. 악의를 가진 무리의 헛된 선전을 믿어 여러분이 생명보다도 더 사랑하는 민족의 전도에 칼과 화약을 묻는 일을 하지 마십시오.

3. 비록 백보를 사양하여 만주에 있는 동포가 중국 사람들에게 폭행을 당하였다고 가정하더라도 우리가 조선에 와 있는 중국 사람들에게 보복함으로써 조금도 이로움이 없을뿐더러 도리어 핍박받는 동포의 처지를 더욱 곤란하게 할 것이 아닙니까? 중국 땅에 있는 조선 동포가 핍박당한다는 소문을 듣고 우리가 이렇게 분개할진대, 우리 조선 사람이 조선에 있는 중국 사람에게 폭행한 소문을 들으면 중국 사람들이 중국에 있는 조선 동포들에게 얼마나 분한 마음을 가지겠습니까? 또 인도상으로 보더라도 호떡장수, 노동자 같은 중국 사람이 무슨 죄가 있기에 우리가 그 생명과 재산을 위협하겠습니까?

이것은 도무지 불합리한 일이오! 민족의 전도에 크게 해를 주는 일이니 거듭 말하거니와 이러한 선전을 하고 폭동을 하는 이는 조선 민족의 적이라고 아니할 수 없습니다. 동포의 뜨거운 민족애와 굳센 민족 의식을 이용하려는 검은 손이 여러 가지 탈을 쓰고 각 도시에 횡행하는 모양이니 선량하고 민족을 사랑하는 동포여! 삼가고 서로 경계 하실지어다.

그러나 사회 각층에서 화해의 분위기를 조성했지만 가슴 깊숙한 곳에는 여전히 앙금이 남아 있었다. 그 앙금까지도 말끔히 해결하는 역사적인 사건이 이듬해 1월과 4월에 연이어 일어났다.

한인 애국단 출신의 두 청년이 위기에 몰릴 한중 관계를 해결하는 해결사가 되었다. 31세의 청년 이봉창과 28세의 윤봉길이 바로 그들이다. 청년 이봉창은 경성, 오사카, 도쿄에서 점원을 하면서 일본인 주인에게서 참을 수 없는 모멸을 당하면서 일본 제국주의자들에 대한 불만이 싹트기 시작했다. 1928년에는 교토에서 거행된 히로히토 국왕 즉위식을 보기 위해 교토행 기차를 타고 갈 때 한글로 쓰인 편지를 갖고 있다는 죄목으로 경찰에 체포돼 9일간 유치장에 감금되자, 나라 없는 설움을 절절하게 느낀 의사는 바로 임시 정부가 있는 상해로 가 김구 주석을 만나 조국을 되찾기 위해 목숨 바치겠다는 뜻을 전달한다.

그와 김구 주석과의 만남에 관해 《백범 일지》에는 "인생의 목적이 쾌락이라면 31년 동안 인생의 쾌락은 대강 맛보았습니다. 그런 까닭에 이제는 영원한 쾌락을 얻기 위해 우리 독립 사업에 헌신하고자 상해에 왔습니다."라고 기록되어 있다.

영원한 쾌락! 이 얼마나 전율을 느끼게 하는 말인가. 그가 가슴속에 그리는 영원한 쾌락은 억압과 굴욕에 처한 이천만 동포들을 위해 그들이 마음껏 자유를 누리게 하는 희망의 메시지가 아닌가! 그는 그 쾌락 위해 절치부심하면서 1년간 기다렸다.

1932년 1월 8일 일본 왕 히로히토는 만주국 왕 부의와 도쿄 교외의 요요기 연병장에서 행한 관병식을 마치고 환궁할 때 청년 이봉창은 이들을 향해 폭탄을 던졌지만 안타깝게도 폭탄은 궁내대신이 탄 마차에 떨어져 거사는 실패로 돌아갔다. 그러나 신과 같은 국왕의 저격 소식은 일본 열도는 물론 전 세계를 경악케 했고 중국 신문도 이 소식을 대서특필했으며 이로 인해 일본의 내각은 총사퇴 했고 정국을 혼란의 소용돌이로 몰아넣었다.

이봉창 의사가 폭탄을 투척한 지 3개월 후 28세의 청년 윤봉길은 상해 홍구 공원에서 또다시 세계를 경악시킨 사건을 일으켰다.

1932년 4월 29일 일본 왕의 생일인 천장절과 상해 사변 전승 기념일이 열리는 홍구 공원에 들어가 폭탄을 투척해 일본 상해군 사령관과 일본 거류단장을 즉사시키고 일본 제3함대 사령관, 제9사단장, 주중 일본 공사에게 중상을 입혀 기념식장은 순식간에 아수라장이 되었고 전쟁의 승리에 들떠 있던 일본인들은 충격에 빠졌다. 일본의 전승 행사를 지켜보던 중국인들은 이 모습을 보고 환호의 박수를 보냈다.

중국의 장개석도 "중국 100만 대군도 하지 못할 일을 한국의 한 청년이 해냈다."고 높이 평가했다. 이후 한중 양국은 일제에 맞서 함께 싸우자는 분위기로 바뀌게 되었다.

이 두 거인의 영웅적 행동은 여태껏 중국인이 가졌던 앙금을 말끔히 씻어 냈으며, '가재는 게 편이다.'라는 시각이 완전히 바뀌게 되었다.

이로써 중국 국민당 정부는 상해 임시 정부를 보는 시각이 바뀌었을 뿐만 아니라 성금도 보내고 한국 청년들을 중국의 군사학교에 입학할 수 있는 길까지 열리게 되어 시들어 가던 독립운동에 기폭제가 되었고 만보산 사건으로 불편했던 한중 관계는 서로 손잡고 함께 투쟁하는 전환점이 되었다.

만보산 현장인 황가툰에서 돌아오는 길에 문제의 홍기호와 수문을 살펴보았다. 2평 남짓한 수문은 이끼가 꼈고 변색되어 세월의 무게를 느낄 수 있었다.

지금 한국과 중국은 사드 문제로 불편한 관계가 이어지고 있다. 잇따른 북한의 핵 실험으로 한반도는 역사상 유례가 없을 정도로 위기에 처해 있다. 국가의 안위를 위해 사드 배치가 불가피하다는 한국 측의 견해와 온갖 경제적 이익을 누리면서 감사하지는 못하더라도 바로 옆에다 CCTV를 설치해 일거수일투족을 감시당할 것이라고 생각하는 중국의 측의 견해는 완전히 달라 해결책이 보이지 않는다.

88년 전 만보산 사전에 윤봉길 의사와 이봉창 의사가 그랬듯이 이 문제를 간단하게 해결할 방안은 없을까?

조선의 체게르바 허형식

초인을 찾아 떠나는 여행

광야

이육사

까마득한 날에
하늘이 처음 열리고
어디 닭 우는 소리 들렸으랴

모든 산맥들이
바다를 연모해 휘달릴 때도
차마 이곳을 범하던 못하였으리라

끊임없는 굉음을
부지런히 계절이 피어선 지고
큰 강물이 비로소 길을 열었다

지금 눈 내리고
매화 향기 홀로 가득하니
내 여기 가난한 노래의 씨를 뿌려라

다시 천고의 뒤에

백마 타고 오는 초인이 있어

이 광야에서 목 놓아 부르게 하리라

 우리에게 저항시인으로 알려진 이육사가 자기의 외삼촌 허형식을 기리
며 썼다고 알려진 이 시를 읽으면서 많은 사람들은 암울했던 시절을 생각
하며 일제에 대한 반감을 느꼈을 것이다.

허형식이 항일 활동을 했던 경안현

 오늘 답사할 곳은 하얼빈의 동북에 자리한 경안현 청솔령이다. 필자가
이곳을 답사하는 목적은 위 시에 등장하는 '백마를 타고 오는 초인' 허형
식 장군의 발자취를 보기 위해서이다.

 허형식이라는 이름은 많은 사람들에게 낯설지도 모른다.

 과연 그는 누구일까? 1909년 경상북도 선산 금오산 자락 기슭에서 새
로운 생명이 탄생했다. 그가 태어난 구미 선산은 옛부터 명지로서 이름난

곳으로 조선시대 실학자 이중엽이 쓴 《택리지》에는 논과 밭이 아주 기름져서 백성들이 안락하게 살며 죄를 두려워하고 간사함을 멀리하는 까닭에 여러 대에 걸쳐 사는 사대부 집이 많았다고 한다. 구미 선산에서 걸출한 인물이 많이 배출되고 있다는 말들을 할 때마다 거론되는 것은 명산 금오산과 그 앞을 지나는 낙동강이 배산임수를 갖춰 최고의 명당이라서 그렇다고 한다. 전해 오는 말에 따르면 '조선 인물의 반

东北抗日联军第三军军长许亨植

허형식

은 영남에서 나오고, 영남 인물의 반은 선산에서 난다.'라고 한다. 그래서인지 고려 말의 충신 야은 길재와 사육신 중 한 사람인 단계 하유지 등이 이 지역 출신이다.

허형식의 집안도 걸출한 인물이 많이 나왔다. 윗대까지 거슬러 올라갈 필요 없이 근현대만 하더라도 14명의 독립투사를 배출했다.

1907년 8월에 고종이 일제에 의해 강제 퇴위당하고 군대가 해산되자 그의 당숙 왕산 허위는 경기도 연천에서 의병장들을 모아 창의한 후 경기도와 강원도 일대에서 의병으로 활동했다. 이듬해 12월에는 경기도 양주에서 전국 의병장들의 통합 부대인 13도창의대진소(十三道倡義大陳所)를 만들어 작전 참모장을 맡았고 그다음 해 1월에는 약 300명의 의병 선발대를 이끌고 서울 동대문 밖 30리까지 진격하였으나 뒤따라오는 부대와 연락이 되지 않아 패퇴하자 부대를 소단위로 편성해 일본군과 유격전을 벌

였지만 안타깝게도 1908년 6월 11일 경기도 포천에서 체포되어 9월 18일 사형선고를 받고 서대문 형무소에서 교수형을 당해 순국함으로 그는 서대문 형무소에서 사형당한 첫 번째 사형수가 되었다.

허위는 물론 그의 4형제도 모두가 독립 투쟁에 나섰다. 형식의 큰 당숙 허훈이 경북 진보에서 창의군을 조직하자 그의 동생 허겸도 같이 참여했고 허훈은 동생 허위가 13도 창의장이 되자 3천여 두락의 논을 매각해 군자금을 보냈고 허겸은 1905년 을미조약이 체결되자 반대 상소문을 올렸으며 이완용 등 을사 5적 암살 사건에 가담했다는 이유로 투옥된 후 유배를 당하기도 했다.

둘째 동생 허위가 사형 당하자 허훈은 동생과 식구들을 이끌고 1912년에 만주 통화현으로 이주했다.

형식의 당숙 형제와 그 가족이 만주 통화현으로 간 지 4년이 지난 후 허형식의 부친도 그가 6살 때인 1915년에 서간도 통화현으로 망명해 그곳에서 어린 시절을 보냈다.

1919년 한국에서 독립운동이 일어나고 이듬해 김좌진 장군과 홍범도 장군이 이끄는 독립군이 청산리 전투와 봉오동 전투에서 대승을 거두자 일제는 훈춘 사건을 일으켜 통화현을 비롯해 서간도에서 활동 중이던 독립 운동가들과 수많은 양민을 학살했다. 독립 운동가들은 서간도에서는 더 이상 독립운동을 할 수 없게 되자, 이들 가족은 북간도로 이주를 한다. 허형식의 가족이 자리 잡은 곳은 북만주의 황산저자였다.

황산저자는 하얼빈 동쪽으로 50㎞에 위치한 곳으로 인근에는 아성, 빈현, 취원창, 사리툰, 옥천이 있다. 이들 지역은 농경지가 넓고 비옥한 데다 동간도나 서간도와는 달리 일제의 손길이 덜 미쳐 다른 독립 운동가들도 들어오게 된다. 상해 임시 정부 국부령을 지낸 이상룡 선생 일족, 일송 김 동삼 선생 일족도 황산저자 인근인 취원창으로 이주했다.

허씨 가문을 비롯해 독립 운동가들의 가족이 일경을 피해 멀리 북간도까지 왔지만 주위 환경은 열악했다. 황산저자 지역에는 한족 지주들과 관료들이 만든 해제 도전공사라는 대규모 농장이 있었다. 이 농장에서 일하는 사람들은 대부분이 조선에서 이주해 온 사람들이었으며 중국인 지주들은 이들 조선 농민들을 고용해 노동력을 수탈하기 일쑤였고 봄에 지주와 맺은 계약은 가을이 되면 하나마나한 계약이 되었다. 이에 황산저자 농민들은 더 이상 한족 지주들의 횡포를 참지 못해 농민조합을 만들어 선언문을 발표하고 농민 대표로 20세의 허형식을 선출하고 쟁의단 명의로 작성된 선언문을 발표했다.

선언문

지주들은 개간을 시작한 그 이듬해부터 가장 혹독한 방청 제도를 실시하였다. 죽지 못해 회사의 소작농이 된 조선인 농호들은 해제 회사의 순수한 농노이다. 지주들은 방청제도로서 농민들을 착취하고 있다. 매 농호에 한 헥타르의 땅을 소작으로 내주고 좁쌀 한 섬, 콩 한 말, 소금 30근을 전대해 주고 가을에 가서는 제멋대로 이름을 달아 곱으로 굵어간다. 그리고 무슨 경작 자치비, 수리비 따위의 명칭으로 매 헥타르에 벼 두 섬씩 더 가져갔다. 그자들은 해마다 물세를 받아 가지만 수리 시설에 손을 대지도 않았다. 그리하여 해마다 농사가 잘 되지 않았다. 농민들은 부득불 회사의 대부금을 써야했다. 농민들끼리 서로 담보를 써서 그 빚을 갚도록 하고 대부금을 쓰다 보니 농민들은 모두가 그자들의 대부금을 짊어진 노예로 전락한다.

회사에서는 우리가 힘들게 가꾼 곡식을 해마다 우리에게 물어보지도 않고 깡그리 몰수해 가곤 했다. 그자들은 강탈을 다그치는 한편 압박수단도 갈수록 참혹해졌다. 그놈들은 무장대까지 두어놓고(그 비용도 우리가 부담) 누가 조금이라도 반항하면 죄명을 씌워 체포하거나 내쫓았다. 그러나 우리는 목숨을 유지해 나가기 위하여 여지껏 가장 온순한 태도로 그놈들을 대할 수밖에 없었다. 우리 농민들이 보막이 일을 하다가 두 사람이 생명을 잃었으니 지주 놈들은 한마디 문안도 하지 않았다. 놈들이 곡식을 깡그리 빼앗아가도, 놈들이 우리를 내쫓아도, 우리는 통곡만 하여 자기의 신세를 원망할 뿐이다.

중략

고생스럽게 농사지어 쌀 한 알 먹지 못하고 초가을부터 초 삼월까지 주린 배를 끌어안고 견디어 왔으니 우리 농민들의 생활은 얼마나 비통하랴. 그래도 강도 같은 지주는 올해 또 소작료를 올리려고 한다. 더 참을 수가 없어 황산저자의 400여 명의 농민들은 생존을 위하여 또다시 일어섰다. 방청제를 하려면 3년 전의 규정대로 하고 소작제를 하려면 작년의 규정대로 할 것을 요구했지만 간악한 해제회사 측에서는 우리의 요구를 들어주지 않을 뿐만 아니라 토지 경작권을 조준포에게 팔아먹었다. 조준포는 깡패를 고용해 우리가 경작하던 토지를 빼앗아 가고 우리를 내쫓고 있다. 우리 같은 농민이 토지를 떠나 어떻게 살아갈 수 있겠는가! 우리는 생존하기 위해 최후의 길을 선택하였다. 전 만주에 사는 우리와 같은 환경에서 헤매는 형제들이

여 모두 일어나자! 우리들의 투쟁이자 당신들의 투쟁이며 당신들의
투쟁이자, 우리의 투쟁이다.

모두가 한결같이 일어나 서로 원조하자! 우리는 죽어도 토지를 떠날
수 없다. 관청의 체포와 압박을 반대하자! 소작료를 감소하자! 전 만
주의 노동자들은 한결같이 일어나 황산저자 농민 투쟁을 지원하자!

1930. 4. 26.

황산저자 농민조합

출처: 서명훈, 《하얼빈시 조선족 100년사》, 민족출판사, 2007

선언문을 발표한 후 황산저자 지역 조선 농민 70명은 5월 1일 하얼빈으
로 가 해제회사와 투쟁했으며 그날 오후 이들은 허형식의 지도하에 취원
창, 해구. 이층전자 지역에서 온 청년들과 함께 하얼빈 주재 일본 영사관
으로 달려가 영사관을 습격하자, 그는 즉석에서 시위를 주도한 죄목으로
8개월간 봉천 감옥에서 옥고를 치른다. 그는 감옥에서 중국 공산당 북만
위원회 빈현 특별지부의 서기인 최용건을 만나면서 본격적으로 항일 운
동을 시작했다.

반일 활동을 계속하자 다시 검거되어 심양 감옥에 투옥되어 이때 김책
과 운명적으로 만나게 된다.

김책은 함경북도 학성 출신으로 길림성 연길로 이주한 후 용정에서 동
흥 중학을 다닐 때부터 반일 청년단에서 활동을 하다가 경성 형무소에 투
옥되기도 했다. 형식은 항일 운동의 경험이 많은 그로부터 영향을 받아
출옥 후에도 계속해 항일 활동을 하면서 3군 군장(우리의 사단장 직급)에

올랐다.

항일 연군들이 적극적으로 활동을 하면서 일본군에게 큰 타격을 가하자 일제는 75만 명이 넘는 관동군을 투입해 항일 투사들을 향해 숨통을 조이기 시작했다. 1930년대 말경에는 항일 연군의 조직이 와해되고 1940년 2월경에는 김일성, 최용건, 김책 등 마지막 항일 투사들도 중국에서 더 이상 활동을 할 수 없게 되자 소련령으로 피신했다.

허형식이 희생된 경안현 청봉령

그러나 그는 끝까지 남아 투쟁을 하지만 1942년 8월 3일 흑룡강성 경안현 청봉령 소릉하 계곡에서 토벌대와 마주친다. 그때 그의 배낭 속에는 항일 유격대의 비밀조직과 명단이 들어 있었다. 만약 그 정보가 토벌대의 수중에 들어가면 많은 희생이 뒤따를 수 있어 배낭을 함께 있던 왕조경이라는 부하에게 맡기고 빨리 피하도록 한 후 끝까지 토벌대와 맞서다가 총탄을 맞고 희생되었다.

거인을 만나러 가기까지는 우여곡절
도 있었다. 처음에 한평생 동안 항일 투
쟁사를 연구한 김우종 선생과 함께하려
고 했지만 선생은 바깥출입을 못 할 정도
로 건강이 악화돼 부득불 통역만 데리고
떠나야 했다. 비록 선생은 함께하지 못
하지만 함께 근무하는 김미숙 교수가 자
신의 승용차와 기사까지 붙여 주었다.

하얼빈을 출발한 지 3시간 후에 경안
현 톨게이트에 도착했다. 백양나무가 우
거진 도로를 따라 1시간 30여 분 동안 달
린 후 경안현 청솔령 소릉하 계곡에 도착
했다. 청솔령은 이름과 달리 낮은 구릉
지대로 나무숲만 무성했다.

허형식 추모비

농토를 따라 약간 비스듬한 고갯길을 오르자 나무 숲속에 허형식 장군
의 희생지라는 비석이 저녁 노을로 불그스름하게 빛나고 있었다. 일본의
침략이 없었다면 구미 금오산 자락에 잠들어 있을 텐데 이국땅 그것도 북
만주의 끝자락 구릉에 홀로 있는 모습을 보니 일본에 대한 분노가 치밀었
다. 수백 ㎞를 달려와 사진만 찍고 떠나려니 안타깝고 아쉬워 당시의 사
정을 아는 노인을 만나고 싶어 인근 마을로 가는 도중에 농로에서 80대
노인을 만났다.

그는 우리를 훑어보고는 어디서 왔느냐고 물었다.

허형식 순국지

1930년생인 진 씨 노인은 허형식이 희생될 당시 11살의 소년이었는데 그의 증언에 따르면 허형식과 그의 부하 경조현은 얼마 남지 않은 항일연군 조직을 점검하기 위해 이곳 소릉하 계곡으로 와 1941년 8월 3일 새벽 4시경에 숲속에서 밥을 짓고 있었다. 산속 숲에서 새벽에 연기가 나는 것을 보고 이상히 여긴 누군가가 경안현 경비대 대장에게 연락을 하자 곧바로 토벌대 대원들이 출동했다. 1시간가량 총격전이 치열하게 벌어진 후 더 이상 저항이 없고 잠잠해지자 희생자를 확인했다. 놀랍게도 그는 동북항일 연군의 거목 허형식이었다. 토벌대는 그의 목을 잘라 가지고 갔고 나머지 시신은 그대로 방치되어 있었는데 나중에 관려화라는 전설적인 여성 항일 전사가 허형식이 희생되었다는 급보를 듣고 부대원을 이끌고 시신을 수습해 현장에서 4~5리 떨어진 청봉령 원보산 산정에 묻었다. 그 후 다른 곳으로 이장하려고 다시 왔지만 묘의 위치를 몰라 그대로 방치되어 있다고 했다.

허형식 순국지

1915년 부모님을 따라 만주에 온 후 독립 투쟁에 뛰어들어 3군 군장의 지휘까지 오르지만 34세의 젊은 나이에 희생당해 동토의 땅 북만주의 산자락에 잠들어 있지만 80여 년이 지난 지금까지도 어디에 묻혀 있는지조차 모른 채 쓸쓸히 영면 중이었다.

그가 남긴 유품은 독일제 권총 2점 도장, 모자, 안경, 말안장, 가죽가방이었다고 한다. 가방 속에는 1942~1944년 사이에 활동한 222명의 지하 조직원의 명단도 있었다. 모두가 일망타진되었고 이 중에는 8명의 경찰관도 있어 사람들을 놀라게 했는데 바로 처형되었다고 했다.

허형식이
사용했던 물품

노인의 증언을 듣고 발길을 옮기려니 참으로 암담했다. 조국의 독립을 위해서 3강 평원과 대흥안령, 소흥안령을 헤집고 다니면서 항일 투쟁을 하다 희생되었지만, 사회주의 계열에서 항일 투쟁을 해 반공 이데올로기로 인해 때문에 우리나라에서 배척당했고 사회주의 국가인 북한에서도 김일성 우상화의 걸림돌이 될 것이기 때문에 외면당했던 것이다.

비록 그가 사회주의 편에 서서 항일을 했지만 그 시대에 북만주에서 살았던 것을 고려한다면 어쩔 수 없어 그 길을 갔을 것이다. 때문에 그에 대한 재평가가 반드시 있어야 할 것이다.

허형식에 관한 자료는 거의 남아 있지 않지만 그가 항일 연군에게 보낸 몇 통의 편지는 남아 있다. 이 편지 속에 그가 어떻게 활동했는가 유추해 볼 수 있다.

허형식 추모비

허형식의 마지막 서신

아래는 허형식이 부대활동정황에 관하여 중국인 항일 투사 풍중운에게
보내는 서한이다.

1939년 9월 19일
친애하는 중운 동지.
보내온 편지를 보고 모든 것을 상세히 알게 되었다. 이제 련락원이
직접 현금 500원을 갖고 가니 접수하기 바란다. 지금 이곳에서 원래
하강으로 보내기로 했던 경비는 변절자 때문에 이미 손실되었다. 지
금은 여기에도 경비가 얼마 없다. 9군, 11군에도 다 돈이 없고 3군
사령부에 1,100여 원밖에 없으므로 500원만 보내니 그리 알기 바란
다. 지금 국내전쟁이 벌어졌고 외몽골 반침략 전쟁이 끊임없이 승리
하고 있으므로 이곳의 대오 1사는 이미 세부분으로 나누고 기병으
로 바꾸어 넓은 지역에서 활동하고 있다. 11군은 두 달 동안 청강, 명
수, 배천, 극동, 조동 등지에 진입하였는데 정치적 영향이 매우 좋다.
민중들의 반일 정서가 매우 높아졌으며 대오를 적극 옹호하였다. 그
리고 또 새로운 대원을 9명 보충하여 몽땅 기병으로 바꾸었다. 제3

군 3사 퇀은 이미 북관 문취자의 경찰서에 쳐들어가 장총 13자루, 탄알 약 1,200발, 급양 3섬 넘게 노획하였으며 기타 전리품도 아주 많다. 지금 이미 7퇀, 11군, 9군 부대를 한데 합쳐 돌격대(기병)를 무어 넓은 지역에 가서 활동하기로 결정하였는데 청강일대로 갈 계획이다. 3지대는 세 부분으로 나뉘어 몽땅 넓은 지역에서 활동하고 있는데 상황이 아주 좋다. 제3군 2사 역시 그 일대에서 활동하고 있다. 이곳의 상황은 대체적으로 이러하다.

외몽골 사건은 아주 격렬한바 일본 신문의 소식에 따르면 지금 몽골 군대는 사면으로 포위진공하여 일본 상장 한 명을 쏴 죽이고 기타 병사와 좌급관도 얼마간 죽였는데 일본은 불리한 국면에 빠졌다. 이곳의 일본군은 진공을 서두르지 않고 있다. 많은 지방에 일본군이 매우 적거나 심지어 없으므로 형세는 아주 순조롭다.

볼쉐비키적 경례를 드린다!

허형식

음력 8월 초 7일

강립인, 왕련장 및 3군의 기타 장병들을 급속히 파견해 돌려보내기 바란다. 간절히 바라며 한마디 더 보태는 바이다.

다음은 항일기부금 모금정황 및 하강동지들의 요구에 답복하는 등 문제에 관하여 김책이 허형식에게 보내는 서한이다.

1939년 10월 12일

허형식 군장 동지.

친애하는 동지들! 최근 신문에는 제2차 세계강도전쟁이 9월 1일 구라파 자본주의세계에서 이미 폭발했다고 보도했다. 독일파쑈 히틀러는 덴즈수복 문제를 핑계로 폴란드에 정식으로 선전포고를 했고 그 즉시 영국과 프랑스 두 나라는 폴란드를 지원한다는 명의로 독일에 정식으로 선전포고를 하였다. 지금 바다, 륙지와 공중에서 한창 살인무기들이 가동되고 있다.

당신이 떠나간 후 주주임이 수화에서 상인자산으로 돌아왔는데 뜻밖에 120여 명의 적들이 새벽에 습격하는 바람에 당장에서 검은 천 일곱 필, 총 두 자루, 탄알 100발을 잃어버렸고 두 대원이 희생되었다. 그것은 우리가 2퇀의 왕부관을 파견한 이튿날에 있은 일이다. 이와 같은 손실이 있게 된 중요한 원인은 충분한 경각성이 없어 보초를 서지 않은 탓으로 적들이 코밑까지 기여 들어올 수 있었기 때문이었다. 실로 위험한 일이었다. 주주임은 이틀이 지나지 않아 또다시 준비하고 떠났다. 또 수화에 가 계속 활동하려는 것이다. 그곳에는 날강도와 적의 연줄 군들이 많은데다가 각 퇀마다 거의 다 화승총, 소총이 있어 방비가 만만찮았다.

지난해 7월 20일 전후 수화동쪽으로 30여 리 상거한 궁가마을 일대에 가서 활동한 적 있다. 주주임이 방법을 내어 궁 씨네 집에 쳐들어가 항일의연금을 받아내려고 하였다. 모두가 노력한 결과 순조롭게 앞마을 궁 씨네 집 뜨락으로 들어갔다. 그 궁씨네는 수화동북 지역에서 이름난 지주로서 6만! 7만 원은 낼 수 있었다. 대오가 궁 씨네 집에 도착했을 때(약 오후 3시) 궁 씨 대패대와 싸움이 붙어 우리 쪽에서 한 사람이 희생되고 궁 씨네 쪽에서 두 사람이 부상당했다. 우리는 두 자루 련발총과 탄알 100여 발을 로획하여 순조롭게 돌아왔다. 임부사장은 당신들이 떠난 후 사흘째 되는 날에 이곳에 도착하여 이튿날부터 3년 동안 함께 활동하였다. 그들도 7월 20일 전후에 대계로 나가 한 지주를 붙잡아 왔는데 그 범인은 본래 그리 좋은 놈이 아니었다. 전번의 그 왕 씨와 비길 만한데 그에게서도 4만~5만 원은 받아낼 수 있을 것 같다. 여기서 금년 겨울에 만약 이 두 범인을 잘 해결한다면 비용상에서는 그리 곤란하지 않을 것 같다. 그러나 "만주국" 화폐 가치가 너무 떨어졌다.

목란의 련락원(가 씨와 하 씨)이 돌아왔다. 지난해 리퇀장과 기 주임이 몽골산 일대에서 50명을 집결시켜 활동하였다. 그러나 지난해 8, 9월에 퇀장이 병으로 죽는 바람에 유감스럽게도 대오에 지도자가 없어져 모두 흩어졌다. 기 주임과 기타 련장, 지도원이 받아들여 편성했던 대오가 다 해산되고 말았다. 1사의 1퇀부대와 2퇀부대가 이번에 목란에 왔는데 정치적 영향이 좋지 않다. 사업 임무를 정확하게 집행하지 못하고 산속에 눌러 앉아 범임만 잡는 방법을 썼기에 인민들은 아직도 의심하는 눈길로 항일군을 지켜보고 있다. 이 구는 원래 집단부락을 실시했기에 겨울에 소부대가 활동하기 어려울 것 같다. 그리하여 1퇀 1련은 한퇀장, 정지도원의 령도하에서 14명이 여전히 목란의 국면(적들의 경계가 심하지 않음)을 유지하게 하고 2퇀 2련은 몽땅 소환하여 주주임의 기병과 함께 활동하도록 하였다. 기병대의 수효가 모자라지만 3련을 갑자기 신속하게 기병대로 편성할 수가 없었기 때문이었다.

유격대에 관한문제(조 씨를 쏴 죽인 유격대)는 이미 기본상 해결하고 지금은 주주임과 함께 활동하고 있다. 유격대 상황은 특별히 좋다. 적지 않은 대원들은 자발적으로 마약을 끊었는데 표현이 아주 좋다. 그러나 서부관의 표현은 그다지 좋지 않다. 그는 나쁜 리간행위를 했다. 우리는 당장 그 나쁜 버릇을 송두리째 뽑아버릴 타산이다.

왕뚱보가 돌아왔다. 조주대오는 영용하게 활동하고 있다. 그들은 지금 많은 말을 잡아다가 기병대로 편성하여 이쪽으로 들어오며 활동하고 있다. 장래 희망이 있다면 바로 그들의 활동정신이 아주 좋은 것이다.

형식 동지! 하강의 련락원이 제기한, 풍 주임이 활동자금을 요구한 데 관한 문제에 대해 당신은 어떻게 대답했는가? 당신도 그들이 사실상 곤난하다는 것을 알겠지만 나의 의견은 당신이 가져간 자금에서 그들에게 1,000원을 주면 좋겠다. 하지만 당신이 이 문제를 어떻게 해결하려는지 모르겠다.

물론 자금 곤난이 많은 하강에서 사업하기가 쉽지 않다는 것은 조금도 의심할 바 없다. 풍 주임 동지가 20명 대원을 요구한 것도 6군의 책임자와 토론해야 할 일이다. 내가 생각하기엔 3군방면의 2사, 3사, 하강의 6군 등 각 부대들에서 경제적으로 일부 방조할 수 있을 것이다. 그리고 풍 주임이 제기한 련락참 설립 문제도 비용이 적지 않게 들것이다. 다음번에 내가 당신네 그곳으로 갈 때면 적지 않은 자금을 가지고 갈 것이다. 당신이 빨리 련락원을 파견해 보내오기 바란다. 그러면 이번에는 련락원 김동지를 그곳으로 파견할 필요 없이 다음번에 나와 함께 그곳으로 건너가도 될 것이다.

제일 좋기는 당신들이 빨리 련락원을 파견해 보내는 것이다. 그리고 그곳의 상세한 상황을 나에게 편지로 써 보내면 좋겠다.

경례를 드린다!

김책

음력 8월 30일

박길송 주임 동지는 빨리 올 수 있겠는지? 고길량이 빨리 떠날 수 있다면 박 주임이 이번에 련락원과 같이 오는 것이 좋겠다.

출처: 중국동북 지역 조선인 항일력사 사료집

26

용정 이광평

이상한 엿장수

아침 7시가 되기도 전에 벨이 울렸다. 천만수 교수와 연길시 당교학교 서기가 벌써 프런트에서 기다리고 있었다. 아침 식사 후 용정시청 청사로 가 이광평 용정시 문화원장을 만났다. 이 원장은 오늘 필자에게 용정 일원의 항일 유적지 안내를 해 줄 가이드이다. 그는 오늘 답사할 곳은 장암동 참사 현장 일원이라며 서둘러야 한다고 했다.

옥수수가 익어 가는 들판 사이로 난 비탈길을 오르자 옹기종기 있는 모습이 우리의 농촌과도 같았다. 이 마을을 지나자 100여 년 전에 피비린내 났던 참안 사건이 일어났던 「獐岩洞 慘案 遺地」(장암동 참안 유

선바위 앞에서 이광평 용정 문화원장과
함께(윤동주가 학창 시절에 즐겨 찾던 곳)

지)라는 큼직한 자연석 비석이 있었다.

비석 뒷면에는 두 번 다시 읽어 보고 싶지 않는 '1920년 10월 경신토벌 때 일본 침략군은 이곳에서 무고한 백성 33명을 학살하여 천고에 용납 못 할 범행을 저질렀다.'고 쓰여 있었다.

장암동 참사 표지석

3.13 용사 묘

3.13 용사 기념비

명동학교

어랑촌(청산리 전투와 함께 홍범도 장군이 이끈 독립군이 대승을 거둔 곳)

"1920년 참안 당시 이곳은 연길현에 속했고 마을 주민 다수가 항일 투쟁에 적극적으로 임했어요. 이 마을에 있었던 영신 학교와 서쪽에 있었던 명동학교가 반일 교육의 요람이었지요. 용정 3.13 운동 때도 이 마을 주민과 영신학교 학생들이 시위에 적극적으로 참여했습니다. 때문에 일제는 이 마을을 눈엣가시처럼 여겼지요."

"한편 이곳 장암동 주변에서 활동 중인 항일유격대는 발전소와 철도 등의 기간산업 시설을 파괴는 물론 경찰서까지 습격하면서 무장 투쟁을 벌였지요. 그즈음 낯선 엿장수가 며칠 간격을 두고 와 어린이들에게 엿을 공짜로 주면서 마을 사람들의 행동을 정탐하자 수상히 여겨 쫓아 버렸지요.

며칠이 지난 후인 1920년 10월 30일 0시 마을 사람들이 우려했던 대로 일본군 70여 명, 헌병 3명, 경찰관 2명으로 구성된 토벌대가 들이닥쳤지요. 이들은 남양 수비대와 합세해 아침 6시 30분에 마을을 포위한 후 주민들을 마을 교회당에 집결시킨 후 청장년 33명을 반일 투쟁을 했다는 이유로 포박해 교회당 안에 가두고 불을 질렀지요. 교회는 삽시간에 화염에 쌓였고 불속에서 뛰쳐나오는 청년들을 대검으로 찔러 죽이고는 태연히 물러갔지요.

어랑촌 항일 유격 근거지

이 사건은 당시에 용정에서 제창 병원을 운영했던 캐나다인 말틴의《견문기》에서도 그날의 상황을 기록하고 있어요."

날이 밝자 일본 보병 1개 부대가 마을을 빈틈없이 포위하고 높이 쌓인 낟가리에 불을 질렀다. 그러고는 전 주민들을 밖으로 나오라고 호령을 하였다. 주민들이 밖으로 나오면 아버지고 아들이고 헤아리지 않고 눈에 보이는 대로 사격하였다. 아직 숨이 채 떨어지지 않은 부상자도 관계치 않았고 총에 맞아 쓰러진 사람이 있으면 마른 짚을 덮고는 바로 불태웠다. 이러는 사이 부녀자들은 마을 청년들이 처형당하는 현장을 강제적으로 보아야만 했다. 마을의 모든 집들은 전소되어 연기로 뒤덮였고 그 연기는 용정에서도 보였다. 불은 36시간이 지났는데도 계속 타고 있었고 사람이 타는 냄새가 나고 집이 무너지는 소리도 들렸다.

젖먹이를 업은 여인이 무덤 앞에서 구슬프게 울고 있었고, 큰 나무 아래의 교회당은 재만 남고 두 채의 학교도 같은 운명이 되었다. 새로 만든 무덤을 세어 보니 31개였다.

다른 두 마을을 방문했다. 불탄 집 19채와 무덤과 시체 36구를 목격했다. 가슴을 치며 통곡하던 가족들은 일본군이 물러간 후에야 가족들의 시체를 찾아 장례를 지냈다.

며칠 후였다. 유가족들의 가슴에서 아직도 피눈물이 흐르고 있을 때 악마 같은 일본군은 또다시 마을로 쳐들어왔다. 그 놈들은 유가족에게 강압적으로 무덤을 파헤치게 한 후 시체를 한데 모아 놓으라고 했다. 놈들은 다시 파낸 시체를 조 집단 위에 놓고 석유를 뿌린 후 재가 되도록 태웠다. 이외에도 일본군은 장암동에서 민가 11채, 영신 학교와 교회당을 불태웠다.

마을 사람들은 누구의 시체인지 알 수 없어 유골을 한데 모아 놓고 합장하였다.

선교사를 통해 이 만행을 알게 된 〈동아일보〉 장덕진 기자는 홀로 용정에 잠입해 참변의 진상을 확인하기 위해 탐문을 시작하는 한편 간도 일본 총영사관으로 찾아가 사건의 진상을 물었으나 총영사관 측은 그런 사실이 전혀 없다고 발뺌하며 직접 현장에 가서 조사를 하자고 제의했다.

1921년 1월 밤중 장 기자가 용정 여관에 잠들어 있을 때 총영사관 관계자가 여관 앞에 차를 대기시켜 놓고 현장으로 가 확인을 시켜 주겠다며 차에 오르라고 했다. 출발하기 전 혹시 무슨 일이라도 있을까 봐 여관 주인에게 이 사실을 알리고 떠난 후 그는 영원히 사라졌다.

"장암동 사건은 대사건인데도 사건의 현장은 오랫동안 방치되어 찾을 수 없었어요. 그렇게 잊고 있던 중 1980년경 참안 사건으로 희생된 김경삼 씨의 장남 김기주 씨가 용정시 민원실로 찾아와 선친이 희생된 곳을 찾아 달라고 하자 용정시 문화원장을 역임한 최은갑 씨와 그의 은진 중 동기생인 현봉학 박사(미국 거주)의 노력으로 현장을 찾았지요. 하지만 그곳은 인적이 드문 오지여서 서북쪽으로 1㎞ 떨어진 현재의 위치에 묘를 만들고 비석을 세웠어요. 그들의 노고에 힘입어 영원히 묻힐 뻔한 사건의 현장이 이렇게나마 보전되고 있지요."

최성춘 연변시 출판국장과 함께

답사를 마치고 차를 타려는 순간 옥수수밭에서 갑자기 노루가 뛰쳐나왔고 이에 놀란 꿩이 높이 날아올랐다. 장암골(獐岩谷: 노루장)은 그 이름답게 예나 지금이나 확실히 노루가 많은가 보다.

피로 얼룩진 해란강

일송정 푸른 솔은 늙어 늙어 갔어도 한줄기 해란강은 천년두고 흐른다

지난날 강가에서 말달리던 선구자 지금은 어느 곳에 거친꿈이 깊었나

용두레 우물가에 밤새소리 들릴 때 뜻깊은 용문교에 달빛고이 비친다

용주사 저녁종이 비암산에 울릴 때 사나이 굳은마음 길이새겨 두었네

조국을 찾겠노라 맹세하던 선구자

일송정에서 내려본 용정시는 해란강과 서전벌이 잘 어우러진 곳이라 우리 민족이 터를 잡았을 것이라는 생각이 들었다.

용정시를 감도는 해란강은 유구히 흐르면서 인간의 영욕을 보아 왔을 것이다. 그러나 그 어떤 시기보다도 20세기 초에는 이전에는 보지 못한 상상할 수 없는 처절한 모습을 보게 된다. 이른바 해란강 참안 사건이다.

이광평 원장은 이에 관해 다음과 같이 말했다.

1931년 9월 18일 밤 10시경 중국 선양시 유조구에서 철도가 폭파되었다. 일본 관동군은 고의로 그 철도를 폭파시키고는 적반하장으로 중국 군

벌의 소행이라며 우기고는 대대적으로 침공을 강행해 중국의 동북 3성을 빼앗은 후 위성성국가인 만주국을 세웠다. 그 후 노골적으로 야욕을 드러내며 해란강 참안사건을 일으켰다. 이 사건은 해란강 주변에 살던 농민을 1931년 10월부터 1933년 초까지 무자비하게 살상시켰다.

1930년대 초 중국 공산당은 해란강 주변 마을인 화연리에 해란구 주위 위원회를 설치한 후 유격대를 만들어 일본군과 맞섰다. 제국주의자들은 이를 분쇄하기 위해 군대를 파견하여 이 조직에 관련된 자들을 체포토록 했다.

용정샘

1931년 10월 15일부터 해란구에 대한 제1차 토벌이 시작됐다.

일본군은 농림동마을을 기습적으로 습격해 보이는 사람마다 총격을 가하면서 집집마다 불을 질렀다. 5일 후인 20일에는 일본 영사 경찰도 마을마다 찾아다니며 인간 사냥을 하자 주민들은 이를 알아채고 피신을 했지만 그렇지 못했던 어린이와 임산부, 외부에서 온 사람 등 수명을 한곳에 끌어다 불태워 죽였다.

이 사건 일어난 지 두 달 후인 1932년 1월경에도 일본군과 만주국 경찰은 또다시 화연리에 들이닥쳐 장티푸스에 걸려 사경을 헤매고 있던 농민 5명을 산 채로 불에 태워 죽였다.

일송정에서 내려본 용정시

말틴은 장안동 참안 사건과 함께 해란강 참안 사건에 관해서도 기록을
남겼다.

나는 10월 31일 일요일, 북경식 마차로 12마일 떨어져있는 비암촌
을 향해 룡정에서 출발했다. 10월 30일에 벌어진 일을 조사해 보려
는 데서였다. 그날 날이 채 밝기 전 무장한 일본군이 이 촌락을 포위
하고 쌓아놓은 낟가리에 불을 지르고 집안의 사람들더러 밖으로 나
오라고 명령하였다. 그리하여 밖으로 나온 사람들은 모두 총살당하
였다.

가까운 거리에서 세 번이나 사격한 후에도 불속에서 숨이 붙어 일어
나는 자가 있게 되면 총창으로 찔렀다. 마을 성년 남자들이 한 사람
도 남지 못하고 학살당하는 광경을 옆에서 보도록 부녀자들을 강박
하여 끝까지 서있게 하였다. 그런 후 일본군은 유유히 돌아가서 천장
절(天长节)을 경축하였다.

나는 학살되고 방화당한 32개 촌의 마을 이름과 정황을 잘 알고 있
다. 한 마을에서는 145명이 살육되었다. 30명 이상 살해된 마을이
많다. 서구동에서는 14명을 한 줄로 세워놓고 총살한 후 석유를 쳐
서 불태웠다. 일본군 사령관은 외국인에 대한 인신안전을 보장해 주
지 않기 때문에 나는 려행할 수가 없었다.

《독립신문》도 간도학살 사건을 이렇게 기록하고 있다.

불쌍한 간도동포들

3천 명이나 죽고
수십 년 피땀 흘려 지은 집
벌어들인 량식도 다 잃어버렸다
척설이 쌓인 이 겨울에
어떻게 살아들 가나
뻔히 보고도 도와줄 힘이 없어
속절없이 가슴만 아프도다
나라 잃고 기름진 복지를 떠나
삭북의 살길을
그 동지조차 잃어버렸구나
오늘 밤 강남도 추운데
장백의 모진 바람
오죽이나 추우랴
아, 생각 키우는 간도의 동포들

"무슨 죽을죄를 지었기에 이토록 많은 사람들이 살해되었지요?"

"1930년대 초에는 사회주의 농민운동이 힘을 받던 시기였어. 조국을 떠나 먹고살기 위해서 이곳에 왔는데 여기서도 한족 지주 밑에서 농노와 같은 생활을 하고 착취를 당하니 자연스럽게 힘을 합쳐 대항을 했지. 그러는 과정 중에 항일 의식이 생기면서 유격대를 조직해 타도 일본을 내세우니 그냥 두고 있겠어?"

"그런데 저 넓은 지역에서 일본 영사 경찰은 얼마 되지 않는데도 어떻게 마을 곳곳을 찾아가 유격대원이나 그 가족들을 찾아냈지요?"

"우리 농민 중에도 항일 유격대 활동은 다른 시각에서 보는 사람도 있었어. 그도 그럴 것이 일본 헌병 놈들이 이틀이 멀다 하고 찾아와 정탐을 하면서 괴롭히니 귀찮아 달갑지 않게 보았지. 그래서 영사 경찰에 밀고를 하기도 했었지. 그러나 그들은 해방 후 혹독한 대가를 치르게 돼."

"어떤 대가를 치르는데요?"

용정 구일본 영사관

해란강 혈안 청산 대회

일제가 패전하고 돌아간 후 연길현의 각지에서는 친일 악질분자를 찾아내 처단 시키는 대회가 곳곳에서 열렸다. 이 과정에서 울분을 참지 못한 유족들이 친일분자를 죽이는 등 과격한 행동이 계속되었다.

이에 연길현 정부는 친일 청산 대회를 합법적으로 해결하기 위해 공작단을 거느리고 피해가 심했던 해란구로 내려가 사건의 진상을 철저히 조사하도록 지시 했다. 이때 김신숙이라는 여인은 남편이 살해되기 전 남겨둔 유품을 맥주병 속에 넣어 땅속 깊숙이 숨겨 두었다가 그의 유언에 따라 공작대에게 넘겨줬다. 이 유서에 근거해 주구들의 명단을 확보한 후 18명을 체포한다.

1946년 10월 30일 연길시 서광장에서 수많은 군중이 참석한 가운데 해란강 혈안 청산 대회를 개최했다.

김 여인이 연단에 올라 대학살의 주범 명단과 그 죄상을 낱낱이 밝히자 범죄자들이 포승줄에 결박된 채 심판대 위에 올랐다. 이어서 다른 피해자 가족들도 등단해 그들의 죄를 폭로했다.

뒤이어 이삼달이라는 청년도 연단에 올랐다.

"우리 가족은 15명이 살해되었습니다. 오직 저만 죽음 속에서 겨우 살아남았습니다. 일본군 수비대와 만주국 자위대원 70여 명은 우리 마을을 포위하고 집집마다 불을 질렀습니다. 방 밖으로 뛰쳐나오는 사람은 어린아이고 노인 할 것 없이 모두 창으로 찔러 죽이고 총으로 쏴 죽였습니다."

"대회는 1946년 10월 30일부터 11월 5일까지 진행되었어요. 이때 39명의 피해자 가족들이 주구들을 고발했고 주구들은 죄상에 따라 사형을 당하거나 무기형 등을 받았지요."

"해란강은 독립군에게는 목마름을 적셔 준 은혜스러운 강으로만 알았는데 그런 슬픈 사연도 지켜보았겠군요."

일본군은 왜 일송 소나무를 죽였을까?

"주 교수, 이 소나무가 바로 일송이야. 선구자에 나오는 그 일송이야."

"제가 일송정 노랫말을 배운 지가 50년도 넘었는데 고목인 줄 알았는데."

"그간 일송에 어떤 일이 있었는지 몰랐구나?"

1930년 중반을 전후해 용정 일본 총영사관 관원들이 이름 모를 병에 시달렸다. 병원 치료를 받아도 별로 효과가 없고 병자는 늘어만 갔다. 당시 용정에는 유명한 점쟁이가 있었다. 그 점쟁이가 비암산에 있는 일송 때문에 병이 생기니 소나무를 베 내야만 액운을 막을 수 있다고 하자 일본 영사 경찰은 즉시 일송에 총을 쏘아 구멍을 낸 뒤 그 자리에 호두씨를 넣어 말려 죽였다고 한다.

"그러면 이 소나무는 우리 독립군이 독립 투쟁을 할 때 거친 숨과 땀을 식혀 주었던 그 소나무가 아니군요."

"그렇지. 그 후 한동안 없는 상태였는데 1991년도에 다시 심었어. 그 소나무는 몇 해도 안 돼 죽어 2003년도에 다시 심었어. 일본 놈들이 일송을 손대지 않았다면 지금쯤 노송이 되어 우리 독립운동사의 산증인이 되었을 텐데."

일송정

〈별 헤는 밤〉 - 윤동주

윤동주 생가

간도의 대통령이라고 칭송 받았던 김낙연의 묘지를 보고 난 후 윤동주의 생가가 있는 명동촌으로 갔다.

마을 어귀에 들어서자 누군가가 부르는 수궁가는 어깨를 두둥실거리게 했다. 단오절이라 축제로 마을 사람들이 신나 들떠 있었다.

윤동주의 생가는 축제가 벌어지는 곳 바로 옆이라 축제도 볼 수 있고 생가 담벼락과 마당에 전시된 시도 감상할 수 있었다. 그러나 시를 볼수록 더욱더 시인이 그리워졌다.

명동촌에서 축제를 본 후 윤동주 묘를 찾았다. 장재촌과 용정시 중심에서 별로 멀지 않은 산꼭대기 기독교 공동묘지 옆에 자리한 시인의 묘는 그의 고종 사촌 송몽규 묘와 나란히 있었다.

그의 묘 앞에 서자 북간도 동포들의 비애를 그린 그의 시 〈슬픈 족속〉이 머리를 스쳤다.

흰 수건이 검은 머리를 두르고 흰 고무신이 거친 발에 걸리우다. 흰
저고리 치마 슬픈 몸집을 가리고 흰 띠가 가는 허리를 질끈 동이다.

송몽규 묘

윤동주 묘

　윤동주는 명동에서 출생, 명동과 은진 중학을 나온 뒤 서울 연희전문으
로 진학할 때 학과 문제로 집안의 반대가 심했다. 아버지와 할아버지는
의대나 법대를 아니면 기술계통을 전공하기를 원했다고 한다. 반면에 윤
동주는 문과를 고집했다고 한다. 그의 부친이 문과를 반대한 이유는 고향
에 있을 때도 한글로 시를 발표하여 말썽을 일으켰기 때문에 혹시 아들의
안위에 문제가 생길지도 모른다고 생각했기 때문이었다.

윤동주 생가

졸업 후 학문에 대한 열의로 유학을 결정, 1942년 일본 도쿄 릿쿄대학 영문과를 다니다 흉흉해진 도쿄의 분위기로 인해 교토 도시샤대학 영문과로 편입하였다. 같은 기독교 재단의 명문인 릿쿄대학을 다니다 갑자기 도시샤대로 옮긴 것에 대해 사람들이 의문을 갖게 되었는데 그 당시 도쿄의 대학들은 교련수업을 받아야 하는데 윤동주는 교련수업을 거부하다 고초를 당했다고 알려져 있고 그것에 계기가 되었다고 한다.

동주가 도시샤대학 재학 중 체포될 때 교토 제국대학에 다니던 고종사촌 송몽규도 같이 붙잡혔다. 이 둘은 대학에서 한글로 일기를 쓰는가 하면 편지와 시 등도 한글로 발표하는 등 반일을 거침없이 말해 일제의 비위를 건드렸다. 그들은 이외에도 변소에 한글로 시구를 낙서하는 등 일제의 신경을 자극해 왔다는 것이다.

동주는 약 1년 7개월 동안 수감생활을 견뎌오던 종전이 가까워 오자 일제는 동주와 몽규에게 이상한 주사를 놓았다. 어찌된 영문인지 그는 1945년 2월 16일, 향년 27세의 나이에 큐슈 후쿠오카 형무소에서 요절하였다. 불과 광복 6개월 전의 일이었다. 동주가 요절한 지 1주일 후 몽규도 죽었다.

그들이 요절한 때는 광복 6개월 전의 일이었다.

1945년 2월 중순, 동주의 아버지는 일본 후쿠오카 형무소에 수감되었던 아들이 사망했다는 전보를 받았다. 건강했던 아들이 사망했다는 비보를 접하자 가족은 사흘 밤낮을 자지도 않고 먹지도 못했다고 한다.

동주의 아버지는 동생과 함께 후쿠오카 형무소로 가 같은 감옥에 수감 중이었던 조카 송몽규를 만나 동주가 왜 죽었는지 물어보았지만 알 길이 없었다. 한 줌의 재가 된 아들을 안고서 귀국해 용정의 기독교 공동 묘역 옆에 안장했다. 그러나 오랫동안 방치되어 찾지 못하다가 1985년 윤동주를 존경한 오쿠무라라는 일본인 학자가 윤동주의 존영과 기록을 가져와 비로소 묘를 찾았다고 한다.

그 후 용정 중 졸업생이 중심이 된 윤동주 연구회 회원들이 봉문을 새로 짓기 위해 파묘를 할 때 흰 단지 2개

용정중학교

가 있었다. 그중 한 단지 속에는 뼛가루가 있었고 나머지 한 곳에는 모래 흙이 있어 자세히 보니 그 모래흙 속에 뼛가루가 있었다. 이렇게 된 것은 한 점의 뼈라도 일본에 남기지 않고 싶은 아버지의 반일 감정 때문이었다고 한다.

윤동주의 묘 옆에 송몽규의 묘도 있었다. 원래 송몽규의 묘는 윤동주의 묘와 6㎞나 떨어져 있었다. 1991년에 용정 중 동문들이 의논한 결과 송몽규의 묘를 그대로 두는 것보다는 동주의 묘 옆으로 이장하는 것이 좋겠다고 생각해 동주의 묘 옆으로 안장했다고 했다.

초가을이라 푸른 하늘엔 흰 구름이 지나가고 묘 옆에는 코스모스가 만발해 바람에 나부끼고 있었다. 이런 모습은 그에게 어떤 시상을 떠오르게 했을까!

일제에 의해 요절 당한 그의 죽음이 더욱더 애통하게 느껴졌다.

윤동주 묘가 있는 용정 기독교 공동 묘원

이국땅에서 이 정도로 많은 군중이 모였다니!

서울 탑골 공원에서 시작된 3.1 독립운동의 파장은 간도 땅 용정까지 미쳤다. 1919년 3월 13일 용정 서전벌에도 2만 명의 동포들이 모인 가운데 포고문을 낭독한 후 교회 마당 밭을 떠난 시위대는 조선은행 용정출장소에서 유턴해 일본 총영사관 쪽으로 향했다. 이때 일본 경찰은 시위 진압에 나서 무력으로 진압하지만 군중에 밀리자 발포해 17명이 사망하고 많은 부상자가 생겼다. 동족이 사망하고 부상을 당하자 시위는 이어져 3월 17일까지 계속되었다.

시위가 잠잠해진 후 제창병원에서 희생자들을 위한 발인식을 마치고 기독교 묘원으로 향할 때 3,000명의 추모객은 망치, 삽, 곡괭이, 몽둥이로 무장한 채 건드리면 죽이겠다고 위협을 가하자 일본 경찰과 중국군은 따라만 갔다고 한다.

17명의 희생자 중에서 14위가 기독교 묘원에 안장되었다. 훗날 1위는 이장해 가 13기가 남았다. 그러나 오랫동안 방치되어 양의 방목장으로 변해 잊혀있었다. 그러나 이들의 묘가 사라진 것을 안 이화여대 윤병직 교수와 연변대 박창욱 교수, 3.1 독립운동단체가 조사를 해 묘의 위치를 아는 3명의 노인을 찾아냈으며 그들 중 방태화(당시 86세) 노인이 정확한 위치를 찾아내 1950년 5월 18일부터 추도식을 했다고 한다.

청산리 전투 현장을 찾아서

화룡 시내를 지나 청산리 전투 중에서 첫 전투가 일어났던 백운평으로 향했다. 꼬불꼬불한 도로를 지나 갈래길에 이르자 박사장은 몇 번 왔는데도 어느 길인지 몰랐다. 마침 지나가는 행인에게 길을 묻자 대답했다.

"어, 천 교수님. 교수님이 여기에 어떻게 오셨어요? 나는 매일 아침 교수님이 진행하는 아침 방송을 시청하는 교수님의 열렬 팬입니다."
"그렇습니까. 한국에서 온 친구분이 청산리 전투 현장을 보고 싶어 해 안내차 왔습니다. 나도 몇 번 왔고 옆에 있는 박 사장도 몇 번 왔지만 길이 헷갈리네요."
"이쪽입니다. 보통 여름에 한국인이 간혹 오는데 ….'

좁은 도로를 지나 산골짜기로 들어서자 양쪽 산 사이에 좁은 공지가 있었다. 이곳이 100여 년 전 격전이 벌어졌던 백운평 전투 현장이었다.

연변대학

백운평 전투

1920년 10월 21일 이른 아침 백운평에는 전운이 감돌았다. 전날 밤 도착해 매복 중이던 김좌진은 비전투원으로 구성된 제1제대는 후방에, 이범석이 지휘하는 제2제대는 최전선에 배치하고 일본군 추격대가 매복지에 들어오기만을 기다렸다.

8시경 두만강을 건너온 일제 토벌대는 우리 독립군이 매복한 줄도 모른 채 백운평 계곡으로 들어오면서 독립군과 치열한 총격전이 벌어졌다. 높은 절벽 위에서 소나무와 잣나무 숲에 몸

청산리 전투가 벌여졌던 백운평마을

을 엄폐한 채 독립군은 조준 사격을 가했다. 일본군 토벌대도 결사적으로 응전했지만 시간이 흐를수록 희생자만 늘어났다. 약 30분가량 진행된 전투에서 적군 90여 명이 거의 전멸되었다고 한다.

일제의 보복

천만수 교수에 따르면 당시 백운평에는 인가가 50, 60세대가 살고 있었다고 한다.

"한 세대당 평균 5명으로 쳐도 백운평 참안에서 살해된 사람은 300여명이 넘지요. 그들은 청산리마을뿐만 아니라 그 일대 마을도 불사르고 만나는 사람마다 모조리 죽였지요. 그 당시 백운평에는 사흘 동안 연기가 피어올랐어요. 그 뒤에도 적들은 마을을 잿더미로 만들었고 무고한 백성을 계속해 죽였습니다."

당시 친일 단체였던 조선인 거류민회 보고서는 아래와 같이 기록하고 있다.

> 1920년 10월 21일, 백운평 전투에서 패한 일본군은 백운평마을의 32세대 여자들을 모두 밖으로 나오게 한 뒤 남자들은 나이를 불문하고 모두 집 안에 가둔 채 불태워 죽였다. 혹시라도 밖으로 나오는 자가 있으면 총창으로 사정없이 찌르고 총을 난사했다. 여자들을 제외한 모든 남성들은 늙은이나 어린이나 전부 살해되었다. 심지어 4~5세 [남자] 유아까지도 불행을 면치 못했다.

어랑촌 전투

어랑촌, 홍범도 부대가 잠복한 곳

　"청산리대첩 가운데 가장 규모가 큰 전투는 어랑촌마을 일대에서 10월 22일 하루 종일 벌어졌어요. 당일 새벽 천수평에서 살아남은 네 명의 일본군이 어랑촌 앞 이도하 부근에 주둔해 있던 추격대 본대에 참패 사실을 알려 왔지요. 이에 본대에서는 기병연대를 필두로 한 대부대를 천수평으로 급파시켰어요. 한편 천수평 전투 직후 대한군정서군은 어랑촌 부근 '야계골'로 내려와 그곳의 유리한 고지를 선점한 뒤 출동한 일본군 대부대와 전면전에 돌입하게 되었어요."

　"어랑촌 전투 시 독립군과 일본군 양쪽은 모두 全力을 다했지요. 독립군 측에서는 백운평과 천수평에서 연승을 거둔 대한군정서 600명과, 완루구에서 승리한 뒤 이곳으로 이동해 온 홍범도 휘하의 연합부대 1,500명이 총동원되었어요. 반면 이 전투에 참여한 일본군 병력규모는 확인하기 어려우나, 어랑촌 부근에 임시 본대를 둔 아즈마지대 소속의 보병·기병·포병 등 주력 5천여 명이 이 일대에 주둔하고 있었지요. 이렇게 볼 때 일본군은 독립군에 비해 병력과 화력 양면에서 월등히 우세했는데도 최후 승리는 독립군이 거두었어요. 이는 투철한 항일의지로 무장한 독립군이 유리한 지형을 이용한 뛰어난 전술을 구사해 일본군에게 커다란 타격을 가하며 대규모 전투를 승리로 이끌 수 있었던 것입니다."

어랑촌 앞, 관동군이 주둔했던 곳

상해 임시정부는 어랑촌 전투에서 독립군이 승리를 거두어 일본군 300명을 사살한 것으로 밝혔다.

천 교수는 청산리 전투에서 수많은 교민들이 반일무장부대를 위해 군자금과 식량을 부담했을 뿐만 아니라 정보도 제공하고 길안내도 했으며 특히 여성들은 어랑촌 전투 때 생명의 위협을 무릅쓰고 총알이 난무하는 진지에까지 음식을 날라다 주었고 먹을 시간이 없는 병사들의 입에 밥을 떠 넣어 주기까지 했다고 한다.

어랑촌 항일 유격 근거지

북로군정서 연성대장 이범석도 자신의 회상기 〈우등불〉에서 아래와 같이 회고했다.

교전은 아침부터 저녁까지 줄곧 계속 되었다. 굶주림! 그러나 이를 의식할 시간도 먹을 시간도 없었다. 마을 아낙네들이 치마폭에 밥을 싸가지고 빗발치는 총알 사이로 산에 올라와 한덩이 두덩이 동지들의 입에 넣어주었다. 어린애를 키우는 어머니의 자애로운 손길로…. 그얼마나 성스러운 사랑이며 고귀한 선물이랴! 그 사랑 갚으리. 이 목숨 다하도록! 우리는 이 산과 저 산으로 모든 것을 잊은 채 뛰고 달렸다.

백운평 계곡 동쪽 베개봉에는 청산리 대첩 기념비가 우뚝 솟은 채 우리를 내려보면서 그날의 승리를 포효하는 듯했다.

「청산리 항일 대첩 기념비」

해내외를 진감한 청산리 항일 대첩은 항일 투쟁사상 천고에 빛날 력
사적 전역이어늘 1920년 10월 21, 26일 김좌진, 홍범도가 통솔하는
항일 연합 부대는 화룡시 23도구에서 연변 각 민족 주민의 대폭적
지원 하에 협동 작전으로 백운평 와룩구 어랑촌 874고지 고동하반
전투 등 대소 수차 격전을 거쳐 천으로 헤아리는 일본 침략군을 섬멸
하였거늘 소수로 다수를 타승한 이 전과는 연변 내지 동북 지역 반일
무장 투쟁사상 새로운 시편을 엮음은 물론, 조선 인민의 반일 민족
독립운동을 추동한 력사로서 청사에 새겨졌어라.

청산리 대첩은 '일군 무적'의 신화를 깨뜨리고 연변 내지 전국 각 민
족 인민의 항일 투지를 지대히 고무하고 일본 군국주의의 위풍을 추
풍 락엽처럼 쓸어버렸거늘, 그 실패를 달가와 않은 일본 침략군은 연
변 지역 무고한 백성에 대하여 차례로 2,600명을 참살한 보복의 '경
신년 대학살'을 감행하였은즉 그 죄 하늘에 사무치고 그 참상에 치가
떨리는도다.

청산리 대첩 80주년에 즈음하여 연변 지역 각 민족 인민은 이 기념
비를 세워 선렬들의 충혼을 기리고 위업을 천추만대에 전하노라.

경신년 대참안 중 조난당하신 동포 원혼들이여, 고이 잠드시라!

청산리 전역 중 피 흘려 분전하신 항일 열렬들이여, 영생불멸하라!

연변 각 민족 인민 삼가 드림

2001년 8월 31일 준공

어랑촌

내 유골을 동지 옆에 묻어 다오
(15만 원 탈취 사건)

2일차 답사는 도문 용정 일송정 명동촌을 둘러보는 코스이다. 어제는 비가 내려 답사에 차질이 있었으나 오늘은 날씨가 쾌청해 별 문제가 없을 것 같다. 연길을 출발한 지 2시간 정도 지날 무렵 도문시에 도착했다.

회령에서 용정으로 가는 길

1952년대까지 도문은 작은 어촌 마을에 불과했으나 주은래 수상이 이곳을 방문했을 때 여기는 국경 변경 지역이니 잘 가꾸라는 지시 덕분에 현에서 시로 승격되었다고 한다. 국경 변방 도시인 도문은 왕청, 용정, 화룡, 연길, 안도, 훈춘과 더불어 우리에게 서간도로 더 잘 알려져 있다.

도문시 동쪽으로는 한반도에서 최북단인 온성, 경원, 종성, 회령시가 있다. 두만강을 마주하고 있는 이 지역은 역사적으로 끊임없이 그 영유권을 두고서 우리나라와 마찰을 일으킨 분쟁 지역이었다.

그러나 조선조 세종대왕 때에 김종서 장군이 여연군, 자성군, 부창군, 우예군 등 4군과 온성, 종성, 회령, 경원, 경흥, 부령 등 6진을 설치한 이후에 비로소 국경이 확정되었던 것이다. 근 현대에 이르러서는 용정 등 간도 지역은 우리 민족의 삶의 보금자리이자 독립운동의 근거지가 되었다.

도문 하면 두만강이 떠오를 정도로 두만강과 도문시는 그 이미지가 서로 엮어 있다.

도문에서 용정 가는 길

오늘의 주된 코스인 두만강을 보기 위해서는 시내에서 동쪽으로 가야만 한다. 시민 공원을 지나자 푸른 강이 유유히 흐르고 있었다. 저 강이 우리 민족의 애환이 서려 있는 두만강이라니 감회가 새로웠다. 흘러가는 모습을 보니 〈두만강 푸른 물에〉의 노랫말이 머리를 스쳤다.

두만강 관광 부두

두만강 푸른 물에 노젓는 뱃사공, 흘러간 그 옛날에 내 님을 싣고, 떠
나간 그 배는 어데로 갔소.
그리운 내님이여 그리운 내님이여 언제나 오려나….

학창 시절 고향 마을에 누군가가 시집이나 장가를 가는 날이면 잔치 집
에서 밤늦도록 술상 앞에서 젓가락을 두드리며 불렀던 노래가 〈두만강 푸
른 물에〉이다.

푸른 물, 뱃사공, 노, 두만강과 그리운 님의 서정적 이미지와 유유히 흘
러가는 강물 위로 흰 무명옷을 입은 사공이 설렁설렁 노질하는 사공의 애
잔한 모습을 가슴속에 그려 왔는데 푸른 강물은 흐르지만 나룻배는 보이
지 않고 사공이 노질을 한 강물 위엔 다리가 놓여 있어 서정적인 모습을
볼 수 없어 아쉬움을 남겼다.

도문에서 바라본 북한 주택

강 건너 북한 쪽에 있는 4, 5층 높이의 다세대 주택은 초라하기 짝이 없

는 데 비해 중국 쪽은 고층 아파트 단지와 시내를 질주하는 끝없는 차량 행렬, 도처에서 들려오는 음악소리는 풍요로움을 느낄 수 있어 오늘날 중국과 북한의 현주소를 보여 주었다.

5천 년을 함께 살아온 민족. 지금은 분단되어 있지만 언젠가는 통일이 되어 한국이 되어야 할 저 건너 땅. 저렇게 초라한 모습을 보니 분통이 터졌다. 그냥 보고만 있을 수 없어 도문다리로 향했다. 조금이라도 더 가까이 가려고 힘주어 걸었지만 노란색이 발걸음을 멈추게 했다. 엊그제만 해도 내 조국이고 마음대로 갈 수 있었지만 여기서 한 걸음도 더 갈 수 없는 국경선 아쉽지만 발걸음을 돌려야 하는 현실. 눈앞에 두고도 갈 수 없는 이 지구상에 가장 먼 나라가 되어 버린 저 땅, 북한! 그래도 같은 동포가 사는 곳이라 조금이라도 더 가까이 다가가 보고 싶어 도문다리로 향했다.

도문교 다리

한 소녀가 무용수처럼 허리를 굽힌 채 한쪽 발을 들고 양손을 좌우로 편

채 북한 쪽으로 향하다가 실수로 북한령으로 넘어졌다. 아버지는 잽싸게 딸을 끌어당기며 북한 쪽 눈치를 살폈다.

이 모습을 보니 나의 제자가 몇 달 전에 한 말이 생각났다. 그 제자는 길림성 임강시가 고향이다. 임강은 동서로 압록강이 흐르며 강 건너편은 북한 땅 중강진이다.

중국 임강시 건너편에 있는 북한 초소

그녀는 어느 날 수업 중에 느닷없이, "교수님, 조선을 어떻게 생각하세요?"라고 물었다.

질문의 의도가 무엇인지 몰라 난처해 "나는 가 보지 못해 모른다."라고 하자, 그녀가 다시 "교수님, 조선은 참 나쁜 나라예요."라고 말했다.

그녀가 조선을 그렇게 생각하는 이유는 어렸을 때 마을 앞 압록강에서 스케이트를 탔을 때 일어났던 사건 때문이다. 겨울이 되면 그녀의 마을 앞을 흐르는 압록강은 꽁꽁 얼어 그 위에서 스케이트를 타곤 했는데 어느 날 함께 스케이트를 타던 친구가 강 경계선을 너머 조선쪽 압록강으로 넘어간 이후 돌아오지 못했다고 했다. 그의 아버지는 여러 군데 하소연을 했지만 끝내 찾지 못했다. 그 이후 술로 지새우다가 알코올 중독자가 되어 얼마 살지 못하고 돌아갔다고 했다. 중국과 조선은 혈맹으로 맺어져 관계가 좋은 줄 알았는데 변방 지역은 그렇지도 않는 것 같았다.

푸른 두만강을 뒤로하고 용정으로 향하자 철로가 나왔다. 이 철로를 따라 계속 남쪽으로 가면 청진과 원산 속초를 지나 부산까지 갈 수 있을 텐데 현실은 그렇지 못하다. 어서 통일이 되어 백두산으로 등산 왔다가 여기서 기차를 타고 가면 얼마나 좋을까?

이 철길을 카메라에 담고 싶어 촬영을 하려고 하자 국경 수비대가 다가와 사진을 찍으면 안 된다고 했다. 동행한 천만수 교수가 사정을 하자 못 본 척해 겨우 찍을 수 있었지만 철로까지 촬영 금지라니 이해가 되지 않았다.

도문 철도길

도문에서 용정으로 가는 길은 내내 북한과 국경을 접하고 있었다. 갈 수는 없지만 볼 수는 있어 호기심 어린 눈으로 건너편을 보았다. 산에는 나무 한 그루도 없는 민둥산에 옥수수와 감자 밭만 보일 따름이다. 들었던 대로 북한은 식량 때문에 어려움을 겪고 있는 것을 바로 느낄 수 있었다.

용정 가는 도중에는 군데군데 검문을 했다. 러시아와 국경을 맞대고 있는 수분하나 밀산 등에는 검문이 거의 없었지만 북한과 국경을 맞대고 있는 이곳에서는 검문이 잦았다. 그 이유는 먹을 것을 찾아 두만강을 건너오는 탈북자가 많기 때문이란다.

도문에서 바라 본 북한 기차

탈북자 이야기가 나오자 운전 중인 박종웅 사장이 몇 해 전에 겪었던 일을 이야기했다.

"친하게 지내는 한 친구가 도문에 산천어 매운탕을 먹으러 가자고 해 두만강 변에 있는 어느 매운탕 집에 들어갔는데 입구에 있는 괜찮은 방은 두고 구석진 곳으로 안내해 들어갔지요. 케케한 냄새가 나는 골방에 들어갔더니 피골이 상접한 여자가 여섯 명이 있었어요. 그들은 나를 보자 몹시 불안해하면서 고개를 돌렸어요."

"두만강을 넘어온 탈북자가 아닌가요?"

"맞아요. 탈북자를 연길로 이동시키기 위해 나를 이용하려 했던 것이

죠. 하도 어처구니가 없어 왜 이렇게 사람을
난처하게 하느냐며 역정을 내자 사업상 조
선을 드나들다 보니 이들이 살려 달라고 애
원을 해 동족으로서 인정상 거절할 수 없어
모험을 했다고 했어요.

문제는 이들을 안전하게 연길로 데려가는
것인데 곳곳에 검문소가 있어 사정이 여의
치 못했지요. 검문을 피하기 위해서는 밤중
에 이동을 해야 했지요. 새벽 2시에 출발해
별 탈 없이 가고 있는 중이었는데 용정을 15
㎞ 앞둔 지점에서 검문 중이었어요. 걸리게
되면 징역에 처하게 되고 며칠 전에 산 한국
산 산타페 자동차도 압수당할 수 있는 위기

북한으로 가기 위해
대기 중인 화물차

의 순간이지요. 운명의 여신이 점점 거리를 좁혀 오고 있었지요. 전방 검
문소를 예의주시하자 예상한 대로 바리케이트가 쳐져 있어 도망갈 수도
없고 칠흑 같은 밤이라 후진도 할 수 없는 절대 절명의 순간이었지요. 친
구는 너무 놀란 나머지 옷을 입은 채 차 안에서 바로 똥을 쌌어요. 어떻게
하는 것이 좋을지를 망설이고 있는 순간 내 차를 앞 질러가는 차가 있었
지요. 단속 중인 공안이 그 차를 검문하는 순간 모두를 하차시킨 후 '1시
간 후 명동촌 앞에서 만나자.'라는 말을 남기고 검문소로 다가갔지요. 공
안은 차를 세우고 안에 누가 타고 있는지를 확인하기 위해 창문 안을 들
여다보면서 '무슨 이렇게 지독한 냄새가 나는지 물었어요. 방금 방귀를 껴
그렇다.' 하자 '무엇을 먹어 이렇게 지독한가?'라고 하면서 바로 문을 닫았

지요. 황천길을 갔다 온 느낌이었어요."

"그 후 탈북자들은 어떻게 되었어요?"

"심양으로 가 아마 인신매매 조직에 팔려갔을 거요. 우리도 접대를 할 경우 심양에 연락을 하면 몇 명이든 즉시 조달을 해요. 한 달에 3,000위엔만 주면 떡을 치지요."

"접대를 위해서 성을 상납하는군요?"

"그런 셈이지요. 습중평이 주석이 된 후 사회가 많이 맑아졌지만 성을 매개로한 거래는 아직도 그대로입니다. 주 교수도 알다시피 한족은 무슨 문제가 생기면 절대로 내색을 안 해. 20년이고 30년이 지나도 입도 뻥긋 안 해. 그런 벽을 허물기 위해서는 어떤 형태로든 상대의 마음을 열게 해야 하는데 그중에서 제일 효과적인 방법은 바로 그거 아입니까."

"한국 TV를 보면 배고파 월경을 하는 경우가 대부분이던데요?"

"꼭 못사는 사람들만 넘어오는 것이 아니에요. 주말이면 조선의 군 간부나 공안 간부들도 건너와 이곳 공안 간부들과 함께 놀다가 가지요."

"지난해 단동에 있는 북한 식당 송도원에 갔을 때 북한 잡지에 50대 중반으로 보이는 사람이 죄수복을 입고 기자 회견하는 사진이 있어 내용을 읽어 보았어요. 이모라는 목사가 한국 국정원의 지시를 받고 관광객으로 위장해 입국한 후 간첩질을 했다는 기사였어요. 당시 한국 신문기사에는 캐나다 국적인 우리 동포가 관광하러 갔는데 아무런 잘못도 하지 않았는데도 체포되어 허위 자백을 강요받았다고 했어요. 양측의 주장이 틀리더라고요."

(나중에 귀국 후 알고 보니 북한 당국이 날조한 사실이었음이 판명됨.)

"남북은 서로 형제지간인데 왜 저리 서로에게 책임을 떠넘기고 비방하는지."

"여기서도 선교 활동하는 분들이 있나요?"

"중국에서는 외국인이 선교 활동을 할 수 없습니다. 그런데도 기업체 종사자 등으로 신분을 위장해 포교 활동뿐만 아니라 탈북자 돕고 있다는 사실은 공공연한 비밀이지요. 포교 활동은 위법이라 단속을 하지만 표면적으로 하면 대외적인 이미지가 좋지 않아 때로는 미인계를 쓰는 경우도 있지요. 젊은 여자와 동침시키는 것이지요. 오랫동안 외국 생활을 혼자 하다 보면 여자의 유혹에 빠지기 십상이지요. 그런 식으로 해서 약점을 잡아 단속을 하지요."

어젯밤에 천 교수가 필자에게 한 말이 생각났다.

'주 교수, 예쁜 처자를 넣어 줄 테니 함께 자. 여기는 교수님을 아는 사람이 아무도 없어 눈치 볼 필요가 없다니까. 종교 지도자도 여기 오면 다들 그렇게 해.'

"와 엊저녁에 큰일 날 뻔했구나. 이제 보니 그것을 핑계 삼아 나를 곤경에 처하도록 일부러 꾸민 공작일 수도 있겠네요?"

"허허 교수님은 아무런 영양가가 없는 분이에요."

잠자코 운전만 하던 박 사장도 대화에 끼어들었다.

"연길에는 북한의 외화 벌이 일꾼들이 많이 파견 나와 있어요. 나도 사업상 이따금 만나는 일꾼이 있는데 그는 출장 나올 때 하루에 300위엔 정도의 숙박비를 받는데 그 정도 돈이면 3~4성급 호텔에서 잘 수 있지요. 하지만 그 친구는 하루에 40위엔 정도의 여인숙에 투숙하면서 여비를 절약해 아껴 썼지요. 그런데 조선에 귀국해 교화소에 보내졌다고 해요. 돈을 절약하며 아껴 쓴 것은 괜찮겠지만(사실은 잘 모름) 그 남은 돈을 해당 부서에 반납하지 않은 것이 죄였지요. 성격도 좋고 일도 열심히 해 실적도 좋았는데 자신의 행동을 감시하는 감시자가 있다는 사실을 몰랐던 거예요. 그래서 여기 나와 있는 조선 사람들은 항시 누군가로부터 감시당하고 있다고 생각하기 때문에 마음대로 만날 수도 없거니와 만나도 사업 이외의 말은 할 수가 없어요."

"그렇군요. 내가 있는 하얼빈엔 중국 최고 명문대인 하얼빈 공대가 있어요. 중국 인공위성을 그 대학에서 만들었지요. 그 학교 학생 중에는 조선에서 유학 온 학생이 더러 있어요. 하지만 그들은 외출을 거의 하지 않으며 할 땐 5인 1조로 해요. 하얼빈 공대 옆에는 조선족이 운영하는 브레드라는 한국식 빵집이 있는데 두 달 전 그 빵집에서 조선에서 온 유학생과 조우했지요. 내가 '애들아 반갑다.'라고 인사를 해도 못 들은 척했어요. 무슨 반응이라도 있으면 빵이라도 사 주려고 했는데 들은 체도 않더라고요. 그리고 지난해엔 선양에 갔을 때도 남북관계의 현주소를 확인할 수 있었어요."

"무슨 일 때문에 그랬어요?"

"아시다시피 선양에는 한국 영사관과 조선 영사관이 있을 뿐만 아니라 한국 사업가와 조선의 일꾼들이 모여서 타운을 이루고 있더라고요. 특히 서탑가 거리는 한국 식당과 북한 식당이 여러 군데 있더군요. 같은 거리에서 사업을 하면서 살고 있어 어느 정도 면식이 있는데도 거리에서 서로 마주치면 외면한다고 해요. 그런데 더 웃기는 것은 국제학교에서 학부모 초청행사나 간담회가 있을 때 같은 교실 안인데도 서로 등을 돌린 채 모임이 끝날 때까지 한마디 말도 않는다고 해요. 이곳 연길 사정은 어떤지요?"

선양의 서탑가 거리

"연길도 사정은 꼭 마찬가지예요. 아까 말했다시피 3만 명의 조선 노동자 중에 가족과 같이 함께 오는 경우는 한 명도 없다고 알고 있어요. 함께 내보내면 한국이나 다른 나라로 도망칠까 봐 그렇겠지요. 그래서 학부모끼리 마주 칠 일은 없지요."

재미있는 말을 주고받는 사이 어느덧 오늘의 주목적지인 간도 15만 원 탈취 사건 현장인 동량마을 앞에 도착했다. 동량마을은 용정에서 약 7km 떨어져 있으며 연길시 초대 시장인 주덕혜의 고향이라서 주덕혜마을이라고도 한다.

북간도 15만 원 탈취 사건은 우리 민족의 독립운동사에서 하나의 획을 긋는 대사건이다.

1918년 제1차 세계대전이 끝난 후 "각 민족은 스스로 자신의 의지에 따라 자결권을 가져야 한다."는 우드로 윌슨 미국 대통령의 민족 자결주의의 영향을 받아 간도 지역과 러시아 연추 및 블라디보스토크 등지에서 독립운동을 하던 박은식, 조소양 등 독립 운동가 39인이 모여 우리나라 최초의 독립 선언서인 무오 독립 선언서(1918년이 무오년임)를 선언했다.

15만 원 탈취 사건 유적지

이 선언서에 자극을 받아 일본에 유학 중인 600명의 유학생들도 1919년 2월 8일 도쿄 조선 기독교 청년회관에 모여 2.8 독립 선언문을 낭독한 후 만장일치로 결의했다. 간도에서 독립 활동을 하던 애국지사들의 '무오 독립 선언문'과 일본 동경 유학생들의 2.8 독립 선언문은 우리나라에도 영향을 주어 1919년 3월 1일 거국적인 3.1 만세 사건이 전국 방방 곳곳에서 일어나. 그동안 움츠러들었던 독립운동에 활력소 역할을 했다.

1919년 이전의 독립운동이 교육 계몽을 통한 소극적인 반면에 그 이후에는 무력으로 대응하는 보다 적극적인 형태를 취하게 됐다. 이에 따라 만주와 러시아 연추 지역에서 활동 중인 항일 지사와 젊은 청년들은 독립운동은 교육과 의지만으로 이룰 수 없다는 사실을 깨닫고 무장 투쟁을 하게 됐다. 무장 투쟁을 위해서는 무기가 있어야 하고 무기를 구입하기 위해서는 막대한 자금이 필요했다. 무장 투쟁의 열기는 높았지만 이를 실행하는 데 필요한 자금은 거의 없는 상태였다. 이 문제를 해결하기 위해서 뛰어든 6명의 열혈 청년들이 있었다. 이들은 열혈 청년단 소속의 독립투사로서 간도 지방에서는 너무나 유명한 사건이라 지금까지도 잊히지 않는 사건이다. 우리 역사학계에서는 1959년에 발간된 최봉설이 쓴《간도 15만 원 사건에 대한 40주년을 맞으면서》라는 수기가 나옴으로써 비로소 알려졌고 재조명된 사건이다.

작가 최봉설은 간도 15만 원 탈취 사건의 주모자이며 일본 헌병의 추격을 피해 도망쳐 살아남은 유일한 생존자이다. 필자와 동행하고 있는 천만수 교수는 법학을 전공했지만 연변 지역을 중심으로 한 항일 운동에 해박한 지식을 가진 향토 사학자이기도 하다. 그의 설명과 우리의 역사 교본, 최봉설의 수기를 통해 이 사건을 재구성해 본다.

"저 왼쪽에 세워진 돌비석이 보이지요. 비석이 세워진 그곳이 바로 사건의 현장이요. 일단 사진부터 찍으세요."

1920년 1월 초에 최봉설, 윤준희, 한상호, 임국정, 박웅세, 김준 등 6명의 열혈단 소속의 청년들은 용정에서 모임을 갖고서 독립 투쟁의 방향을 모색했다. 그들은 혈서를 써 목숨을 걸고 무력 투쟁을 하기로 맹세했다. 그들에게 가장 시급한 것은 무기였다. 당시에 무기 구입은 별 어려움이 없었다. 당시 브라디보스토크 주변에는 체코군과 일본군, 미국군, 프랑스군, 이탈리아군 등 수 개국의 군인들이 진을 치고 있었다. 체코군은 처음에 러시아군과 함께 두 나라 공동의 적인 오스트리아군과 싸웠다. 그러나 전쟁 중 러시아에서 내전이 일어나 황제를 지지하는 백군과 볼셰비키혁명을 지지하는 홍군 사이에 격렬한 전투가 벌어졌다. 승기를 잡은 홍군은 오스트리아와 휴전 협정을 맺었다. 체코 군단은 그들의 조국을 점령한 오스트리아 군을 몰아내기 위해서 러시아군을 지원하려고 참전했지만 사정이 바뀌어 그들은 오히려 러시아 홍군에게는 적이나 다름없었다. 그들은 바로 조국으로 가 오스트리아군과 맞서서 싸우려 했지만 서부 전선에 막혀 기수를 동쪽으로 돌렸다. 6만 5천여 명의 체코 군단 병사들은 시베리아 횡단 철도를 타고 러시아의 극동에 위치한 블라디보스토크로 와 2년간 머물렀다.

15만 원 탈취 사건 유적지

또 다른 한편으로 러시아 황제파를 지지하는 백군과 노동자 농민 중심의 홍군을 지원하는 국제간섭군도 이곳에 들어왔다. 이렇게 되자 블라디보스토크는 국제적인 군사도시가 되어 총 등 무기류가 넘쳐 나 암거래 시장이 형성됐다. 이 중에서 제일 상대하기가 쉬운 상대는 체코 군단이었다. 그들은 오랫동안 전선에 있었고 시베리아를 거쳐 블라디보스토크에 주둔 중 제대로 보급을 받지 못해 생필품 확보를 위해서 돈이 필요했다. 그들은 생명과도 같은 무기를 시장에 내놓았다. 거래는 싼값에 이루어져 총 한 자루가 고작 30원 정도였다고 한다. 이들 청년들은 이 같은 정보를 알고는 무기 구입에 필요한 자금 마련에 착수했다.

"자금 확보가 어디 쉬운 일이겠어요? 당시 이곳에 살고 있었던 우리 이주민들도 먹고살기가 어려웠어요. 살림이 넉넉해 여유가 있으면 기부금도 내고 했을 텐데, 모두가 먹고살기가 힘든 시대였지요."

열혈 청년단 소속의 대원들은 이런 사실을 알기 때문에 모금을 해서 자금을 마련한다는 것은 현실성이 없다고 판단해 은행을 노렸다. 대원들은 암암리에 용정, 왕청, 연길, 회령, 경흥 등지에 있는 은행을 드나들면서 건물 내부를 숙지하고 정보도 얻으면서 착착 준비를 할 때 그들의 정보망에 특종의 뉴스가 들어왔다. 함경북도 회령에 있는 조선은행 지점에서 용정에 있는 출장소로 돈을 보낸다는 사실을 알게 됐다. 이 정보를 알게 된 것은 조선은행 출장소에 근무하는 전홍섭이라는 은행원을 몇 다리를 거쳐 알게 되었고 그들은 전홍섭에게 접근해 "세계 1차 대전이 끝나면 우리는 독립을 할 수 있다. 독립에 대비해 우리는 철저히 준비를 해야 한다. 무엇보다도 지금 시급한 것은 무기다. 무기는 가까운 연해주에서 손쉽게 구입할 수 있다. 문제는 자금이다. 나라의 독립을 위해서 함께 노력하자. 우리는 지금 당신의 도움이 절실히 필요하다."라고 설득했다.

전홍섭은 지점장으로부터 1월 4일이나 5일 중에 용정 출장소로 15만 원을 보낼 것이라는 말을 듣고 즉시 이 사실을 인편을 통해 비밀리에 알렸다. 대원들은 이것이야말로 하늘이 준 천재일우의 기회로 여기며 구체적인 계획에 들어갔다.

"최봉설 등 대원들은 엄동설한에 회령과 용정 사이에 있는 길을 따라 눈길을 헤집고 다니면서 적당한 장소를 물색했는데, 그들이 선택한 지점이 바로 여기예요. 행정 구역상으로 용정시 동향리이고 용정시까지는 한 7km쯤 됩니다."

이들은 1920년 1월 3일 야밤에 용정 명동촌에서 회합을 갖고 6명의 대원을 2개 조로 나누어 한 조당 3명씩 배정해 윤준희, 김준, 박웅세가 한 조가 되고 최봉설, 한상호, 임국정이 한 조가 됐다. 그들은 잠시 눈을 붙인 후 권총과 포승줄을 준비하고서 거사 지점인 동향리 입구 버들 방천에서 현금 수송대가 나타나기를 기다리고 있었다. 눈 속에서 대기한 지 4시간쯤 지날 무렵 동향리마을 쪽에서 수송대 일행이 서쪽 방향으로 다가오자 윤준희가 제일 먼저 수송대에 사격을 가하고 뒤이어 다른 대원들도 사격을 가했다. 호송대장이 급사하고 나머지 사람들이 우왕좌왕하는 사이에 15만 원을 빼앗는 데 성공했다. 그들은 빼앗은 현금을 나누어 갖고 서쪽 방향인 오도구를 거쳐 해란강을 건넌 후 만나기로 약속한 화룡에 있는 최봉설의 집에 집결했다.

사건이 일어나자 북간도의 일본 관헌들은 벌컥 뒤집혔다. 그들은 정세를 분석한 끝에 독립운동단체인 국민회의 소행일 것이라고 단정하고 국민회 각 지역 분회를 샅샅이 뒤집으며 대원들을 연행했다. 이 때문에 북간도의 장정들의 누구나 한 번쯤은 구금되거나 체포, 연행되었다.

일본 관헌은 이 막대한 돈이 러시아로 흘러 들어가서 총기를 사는 군자금으로 쓰일 것으로 보고 용정에서 러시아로 가는 모든 길목을 차단하고 비상경계를 해 노령으로 넘어가는 훈춘 일대는 어찌나 경계가 엄중했던지 한때는 인적이 끊어질 정도였다고 한다.

그중에서도 명동촌 사람들은 한층 엄격한 조사를 받았으며 충렬대, 맹호단 등의 결사 행동대원들도 정체가 드러나면서 체포되었다. 북간도 전역을 수색했으나 일본 경찰은 끝내 6인의 의사를 잡지 못했다.

"사건이 어떻게 알려졌지요?"

"장재촌 앞 강에 주인 없는 말이 있는 것을 보고 주민이 신고를 했어요."

"말이 그 사건과 무슨 상관이 있나요?"

"당시는 이동 수단이 마차였지요."

"그 후 사건은 어떻게 진행되지요?"

"사건 발생 후 연일 검문검색 등 감시를 했지만 그들이 이곳을 떠났다는 사실을 알고는 잠잠해졌어요."

그들은 용정을 탈출해 위기를 벗어났으나 블라디보스토크도 안전지대는 아니었다. 시내 도처에 일본군과 헌병대, 영사 경찰이 판을 치고 있었다. 그러나 이들보다도 더 무서운 위험은 바로 우리 교민인 조선 사람들이었다. 일본의 조선에 대한 강점이 장기화되고 통치가 강화됨에 따라 독립의 열기가 식어 갔고 일본과 내통하는 사람이 늘어 갔다. 이 변절자들은 영사 경찰에 매수돼 독립 운동가로 가장해 곳곳에 스며들었다. 누가 아군이고 누가 적군인지 알 수가 없는 형국이었다. 이런 상황에서 그들은 쉽게 어느 누구에게도 찾아갈 형편이 되지 못했다. 만일의 경우에 대비해 이들은 일단 거처를 각각 달리하기로 결정한다. 이후에 일어난 일들은 최봉설의 수기를 통해서 되새겨 본다.

다음 내용은 그의 수기를 요약한 것이다.

그들은 거사 후 18일 만인 1월 23일 블라디보스토크에 무사히 도착했지만 일본군과 헌병대 형사가 시내 도처에 깔려 있었기 때문에 신변에 불안을 느끼지 않을 수 없었다. 그들은 우선 신한촌으로 갔다. 신한촌은 새로운 한국을 세우고자 하는 교민들의 바람에서 만든 마을이고 오래전부터 독립투사들과 일제의 압정을 피해서 이주해 온 교민들이 살고 있는 곳이다. 자료에 의하면 블라디보스토크에는 조선인이 사는 마을이 곳곳에 있었는데 신한촌 한곳의 거주자만 6,500명이 넘었다고 한다. 최봉설은 지인을 통해 알게 된 차성하가 운영하는 여관으로 갔고 다른 일행은 각각 다른 처소에 투숙했다. 분산해서 투숙을 하게 된 것은 혹시라도 있을지 모르는 검문검색을 대비한 조치였다.

며칠간의 시간이 지나도 별다른 움직임이 없자 안전하다고 판단해 회의가 소집되었으며 연추에 있는 철혈단원 30명과 이동휘, 이용, 채영, 한

용운, 장기영 등의 독립 운동가도 참석했다. 회의는 철혈 단원의 맏형이자 서전학교 교사 출신인 전일이 주재했다.

그 회의의 기록에 의하면 우리 독립운동사에서 큰 한 획을 그을 만한 내용을 담고 있다.

첫째: 무기 구입

둘째: 군인 모집

셋째: 군대 편성

넷째: 사관학교 설립에 관한 건이었다.

첫 번째 안건인 무기 구입은 1,000명 정도의 독립군 병사들이 사용할 수 있는 무기이다. 무기 구입을 책임진 사람은 거사에 가담했던 철혈단원 임국정이었다. 그는 연해주에서 성장해 러시아어에 능해 러시아 무기 거래상과 거래 시 통역도 필요 없었고 주변 지리에도 익숙해 그 임무를 맡게 됐다. 그는 불과 며칠 만에 소총 1,000자루 탄약 100상자 기관총 10문을 구입하는 계약을 맺었다.

두 번째, 세 번째 문제에 관해서는 사관학교는 파르티잔스크에 세운다. 담당 교관은 장기영과 채영이 맡고 고급 장교반은 3개월 교육기간으로 하고 인원은 100명으로 한다. 하급 장교반은 1개월로 하고 한 반에 100명으로 한다. 군대편제는 3개의 사령부를 둔다.

제1사령부는 노령에서 목선으로 청진 부근에 상륙해 청진과 나남에 주둔하고 있는 일본 군대와 전투한다.

제2사령부는 경흥부터 무산까지 담당한다.

제3사령부는 만주의 장백현에서 신의주까지 담당한다.

두 번째 건과 세 번째 건의 실행을 위해서는 네 번째 건이 마무리되어야 한다. 그래서 먼저 사관학교 설립을 준비해야 했다. 이를 위해 블라디보스토크에 있는 백산 학교 자리를 3,000원에 구입했다. 이 건물은 임시 사무실과 사관학교 교재를 출판하기 위한 용도였다. 사관학교 부지는 교관을 맡기로 한 장기영과 채영이 담당하기로 했다. 부지 매임을 위해 이들은 수청 지역으로 가 부지를 물색 중이었다.

이와 같이 철혈단원들은 계획에 입각해 구체적인 계획을 실행 중이었고 이를 위해 자주 회합을 가졌다.

이곳에 온 지 며칠이 지나도록 일본 제국주의자들은 대원들이 이곳으로 온지 모른 듯해 떨어져 있지 말고 같은 집에서 합숙하기로 결정했다. 그들이 합숙하기로 한 집은 인근에 있는 교민 집이었고 15만 원은 철제 상자에 담아 중간 방에 놓아두었다. 무기 구입, 건물과 토지 매입, 교재 준비로 눈코 뜰 새 없이 시간을 보내다 보니 벌써 1주일이 지났다.

부동항인 블라디보스토크는 이틀이 지나면 2월인데도 영하 20℃를 오르내리는 강추위가 계속되었다. 추위에도 아랑곳없이 대원들은 11시경 잠자리에 들어 깊은 잠에 빠졌다. 새벽 3시경에 대문 두드리는 소리에 잠에서 깨어났을 때 총으로 무장한 일본 헌병 1개 소대가 이미 집안을 에워싸고 있었다. 대원 중 한 명은 안위를 위해 권총도 갖고 있었으나 잠결에 순식간에 일어난 일이라 손을 쓸 틈이 없었다. 무장을 한 헌병들은 "꼼짝마, 움직이면 죽인다!"라는 소리 속에서 단원들은 죽을힘을 다해 저항해 보지만 총으로 무장한 1개 소대 앞에서는 저항을 해도 역부족이었다. 이런 와중에 비호처럼 날랜 단원이 있었다. 일찍부터 달리기 부분에서는 한번도 1등을 놓친 적이 없었던 최봉설이었다. 그의 날랜 동작은 헌병대가 총을 쏠 겨를도 없이 빨랐다. 비호같이 담벽을 넘어서 달아났다. 적들은 그의 뒤를 다르면서 계속 총을 쏘면서 추적을 했지만 잡지 못했다. 한 시간쯤 뛰어갔을 때 더 이상 추적이 없는 것을 확인하고 잠시 걸음을 멈추었다. 견딜 수 없는 통증이 이어졌고 옷은 온통 피로 젖었고 피가 묻은 옷은 영하 20℃의 혹한으로 얼어 있었다. 오른쪽 어깨에 총을 맞아 살점이 떨어져 나갔고 총알이 피부 깊숙이 박혀 있었다. 상처를 돌볼 겨를이 없었다. 계속해서 뛰었지만 어디에 숨어야 할지 몰랐다.

블라디보스토크에 별다른 연고가 없어 처음 도착했을 때 머물렀던 채성하의 여관으로 갔다. 누군가 변절자의 밀고로 다시 그의 행적과 위치가 알려지게 되면 또다시 헌병들의 먹잇감이 될 수 있어 그 집을 다시 찾게 된 것이다. 주인 채성하는 그를 흔쾌히 받아 주었고 아는 의사를 통해 암암리에 총알 제거 수술도 해 주었다.

상처가 회복되고 건강을 되찾자 그는 모든 것이 궁금했다. 이 중차대한 사실을 누가 알았으며 그것을 일본 영사관에 밀고한 첩자가 누구일까? 그는 얼마 지나지 않아 일본 영사 경찰에 밀고한 첩자를 알고는 까무러지게 놀랐다. 최봉설을 까무러지게 할 정도로 놀라움을 준 인물은 다름 아닌 평소에 자신이 우상으로 존경해 온 인물, 나도 저분처럼 조국의 독립을 위해서 헌신하고 싶다며 깊이 동경해 왔던 인물, 그토록 독립을 휘해 헌신했던 분이 어떻게 해 변절자가 되어 이 중차대한 사건에 종지부를 찍게 한 장본인이 되었을까? 의심이 꼬리를 물었다. 거사가 성공했더라면 독립운동사의 방향을 바꿀 만한 획기적 사건을 멈추게 하고 철혈단 단원을 단두대 위에서 이슬로 사라지게한 원흉인 인물은 최봉설이 평소에 존경했고 봉설이 이 세상에 태어나 가야 할 길을 가르쳐 준 스승과도 같이 모셨던 엄인섭이었다.

6인의 의사는 거사 후 10리쯤 떨어진 곳에서 말을 버리고 돈뭉치를 지고 산길을 따라 훈춘에서 50리가량 서북쪽으로 떨어져 있는 하시문까지 무사히 갔다. 하시문은 러시아 국경까지 얼마 멀지 않은 곳이고 이곳엔 옛날 독립운동의 동지였던 엄인섭이 살고 있었다. 윤준희 일행은 그의 집에서 하룻밤을 잤다. 그런데 불행하게도 엄인섭은 그때 이미 변해 왜경의 앞잡이가 되어 노령을 넘나드는 지사들의 동정을 살피기 위해 일부러 이곳에 나와 살던 것임을 윤준희 등의 일행은 몰랐던 것이다.

엄인섭은 누구인가? 그는 1875년 함경북도 경흥에서 태어났지만 당시 함경도 지방에서는 자연재해로 먹고살기가 힘들어 많은 주민들이 월경하여 간도와 연해주 지역으로 이주했다. 엄인섭 가족도 연해주로 이주해 블라디보스토크에서 안중근을 만나 결의형제를 맺고 조국의 독립을 위해서 몸 바칠 것을 맹세하고 의병을 모집했다. 1908년 좌군 영장으로서 300명의 의병을 거느리고 함경북도 홍의동에서 일본 군대를 공격하면서 상당한 전과를 올렸다. 1909년엔 안중근, 우덕순, 김기룡 등 12인은 비밀리에 만나 손가락을 자르고 조국의 독립을 위해 헌신할 것을 맹세하면서 단지회를 결성하기도 한 애국자였다.

일본 경찰이 들이닥칠 때 잠이 설들었던 최봉설은 3발의 총을 맞았으나 잽싸게 피신했다. 윤준희, 임국정, 한상호는 피할 새 없이 잡히고 말았다. 시치미를 떼고 있던 전홍섭도 결국 붙잡혔다. 의사들은 블라디보스토크에서 청진까지 일본 군함편으로 압송되어 1920년 9월 9일에 공판을 받았다. 일본인 검사는 이들에게 전홍섭은 징역 15년, 한상호는 무기징역, 윤준희와 임국정은 사형을 구형했다. 빅웅세와 최봉설은 사형이 구형되었으나 궐석이었다. 이들은 이에 고등법원에 상고했으나 오히려 한상호마저 사형을 언도 받았다.

3명의 의사는 서울로 압송되어 서대문형무소에 수감되었다가 7개월 후인 1921년 8월 25일 서대문형무소의 교수대에서 순국했다. 그때 윤준희는 30살, 임국정은 27살, 한상호는 23살의 젊은 나이였다.

탈출에 성공한 최봉설은 상처가 아물자 세 동지를 탈환하기 위해 서울까지 올라왔으나 높이 둘러쳐진 붉은 벽돌담을 넘을 수 없어 돌아왔다.

그는 이 사건 후에도 러시아에서 최계립이라는 가명으로 활동하면서 러시아 내전 시 적군파에 소속되어 백군과의 전투에서 많은 공을 세웠다. 러시아혁명이 끝난 후에는 만주 영안현 영고탑에서 적기단을 조직해 단장으로 활동하기도 했다. 이 조직이 해체되자 다시 연해주로 돌아갔고 1937년 스탈린의 강제 이주 정책에 의해 중앙아시아의 우즈베키스탄의 호레즘 갈대밭으로 이주한 후 그 지역의 회장이 되었고 그후 다시 카자흐스탄으로 가 크질오르다꼴호즈 부회장으로 활동한 후 우즈베키스탄에서 1976년에 사망했다. 그는 죽기 전에 "서울 형무소에서 사형당한 임국정, 윤준희 등과 함께 묻혔으면." 하면서 숨을 거뒀다고 한다.

'한편 일본 앞잡이로 변신한 엄인섭은 원산의 어느 술집에서 손영극이라는 사람과 서로 힘을 겨루며 말다툼을 하다가 손 씨는 "너, 이 새끼, 왜 놈 앞잡이지?"라고 소리치면서 혼신의 힘을 다해 복부를 때렸으며 그로 인해 복부에 심한 상처를 받고 병들어 죽었다.'고 한다.

참고문헌

○

〈간행본〉

김광탁《밀산시 조선족 100년사》민족출판사. 2007

서명훈《하얼빈시 조선족 100년사》민족출판사. 2007

서명훈《안중근과 하얼빈 흑룡강》조선족 출판사. 2005

서명훈《안중근 하얼빈에서 열 하루》흑룡강 미술출판사. 2005

연수현《연수현 조선족 100년사》민족출판사. 2012

한득수《상지시 조선민족사》민족출판사. 2013

서병철《북풍은 남풍이 되어》희망사업단. 2018

오상시《조선족 100년사》민족출판사. 2012

가목사《조선족 100년사》민족출판사. 2010

목단강《조선족 100년사》민족출판사. 2007

리정걸《안중근 연구》흑룡강 조선민족 출판사. 2009

상지시《상지시 조선민족사》민족출판사. 2009

밀산시《밀산 조선족 백년사》민족출판사. 2007

밀산시《조선족역사문화애술종합작품집》흑룡강 조선민족출판사. 2012

하얼빈시《조선민족 100년사 화》민족출판사. 2007

이민《風雪征程》흑룡강 인민출판사. 2012

김우종《동북지역 조선인 항일력사 1권~10권》흑룡강민족출판사. 2011

김춘선《중국 조선족 사료전집 1권~12권》연변인민출판사. 2014

심영숙《중국 조선족 력사독본》민족출판사. 2016

김성민《일본 세균전》흑룡강출판사. 2010

박태균《한국전쟁》책과 함께. 2005

서중석《신흥무관학교와 망명자들》역사비평사. 2002

이은숙《서간도 시종기》일조각. 2017

박환《만주지역 한인민족 운동의 재발견》국학자료원. 2014

백산안희제선생순국70년추모위원회《백산 안희제의 생애와 민족운동》도서출판 선인. 2013

백야김좌진장군기념사업회《만주벌 호랑이 김좌진 장군》. 2010

〈신문〉

길림신문, 흑룡강 신문, 연변일보 등 각종 일간지

〈사전〉

두산백과

송화강에서
우수리강까지 하

ⓒ 주철수, 2024

초판 1쇄 발행 2024년 3월 8일

지은이	주철수
펴낸이	이기봉
편집	좋은땅 편집팀
펴낸곳	도서출판 좋은땅
주소	서울특별시 마포구 양화로12길 26 지월드빌딩 (서교동 395-7)
전화	02)374-8616~7
팩스	02)374-8614
이메일	gworldbook@naver.com
홈페이지	www.g-world.co.kr

ISBN 979-11-388-1585-7 (04810)
ISBN 979-11-388-1580-2 (세트)